崑崙覇仙

곤륜패선

윤신현 신무협 장편소설

WISHBOOKS ORIENTAL FANTASY STORY

곤륜패선 7

윤신현 신무협 장편소설

초판 1쇄 찍은 날 | 2020년 6월 18일
초판 1쇄 펴낸 날 | 2020년 6월 25일

지은이 | 윤신현
펴낸이 | 권태완 우천제

기획 | 위시북스
편집책임 | 한준만
편집 | 위시북스

펴낸곳 | ㈜케이더블유북스
등록번호 | 제25100-2015-43호
등록일자 | 2015. 5. 4
KFN | 제2-38호

주소 | 서울시 구로구 디지털로31길 38-9, 401호
전화 | 070-8892-7937 팩스 | 02-866-4627
E-mail | fantasy@kwbooks.co.kr

ISBN 979-11-293-5722-9 04810
      979-11-293-4618-6 (set)

崑崙霸仙

곤륜패선

··· 목차 ···

··· 제1장 ···
복수의 서막(2)

대막의 남서부 끝자락.

감숙성과 맞닿아 있는 접경 지역에 수많은 인마(人馬)들이 모습을 드러냈다. 하나같이 피풍의를 뒤집어쓴 모습으로 대막의 모래바람을 가르며 나타났던 것이다.

"저기부터가 중원인가."

"그렇습니다."

"확실히 대막과는 달라. 여기서부터 푸르름이 느껴지는군."

"대막에 비하면 살기 좋은 땅이지요."

"풍요로움이 가득한 땅이라. 성주님께서 탐을 낼 만해."

두꺼운 철갑을 두른 말에 타고 있던 인영이 눈을 빛냈다. 말은 많이 들었지만 이렇게 중원에 들어가는 건 처음이어서였다.

"괜히 세외에서 노리는 것이 아니지요."

"대막과는 너무나 다르군."

"하지만 똑같이 사람 사는 곳이기도 합니다."

"하긴. 가주는 두 곳에서 다 생활해 봤으니. 하지만 역시 중원이 가주에게는 좀 더 편하겠지?"

육사자의 일인이자 사왕성주의 두 번째 제자인 철사자(鐵獅子)가 묘한 미소를 머금고서 물었다.

하지만 그런 철사자의 표정에도 얼굴 부분의 피풍의를 걷은 장년인은 별다른 반응을 보이지 않았다.

"아무래도 고향이라고 할 수 있으니까요. 하지만 지금은 대막이 더 편합니다."

"그래도 살고 싶은 곳은 중원이겠지? 어디 보자. 가주의 집안이 하남성에 있다고 했었나?"

"……맞습니다. 가문의 터가 하남성에 있습니다."

"소림사가 있는 곳이로군."

"늘 하남성의 패자는 소림사였었지요."

장년인이 무표정한 얼굴로 대답했다. 그런 그의 얼굴과 눈빛에서는 그 어떤 감정도 느껴지지 않았다.

"아무래도 그럴 수밖에 없지. 북숭소림이라는 말은 나도 들어볼 정도니까. 그런데 이번에 처음으로 본산을 빼앗겼다지?"

"그 기록을 세운 북해빙궁이 곤륜파에 박살이 났습니다."

"아아. 경각심을 심어주려고 하는 거면 됐어. 이미 충분히 인지하고 있으니까. 머저리 월사자와 나를 비교하면 안 되지."

무거운 기운이 장년인을 압박했다가 사라졌다. 말조심하라는 무언의 경고였다.

그것을 느낀 장년인의 눈빛이 더욱 가라앉았다.

"그런 의미가 아니라 사실을 말씀드린 겁니다. 혹시라도 모르실까 봐. 그리고 제가 어찌 철사자께 경고를 하겠습니까."

"월사자에게는 경고했다며? 은월단만으로는 부족하다면서 말이지."

"이번에는 상황이 다르지 않습니까."

장년인이 옅게 웃으며 말했다.

월사자와 은월단만 나섰던 지난번과 달리 이번에는 육사자 전원이 사왕성을 나선 상태였다. 그것도 마음가짐이 완전히 다른 상태로 말이다.

'성주가 후계자 자리를 내걸 줄이야.'

장년인이 내심 고개를 저었다. 진짜 교활하고 영악하다는 생각이 절로 들어서였다. 동시에 사왕성주가 단순히 무공만 고강해서 정점에 오른 게 아니라는 걸 다시 한번 깨달았다.

"하긴. 월사자만 나섰던 그때와 달리 지금은 모든 제자들이 전부 나섰으니까. 다들 눈이 돌아간 채로 말이지. 나 역시 마찬가지고. 하하핫!"

사왕성주의 생각을 육사자라고 모를 리가 없었다.

하지만 기회인 것 또한 분명했다. 정식으로 후계자가 될 수 있다면 약간의 전력 손실은 결코 손해라고 볼 수 없었다.

'거기다 실패한 이들의 전력이 약화 되거나, 혹은 죽을 수도 있지.'

투구를 쓰고 있는 철사자가 눈을 빛냈다.

어쩌면 이번 전쟁으로 인해 기대했던 것 이상의 결과를 얻을지도 몰랐다.

　후계자 자리뿐만 아니라 경쟁자들을 보낼 수도 있었기에 철사자가 비릿하게 웃었다.

　'하지만 역시 대단하다는 생각이 안 들 수가 없군. 기분이 더러울 정도로 말이지.'

　제자들의 세력을 약화시키기 위해 후계자 자리를 두고 싸우게 만든 사왕성주를 떠올리며 철사자가 입맛을 다셨다.

　재수 없을 정도로 비열한 인물이지만 대단한 건 사실이었다.

　또한 실력 역시 두말할 필요가 없었고.

　'그러나 이게 자충수가 될 것이오. 사부의 목을 조르는.'

　지금은 이렇게 휘둘리지만 그것도 얼마 남지 않았다.

　그리고 이 생각은 그뿐만 아니라 다른 사형제들 역시 하고 있을 터였다. 자신이 왕좌를 노리는 것처럼 다른 육사자들 역시 마찬가지였으니까.

　"사내대장부라면 당연히 그렇지 않겠습니까. 다른 자리도 아니고 사왕성의 차대 주인이 될 수 있는 기회인데."

　"염사자(艶獅子)를 잊은 건 아니겠지? 사매를 잊으면 곤란해."

　"죄송합니다. 제가 실언을 했군요."

　"뭐, 사매가 후계자가 될 가능성은 희박하지만. 대단한 역량을 지닌 건 사실이지만 냉정하게 말해 다른 사형제들과 비교하면 좀 부족하지. 월사자와 마찬가지로."

　장년인은 대답하지 않았다.

맞장구를 쳐도 문제고 그렇지 않아도 문제가 되었기에 아예 입을 다물었던 것이다.

난감할 때는 차라리 말을 아끼는 게 나았다.

"그걸 가주도 아니까 나한테 온 것 아닌가? 내가 유력 후보 중 하나이니까."

"맞습니다."

"하지만 그래도 사형이 더 나을 텐데. 안정적이고. 또한 인정하기 싫은 부분이지만 세력 기반이 가장 탄탄하기도 하고."

철사자가 떠보듯이 물었다.

아무리 따져봐도 자신보다는 혈사자(血獅子)가 유리한 게 사실이었으니까.

괜히 사왕성의 중진들이 혈사자의 세력에 가세한 게 아니었다.

성주의 첫 번째 제자이기도 했지만 가장 뛰어난 실력을 지닌 게 혈사자였다.

"지당한 말씀입니다. 하지만 그렇기에 저의 필요성을 그다지 못 느낄 겁니다."

"호오."

"하지만 철사자께서는 다르지요."

"확실히 말을 잘해. 그리고 난 기회주의자를 좋아하기도 하지. 하지만 그렇기에 가주를 믿을 수 없다는 점도 알고 있었으면 좋겠군."

"제가 바라는 것은 하나입니다. 그걸 성주님은 물론이고 철사자께서도 알고 계시지요."

장년인이 머리를 숙였다.

　　대막으로 향했을 때부터, 사왕성을 찾았을 때부터 그의 목표는 오로지 하나였다.

　　그것을 장년인은 다시 한번 철사자에게 밝혔다.

　　"패선과 곤륜파의 멸망 말인가?"

　　"그렇습니다. 전 그 두 가지에 제 전부를 걸었습니다. 저뿐만 아니라 가문을 걸었지요."

　　"성주님과는 그 이후의 일도 의논한 것으로 아는데."

　　"원하신다면 말씀드리겠습니다."

　　철사자의 두 눈이 번쩍였다.

　　무슨 의미로 이렇게 말하는지 그는 단번에 알아차렸던 것이다.

　　그래서인지 그의 미소가 더욱 짙어졌다.

　　"오늘 우리가 나눌 대화가 참 많을 것 같군."

　　"밤은 충분히 깁니다."

　　"하하하하!"

　　철사자가 호탕하게 웃었다.

　　그리고 장년인 역시 의미심장한 미소를 머금었다.

　　휘이이잉!

　　감숙성 북서부 지역에 위치한 금창(金昌) 인근의 초원에 도착한 벽우진이 주변을 둘러봤다.

대막과 가까운 곳이라 그런지 대부분의 산이 민둥산이었다.

나무들이 있기는 하지만 수림이라고 할 정도까지는 아니었다.

"공기도 다르군."

"당연하지. 곤륜산과 비교하면 쓰나. 기련산이라면 모를까 금창은 대막의 모래바람이 날아오는 지역이야."

주변을 살피는 벽우진의 곁으로 당민호가 허리를 두드리며 다가왔다.

그러나 두 눈만큼은 그 어느 때보다 날카롭게 빛나고 있었다.

"자자! 서둘러! 잠은 천막에서 자야지!"

"부지런히 움직여야 해!"

"해 지기 전에 다 끝내자고!"

벽우진과 당민호의 뒤로 수많은 무인들이 일사불란하게 움직였다.

인원을 나눠서 한 무리는 천막을, 다른 무리는 사냥을 그리고 또 몇십 명은 주변으로 흩어져 수색 작업을 했다.

은월단이 전멸했다고 하나 그 부족이 아예 사라진 것은 아니기에 확실하게 살펴보기 위해서였다.

더불어 숙영지 주변을 경계하기 위해서는 지형지물을 확인하는 건 필수였다.

"꽤 많이 모였지?"

"응, 생각했던 것보다."

"하지만 가장 큰 전력은 바로 본가인 것을 잊으면 안 돼."

"그거야 잘 알고 있지."

오랜만에 콧대를 세우며 거들먹거리는 당민호의 모습에 벽우진이 웃으며 고개를 주억거렸다.

꽤 많은 곳들이 모였지만 그중에서 사천당가와 비교할 곳은 없었다.

독황이라 불리는 당민호가 직접 참전했을 뿐만 아니라 소가주인 당주혁이 사천당가 최정예 부대라 불리는 흑의대(黑衣隊) 전원을 이끌고 합류했기 때문이다.

"그래, 그거면 됐어. 곤륜파의 곁에, 아니, 네 옆에 나와 본가가 있다는 것만 알고 있으면 된다."

"오늘따라 든든하네."

"나야 늘 든든했지. 네가 몰랐을 뿐."

"그런가."

벽우진이 어깨를 으쓱거렸다.

그러고는 이곳을 향해 서서히 오고 있을 육사자들을 떠올렸다. 대막을 호령하는 맹수들을 말이다.

"근데 소림무제가 직접 올 줄은 몰랐어."

"소림무제만 왔어? 제왕검도 왔는데."

"진짜 다들 세외무림에 칼을 갈고 있긴 했나 봐. 사왕성이 쳐들어온다는 소식을 알리기 무섭게 이리 발 빠르게 모인 것을 보면."

"그 정도로 크게 데였다는 말이기도 하지."

"겸사겸사 네 눈치도 보고 말이지?"

벽우진이 무슨 말이냐는 듯이 어깨를 으쓱거렸다.

하지만 당민호는 진지했다.

"아닐 거 같아?"

"빚을 지워두려는 것이겠지. 북해빙궁도 남아 있고, 가장 큰 숙적이자 호시탐탐 기회를 노리고 있을 게 분명한 마교도 있으니까."

"그렇게 생각하고 싶다면야."

"여기 계셨군요."

두 사람의 곁으로 한 사람이 다가왔다.

목소리보다 먼저 지독한 악취로 자신의 존재를 알릴 수 있는 개왕이 둘에게 다가왔던 것이다.

"걷는 것도 불편한 사람이 왜 굳이 여기까지 왔어? 장로나 보내지."

"그래도 방주인데 솔선수범해야 하지 않겠습니까? 그리고 원래 역마살이 있어서 저는 한 곳에 오래 있지 못합니다. 겸사 겸사 후개도 찾아야 하고요."

"그렇다면 더더욱 여기에 오지 말아야지. 전황이 어떻게 될 줄 알고."

"에이. 사왕성주가 오는 것도 아닌데요."

개왕이 넉살 좋게 웃으며 대답했다.

그러면서 의족이 달려 있는 왼발로 땅을 탕탕 내려찍었다.

이제는 완전히 적응이 되어서 본래의 실력을 유감없이 발휘할 수 있음을 행동으로 보여준 것이다.

"듣자 하니 육사자, 아니, 이제는 오사자인가. 그놈들 무공이 구파일방의 장문인과 비등할 정도라는데."

"소문은 그렇지요. 그리고 소문은 가끔 과장되게 마련이고요."

"과소평가되는 경우도 있지. 그러니 단정 짓는 것은 옳지 않아."

"제가 또 도망치는 데도 일가견이 있습니다, 흐흐흐!"

개왕이 히죽 웃었다.

말은 이렇게 해도 당민호는 알았다. 최악의 순간이 오더라도 마지막의 마지막까지 개왕이 남아 있을 것임을 말이다. 거지들의 왕이지만 명예를 아는 사람이 바로 개왕이었다.

"방심하면 안 돼. 이미 한번 방심해서 크게 다쳤잖아?"

"물론입니다. 그래서 철저하게 움직임을 확인하는 상태이고요."

"현재 네 개의 무리로 나뉘져서 온다고?"

"예, 그중에 독사자(毒獅子)와 염사자가 가장 먼저 도착할 것 같습니다."

"그놈들 역시 우리가 여기에 와 있는 걸 알고 있겠지?"

당민호의 표정이 진지해졌다.

보고받기로는 이곳에서 불과 하루 거리 정도에 있다고 들어서였다.

나머지 세 무리 역시 약간의 차이는 있지만 반나절 정도의 거리에서 뒤따르고 있었다.

마치 독사자와 염사자의 움직임을 지켜보겠다는 듯이 말이다.

"알 겁니다. 모르기에는 저희 쪽 인원도 적지 않으니까요. 더구나 대막과 접경 지역이지 않습니까. 정찰조가 이 근방에 있을 겁니다. 하루 정도의 거리이니까요."

"이렇게 대놓고 불을 피우는데 모르면 말이 안 되기는 하지."

"그렇습니다."

"개방의 피해가 제법 컸겠어."

당민호가 안쓰러운 얼굴로 개왕을 쳐다봤다.

이런 정보를 쉽게 얻을 리가 없다는 것을 그는 잘 알고 있어서였다.

"나름대로 조심스럽게 접근한다고 하지만 피해가 아예 없을 수만은 없지요. 하지만 작은 희생으로 큰 피해를 막을 수 있기에 다들 각오하고 움직이는 중입니다."

"그들의 희생을 잊지 않을 것이야."

"그거면 충분합니다."

"회의용 천막이 완성되었습니다."

세 사람에게 무인 한 명이 다가왔다. 수뇌부가 사용할 천막이 완성되었음을 알리러 온 것이다.

이윽고 벽우진을 위시로 당민호와 개왕이 무인을 따라 발걸음을 옮겼다.

대막의 열풍과는 다르게 서늘함이 느껴지는 바람에 선두에서 말을 타고 있던 인영이 피풍의를 풀었다.

그러자 거의 벗다시피 한 옷차림의 여인이 나타났다.

가죽으로 꼭 가려야 할 곳만 가린 특이한 옷을 입은 여인의 모습이 드러났던 것이다.

"보고받은 것보다 숫자가 더 많은 것 같은데?"

"지원군이 왔을 수도 있지. 여기는 저치들 안방이나 마찬가지니까."

"그건 우리도 마찬가지야. 여기는 대막과도 그렇게 안 멀어."

여인의 옆으로 창백한 안색의 비쩍 마른 중년인이 모습을 드러냈다. 털이라고는 전혀 보이지 않는 민머리를 반짝이며 피풍의를 벗었던 것이다.

"지원군은 필요 없다. 내 손으로 죄다 녹여 버릴 테니까."

"정찰조의 말을 들으니 사천당가의 무인들도 와 있다고 하던데? 오독문을 밀어내 버렸던."

"그래 봤자 중원의 독인들일 뿐이지. 대막에서 만들어진 독에는 속수무책일 거다."

"반대의 경우도 생각해 봐야 하지 않아?"

"흥."

남자라면 절로 침을 삼킬 수밖에 없는 육감적인 여체였지만 신기하게도 중년인은 아무런 반응을 보이지 않았다.

오히려 더없이 싸늘한 눈으로 여인을 쳐다봤다.

"뭐, 사형의 실력이야 나는 잘 알지만. 개인적으로 나는 사천당가보다 사형의 독이 더 대단하다고 생각해."

"당연한 사실이다."

"그러니 독황을 맡고 패선은 나에게 넘기는 게 어때? 상성을 생각했을 때 내가 상대하는 게 더 낫지 않겠어? 듣자 하니 겉으로 보기에는 이십 대로 보인다던데. 그때의 남자들은 여자에 환장한다는 거 사형도 알잖아?"

"그러면서 자연스럽게 후계자 자리도 차지하고?"

중년인, 달리 독사자라 불리는 그가 이죽거렸다.

하지만 그 말에도 염사자는 태연하게 웃었다.

"에이. 약속한 게 있는데. 일단은 경쟁자들부터 함께 처리하기로 얘기했잖아? 그런데 후계자 자리가 뭐가 중요해."

"그럼 내가 패선을 잡아도 상관없겠군."

"물론이지. 다만 상성으로 사형이 좋지 않다는 것을 말해주려는 거야."

"글쎄. 왜 상성이 나쁘다고 하는지 난 모르겠는데. 오히려 유리하면 유리했지."

독사자가 검게 변색된 이를 드러내며 히죽 웃었다.

사매보다는 오히려 자신의 독공이 더 위력적일 거라 생각하는 것이었다.

"우리가 오는 걸 알고 있을 텐데 당연히 독에 대비하고 있지 않겠어? 더구나 독황이라 불리던 전대고수까지 있다는데."

"만독지체도 내 독에 걸리면 한 줌 독수가 된다. 제아무리 대단한 피독주라도 시간만 벌어줄 뿐이지."

"그렇다면 원래 얘기했던 대로 함께 상대하는 수밖에."

"이제 얼굴도 슬슬 보이는군."

독사자가 먼 곳을 응시했다.

저 멀리 자신들을 기다리고 있다는 듯이 중원의 무림인들이 진형을 구축하고 있는 게 서서히 보이기 시작했던 것이다.

"어디 보자. 그 유명한 패션이 어디 있을까나?"

"저자 같은데."

"어머? 내 취향인데?"

··· 제2장 ···
초전박살

염사자가 눈을 반짝거렸다.

용모파기를 봤을 때도 느꼈었지만 매끈하게 생긴 게 딱 그녀의 취향이었던 것이다.

그녀는 잘생긴 남자도 물론 좋아했지만 개인적으로는 개성 넘치는 외모도 좋아했다.

개인이 가진 고유의 분위기가 있는 남자를 유독 선호했기에 염사자는 그 어느 때보다 눈을 빛냈다.

"네가 남자를 싫어했던 적이 있었나? 더구나 패선이라 불릴 정도면 공력 또한 상당할 텐데."

"진짜 마음에 드는데."

염사자가 입술을 핥았다.

맛있는 음식을 눈앞에 둔 미식가처럼 벽우진을 쳐다보며 눈을 번뜩였던 것이다.

하지만 단순히 벽우진의 외모가 마음에 들어서 그녀가 이런 반응을 보이는 것은 아니었다.

'후계자 자리를 양보할 수는 없지.'

남은 다섯 명의 제자들 중에 실력으로도, 세력으로도 가장 떨어지기에 손을 잡았지만 그렇다고 독사자만 밀어줄 생각은 눈곱만큼도 없었다.

독사자 역시 똑같은 생각을 하고 있을 테고 말이다.

그런 만큼 사소한 명분도 지금은 중요했다.

'어쩌면 패선이 내게 빠질 수도 있고 말이지.'

염사자가 자신만만한 미소를 머금었다.

대막에서 그녀보다 아름다운 여자가 없었던 것은 아니지만 가장 많은 남자들이 원하는 여인은 바로 자신이었다.

그렇다고 미모가 엄청나게 떨어지는 것도 아니었고.

때문에 염사자는 자신의 매력이라면 패선을 단숨에 사로잡을 수 있다고 생각했다.

'부족하다 싶으면 미혼술(迷魂術)을 은근슬쩍 펼치면 되는 일이고.'

남자라면 누구보다 잘 아는 게 바로 자신이었다.

또한 남자의 욕망에 대해서 누구보다도 해박했기에 그녀는 입술을 핥았다.

제아무리 명경지수와 같은 평정심을 유지하는 도사라도 자신을 보게 된다면 넘어올 수밖에 없었다.

대막의 수많은 고수들이 괜히 그녀의 먹이가 된 게 아니었다.

할짝!

그리고 이번에는 패선도 그리될 터였다.

더불어 패선이 평생 동안 쌓아왔다는 어마어마한 내공도.

'듣자 하니 공력이 엄청나다던데. 제대로 잡아먹으면 혈사자까지는 힘들어도 철사자와는 비벼볼 수 있지 않을까?'

사왕성주의 첫 번째 제자인 혈사자는 말 그대로 괴물이었다.

대막의 천재들만 모은 육사자 중에서도 독보적이라 할 수 있을 정도로 강했다.

괜히 그녀가 독사자와 힘을 합친 게 아니었다.

하지만 정점의 자리는 무공만 강하다고 앉을 수 있지 않았다.

'일단 잡아먹으려면 저 녀석이 내게 달려오게 만들어야 하는데 말이지.'

염사자가 옆에 서 있는 독사자를 힐끔거렸다.

자신과 마찬가지로 패선을 노리고 있을 게 분명해서였다.

"방심하지 마라. 그러다가 월사자처럼 허망하게 돼지는 수가 있으니."

"어머. 절 어떻게 보고. 어떻게 월사자랑 저를 비교해요?"

"중원의 무인들을 경시하지 말라는 거다. 보아하니 북해빙궁과 오독문의 일로 독이 바짝 올라와 있는 거 같은데."

"그러니까 다시 한번 짓눌러 줘야죠. 자신들이 동네북이라는 사실을."

염사자가 생글거리며 대답했다.

하지만 정작 독사자는 그녀를 바라보고 있지 않았다.

대신 데리고 온 오백 명의 수하들에게 수신호를 보냈다.

처처척!

그의 수신호에 독전단(毒戰團)이 순식간에 전투태세에 돌입했다. 언제라도 싸울 수 있도록 마상에서 칼과 방패를 꺼내 들었던 것이다.

"자, 우리도 준비하자."

"예!"

그 모습에 염사자 역시 손을 들었다.

이윽고 그녀의 뒤로 이백여 명에 달하는 여자들이 힘차게 대답했다. 하나같이 피풍의를 모조리 벗어 던지면서 말이다.

꿀꺽!

그 광경에 독전단의 몇몇 남자들이 본능적으로 침을 삼켰다.

터질 것처럼 굴곡진 몸을 두 장의 가죽이 딱 필요한 곳만 가리고 있어서였다.

"앞을 쳐다봐라!"

본능적으로 염사자의 음양환희대(陰陽歡喜隊)에 시선을 빼앗긴 부하들의 모습에 독전단의 부단주가 소리쳤다.

그러나 그 역시 음양환희대를 은근슬쩍 힐끔거리고 있었다.

무거운 적막감이 주변에 짙게 흐르고 있었다.

전투를 앞두고서 다들 긴장하고 있는 것이었다.

하지만 전부가 다 그런 것은 아니었다.

몇몇은 달려오는 독전단과 음양환희대를 쳐다보며 전의를 넘어 살의를 불태우고 있었다.

두두두두!

말발굽 소리가 점차 크게 들려왔다.

하지만 벽우진은 여전히 두 눈을 감고 있었다.

거리가 빠르게 가까워지고 있음에도 가장 선두에 서 있는 그는 뒷짐을 진 채로 가만히 있었던 것이다.

"우진아."

그 모습에 학익진처럼 오른쪽 날개 위치에 서 있던 당민호가 벽우진을 불렀다.

어느새 상당한 거리까지 적들이 접근해 있어서였다.

그리고 반대편의 남궁진 역시 검을 고쳐 잡으며 벽우진을 주시하고 있었다.

"내가 말할 것은 딱 하나뿐이다."

"경청하겠습니다."

여전히 두 눈을 감은 채로 입을 여는 벽우진의 말에 뒤에 서 있던 호법들과 제자들이 눈을 빛냈다.

벽우진과 달리 그들은 형형한 안광을 뿌리며 진즉부터 준비를 끝마친 상태였다.

죽은 속가제자들의 복수를 위해서 말이다.

물론 가장 큰 살기를 흩뿌리는 이들은 청민과 서진후 그리고 진구였다.

속가제자들을 가르치면서 가장 오랜 시간을 함께한 게 바로 그 세 사람이었다.

그렇기에 셋은 구도하는 사람들답지 않게 살기를 풀풀 날렸다.

"죽지 마라. 그래야 죽은 아이들의 혼을 위로해 줄 수 있지 않겠느냐."

"예!"

짧은 한마디를 남긴 벽우진이 두 눈을 떴다.

그런 그의 두 눈에는 서릿발 같이 차가운 기운이 서려 있었다.

죽어가던 속가제자들을 떠올리며 벽우진 역시 준비를 하고 있었던 것이다.

하지만 오늘의 전투는 시작일 뿐이었다.

"제갈가주."

"예, 장문인."

"지휘를 맡기지."

"최선을 다하겠습니다."

사천당가와 남궁세가, 소림사의 전력이 쌍익을 담당하는 것과 달리 제갈세가, 공동파, 화산파의 무인들은 중앙의 후미에 위치해 있었다. 전선에 틈이 생기면 언제라도 지원을 할 수 있게 대기해 있었던 것이다.

그것을 다시 한번 확인한 벽우진이 땅을 박찼다.

"공격!"

제갈현에게 지휘를 맡긴 벽우진이 말도 없이 앞으로 뛰쳐나가자 제갈현이 소리쳤다.

그와 동시에 양쪽 날개는 물론이고 곤륜파의 인원들 역시 전방을 향해 진군했다.

"십기대(十技隊) 준비!"

벽우진을 위시로 쌍익이 진군하는 것을 확인한 제갈현이 다시 한번 소리쳤다. 독사자의 독전단이 백병전에 특화되어 있다는 사실을 알기에 그에 맞춘 전략을 준비한 것이다.

더구나 중원의 무인들은 마상전을 겪어본 적이 드물기에 제갈현은 더더욱 철저하게 계획했다.

그 시작이 바로 십기대였다.

처처처척!

제갈현의 외침에 이백 명에 달하는 십기대 중 백 명이 일어나며 활시위를 당겼다.

지금 이 순간을 위해 그들은 지금껏 몸을 숙이고 있었다.

"1열 발사!"

백 명이 쏜 화살이 일제히 하늘로 솟구쳤다.

그러나 이건 시작에 불과했다.

"2열 발사!"

화살을 쏜 1열이 주저앉으며 화살을 메기는 사이 둘째 줄의 십기대원들이 일어나 하늘을 향해 화살을 쐈다.

내공을 머금은 화살이 곡사를 그리며 독전단에게 떨어져 내렸던 것이다.

그런데 화살이 향하는 곳은 독전단의 선두가 아닌 후미 부분이었다.

퍼퍼퍼퍽!

달려오는 속도까지 계산해서 날린 화살 비에 후방에서 따르던 독전단원들이 우스스 떨어졌다.

갑자기 날아온 화살에 속수무책으로 당했던 것이다.

물론 금방 방패를 들어 화살 비를 막아내기는 했으나 말까지 지켜내지는 못했다.

푸히히힝!

느닷없이 쏟아지는 화살 비에 전신이 피투성이가 된 말들이 바닥에 주저앉았다.

즉사한 말들도 있었지만 대부분은 꼬치 신세를 면치 못한 채 땅바닥을 구르며 신음했다.

덩달아 같이 쓰러진 독전단원들 역시 사지 중 한 곳이 부러진 채로 신음을 흘렸다.

"계속 쏴라!"

그 모습을 일일이 확인하며 제갈현이 지시를 내렸다.

전체적인 숫자는 엇비슷하나 그들이 싸워야 할 상대는 아직도 많았다. 다른 세 명의 사자들을 생각하면 최대한 피해 없이 이번 전투를 끝내야 했다.

'왜인지는 모르겠으나 세 무리 역시 우회할 기미를 보이지 않고 있어. 마치 이곳을 꼭 지나가야 한다는 것처럼.'

자신들의 위치를 모를 리가 없었다.

그런데도 사왕성의 무리들은 충분히 우회할 수 있음에도 그러지 않았다.

중원무림이 목표라면 꼭 이곳을 지나갈 필요는 없었는데 말이다.

제갈현은 그 점이 의문이었다.

'몇 명을 사로잡으면 알 수 있겠지.'

처음과 달리 점차 안정적으로 화살 비에 대처하는 독전단을 쳐다보며 제갈현이 눈을 빛냈다.

의문이 있다면 직접 물어보면 될 일이었다.

그리고 그 숫자는 다행스럽게도 충분히 많아 보였다.

운 좋게 죽지 않은 부상자들이 다수 있어서였다.

○

휘리리릭!

한편 벽우진은 뒷짐을 진 채로 앞을 향해 나아가고 있었다.

그런데 놀랍게도 그는 거의 땅에 발을 딛지 않았다.

거의 날 듯이 나아갔는데 그런 그의 뒤로 청민과 서진후 그리고 진구가 바짝 따라 붙고 있었다.

희한하게도 셋 다 거의 상반신만 한 목궤를 등에 메고 있었는데 누구 하나 힘든 기색을 보이지 않았다.

진구야 두말할 필요도 없고 청민과 서진후도 이제는 완숙한 절정고수라고 할 수 있었기에 이 정도 속도는 더 이상 버겁지 않았다.

스스슥!

그리고 그 뒤로 곤륜산을 지키기 위해 남은 허륭과 비현을 제외한 나머지 호법들이 무시무시한 기세를 흩뿌리며 따라 달리는 중이었다.

앞에 있는 세 사람만큼은 아니지만 그래도 호법들 역시 속가제자들과 든 정이 적지 않았다.

때문에 호법들은 살벌한 안광을 발하며 앞으로 쭉쭉 나아갔다.

그런 호법들의 뒤로는 벽우진의 제자들이 따르고 있었다.

"열어."

선두에서 달려 나가던 벽우진이 무표정한 얼굴로 입을 열었다.

그러자 기다렸다는 듯이 청민과 서진후, 진구가 등 뒤로 손을 넘겨 목궤를 열었다.

철컹철컹.

활짝 열린 목궤에서 금속으로 된 무언가가 부딪치는 소리가 들려왔다.

하지만 벽우진은 지시를 내렸음에도 고개 한 번 돌리지 않았다. 대신 뒷짐을 진 채로 전신에 고이 잠들어 있던 공력을 일으켰다.

우우우웅!

단순히 공력을 움직인 것뿐인데도 벽우진 주위의 대기가 흔들렸다. 막대한 진기에 대기가 진동한 것이다.

그러나 놀랄 일은 지금부터가 시작이었다.

슈슈슈슉!

청민, 서진후, 진구가 메고 있던 목궤에서 32개의 철검들이 모습을 드러냈다.

각기 길이와 무게가 다른 철검이었지만 한 가지의 공통점이 있었다. 바로 곤륜파의 검이라는 점이었다.

"뭐야, 저건?"

"검 같은데?"

"검 끝에 은사라도 매달아둔 건가?"

갑자기 솟구치는 검들의 모습에 말을 타고 달려오던 독전단원들이 미간을 좁혔다.

화살 비에 이어 검들이 솟구치자 무슨 일인가 했던 것이다.

하지만 놀라는 것과 동시에 그들은 방패를 들어 상반신을 가렸다. 혹시라도 허공으로 솟구친 검이 날아올지도 모른다고 생각해서였다.

"너무 비효율적인 거 같은데."

"중원무림 놈들이 언제 효율 같은 거 따졌어? 오직 명분만 따지지."

"그래도 저건 너무 멍청한 거 같은데."

"내 말이. 화살보다 무겁고 얼마 날아가지도……."

비웃던 독전단원의 눈이 더 이상 커질 수 없을 정도로 휘둥그레졌다.

그의 말이 끝나기도 전에 서른두 개의 철검이 그들에게 쏘아졌기 때문이다.

쌔애애액!

전광석화라는 말이 절로 떠오를 정도로 무시무시한 속도로 쏟아지는 철검들의 모습에 독전단원들이 황급히 고삐를 잡아 당겼다.

하지만 그들이 반응하는 것보다, 말들이 움직이는 속도보다 날아오는 검이 훨씬 빨랐다.

퍼퍼퍼펑!

벼락처럼 쏟아져 내리는 철검들의 모습에 피하기는 늦었다고 생각한 독전단원들이 다급히 방패를 들어 올렸다. 철제 방패이기에 진기를 주입하면 충분히 막을 수 있다고 생각했던 것이다.

그러나 그 판단이 얼마나 큰 오만이었는지 그들은 곧 깨달았다.

"크아악!"

"끅!"

서른두 자루의 철검들은 독전단원들의 판단을 비웃듯이 무자비하게 꿰뚫었다.

방패든 말이든 닿는 모든 것들을 종잇장 가르듯이 모조리 뚫어버렸던 것이다.

그로 인해 수십 명의 인마(人馬)들이 바닥을 나뒹굴었다.

"이놈!"

선두에서 달리던 독전단의 정예들이 칼 한 번 휘둘러 보지도 못하고 허망이 죽어나가는 모습에 독사자가 포효했다.

대막의 왕좌를 노리며 힘들게 키워온 수하들이 너무나 허무하게 죽어나가자 격노한 것이었다.

하지만 그런 독사자를 보는 벽우진의 두 눈은 지극히 냉정했다.

심지어 여전히 뒷짐을 풀지 않은 상태였다. 이제는 수십 장의 거리만 남겨놓은 상태임에도 불구하고 말이다.

"뒈져라!"

그 모습에 더욱더 흥분한 독사자가 예비용으로 들고 다니는 마상용 창을 들어 던졌다.

근접 전투가 주특기인 그에게 지금의 거리는 상당히 먼 편이었기에 일단 화풀이라도 하기 위해 창을 던진 것이었다.

하나 그렇다고 절대 허투루 던진 것은 아니었다. 이번 일격으로 죽이진 못하더라도 치명상 정도는 입힐 생각으로 진기를 가득 실어 던졌다.

쒜애애액!

그런 그의 살기를 머금은 거대한 창이 무시무시한 기세로 벽우진에게 쇄도했다. 일직선을 그리며 쏜살같이 날아왔던 것이다.

"툇!"

한데 그때 놀라운 일이 벌어졌다.

맹렬한 기세로 날아오는 마상용 창을 벽우진이 침으로 튕겨냈던 것이다.

정확하게는 궤적만 비튼 것이지만 그것만으로도 독사자는 물론이고 염사자도 어안이 벙벙한 표정을 지었다.

지금껏 수많은 전투와 싸움을 치러왔지만 이렇게 침으로 공격을 튕겨내는 이는 없었다.

"역시 사형!"

"손조차 쓰기 아깝다는 것이지!"

반면에 뒤따라서 달리는 중이던 청민과 서진후는 눈을 빛냈다.

나름 기선 제압을 했다고 생각한 것이다.

하지만 벽우진은 그런 의도로 침을 뱉은 게 아니었다. 그저 거치적거리기에 치워낸 것뿐이었다.

"말코도사 따위가……!"

"시끄럽다."

어느새 지척이라고 해도 과언이 아닐 정도로 가까워진 거리에 독사자가 검은 이빨을 드러내며 손을 뻗었다.

그러자 검녹색의 독장(毒掌)이 벽우진에게 뻗어나갔다. 독사자가 평생 동안 축적한 독의 정수가 독강(毒罡)으로 펼쳐진 것이었다.

치이이익!

순식간에 크기를 키운 독강이 대기마저 녹여 버리며 벽우진에게 쇄도했다. 사람만 한 크기로 커진 독강이 짓뭉갤 기세로 뻗어왔던 것이다.

"훙."

하지만 그 모습에도 벽우진은 콧방귀를 뀌었다.

다른 이들에게는 더없이 위협적인 일격이겠지만 벽우진에게는 아니었다.

꽈앙!

그 사실을 증명하듯 벽우진은 이동하던 상태에서 발만 들어서 찼다. 정강이를 때리듯 장난처럼 발끝으로 독사자의 독강을 찍었던 것이다.

쩌저저적!

"뭐, 뭐야?!"

벽우진의 발끝이 닿은 부분에서 시작된 작은 균열은 이내 삽시간에 독강 전체로 번졌다.

그러더니 이내 순식간에 박살이 나서 터져 버렸다.

그 말도 안 되는 광경에 독사자가 두 눈을 부릅떴으나 벽우진의 얼굴은 여전히 무표정했다.

"월사자라는 놈은 그래도 준비는 철저히 했는데 말이지."

"무슨 말을……!"

생뚱맞은 말을 하는 벽우진을 노려보던 독사자가 순간 화들짝 놀랐다. 등 뒤에서 무시무시한 기세가 느껴졌기 때문이다.

그래서 그는 반사적으로 말 위에서 펄쩍 뛰어 올랐다.

퍼퍼퍼퍽!

이윽고 그가 타고 있던 애마로 네댓 자루의 철검이 박혔다. 아까 전 벽우진이 날렸던 철검이 재차 날아와 애마를 꿰뚫었던 것이다.

"준비성은 없어도 감각은 있네."

"비검술이 아니었단 말인가!"

한두 개도 아니고 서른두 자루의 검이었다. 지금만 하더라도 대충 본 숫자가 여섯 개 이상이었고, 그 검을 아무런 낌새도 없이 자유자재로 다루는 모습에 독사자가 자기도 모르게 소리쳤다.

자신도 이기어검을 펼칠 수 있는 경지이기는 하지만 벽우진처럼 여러 개의 검을 자연스럽게 다룰 수 있는 수준은 아니었다. 하물며 벽우진은 여전히 뒷짐을 지고 있는 상태였다.

'최소 목어검!'

독사자의 뇌리에 경종이 울렸다.

중원무림에서 패선이라 불리고 월사자를 혼자서 상처 없이 사로잡았다고 하기에 강자일 거라고는 생각했다.

하지만 그 수준이 이 정도일 것이라고는 상상조차 못 했다.

그렇기에 독사자는 착지와 동시에 뒤로 물러났다.

'협공해야 해!'

욕심을 부리다가는 쥐도 새도 모르게 죽을 것이라는 걸 알 수 있어서였다.

그리고 그건 살짝 뒤쪽에서 따르던 염사자 역시 마찬가지였다.

"요호호호!"

독사자가 착지한 것과 동시에 말에 타고 있던 염사자가 솟구쳤다.

그러면서 그녀는 피풍의를 벗어 던졌다. 과도한 움직임으로 벽우진의 시선을 자신에게 집중시켰던 것이다.

촤르륵!

그뿐만 아니라 그녀는 중요 부위만 가까스로 가리고 있던 가죽옷조차 벗어버렸다. 속옷인지 옷인지 구분이 되지 않는 옷을 벗어버리고 나신이 되었던 것이다.

"으헙!"

"어이쿠!"

갑작스러운 탈의에 소림사의 십팔나한들은 물론이고 공동파의 도사들이 경악성을 토해냈다.

설마하니 전투 중에 저렇게 옷을 벗어 던질 줄은 몰라서였다.

하지만 이것은 시작에 불과했다.

"꺄하하하!"

염사자가 옷을 벗어 던지기 무섭게 음양환희대도 피풍의와 함께 옷을 모조리 벗어버렸던 것이다.

동시에 전원이 기이한 진형을 이룬 채 춤을 추기 시작했다.

"으으으!"

"어흑!"

보는 이에게, 정확하게는 남자에게 기묘한 열기를 일으키게 만드는 음양환희대의 춤사위에 수많은 무인들이 침음을 흘렸다.

본능이라 할 수 있는 성욕을 자극하는 음양환희대의 춤사위에 자기도 모르는 새에 빠져 들어갔던 것이다.

'네놈도 별 수 없을 것이다!'

그리고 그 중심에 있던 염사자는 야릇한 미소를 머금으며 벽우진을 쳐다봤다.

남자라면 자신과 음양환희대가 펼치는 환희열락무(歡喜悅樂舞)에 흔들리지 않을 리 없었다. 불알 두 쪽 달린 남자라면 말이다.

샤라라락!

나풀나풀거리는 움직임과 함께 육감적인 여인의 나체가 뜨거운 태양 빛을 받아 반짝였다.

그리고 음양환희대가 뿌리는 염기(艶氣)는 삽시간에 중원무림인들을 덮쳤다.

푹!

"어?"

아미파의 비구니들이 있다면 모를까 대부분이 남자들인 이상 염사자는 당연히 중원무림인들이 맥을 못 출 거라 생각했다.

하지만 그건 착각이었다.

"더럽다."

염사자의 두 눈이 부릅떠졌다. 소리도 없이 양쪽 허벅지를 꿰뚫고 나온 철검을 보고도 믿을 수가 없어서였다.

그러나 뒤이어 느껴지는 깊은 고통에 염사자가 비명을 질렀다.

"치잇!"

그때 염사자의 뒤로 독사자가 나타났다.

염사자가 피를 쏟으며 쓰러지는 순간 양팔을 활짝 펼치며 벽우진을 향해 달려들었던 것이다.

그런 그의 쌍수에서는 수십 개의 녹색 빛이 솟구쳤다. 절독을 잔뜩 머금은 지강(指罡)이 폭사되었던 것이다.

'하나만 맞아라!'

독사자가 이를 악물고서 쉴 새 없이 지강을 쏘아댔다.

그것도 단순히 공력을 담은 지강이 아닌 그의 독혈이 담긴 공격이었다.

웬만한 무인도 한 방울만 닿으면 한 줌 독수로 화하기에 독사자는 내심 기대하는 얼굴로 날아가는 지강을 쳐다봤다.

그러면서도 독사자는 등 뒤를 살피는 것도 잊지 않았다.

"흐으……!"

뒤를 도외시했다가 양다리가 봉쇄된 채 엎어져 있는 염사자의 사례가 있기에 그는 방심하지 않았다.

염사자도 저리되었는데 자신이라고 해서 다를 거라는 보장은 없어서였다.

터터터텅!

그사이 독혈을 머금은 지강이 벽우진에게 쇄도했다.

하지만 안타깝게도 독사자가 원하는 결과는 나오지 않았다.

벽우진은 여전히 뒷짐을 진 채로 호신강기만으로 그의 공격을 막아냈다. 호신강기를 녹이기는커녕 충돌과 동시에 산산이 흩어졌던 것이다.

"부단주!"

"예!"

그것을 확인한 독사자가 독전단의 부단주를 불렀다.

염사자가 저리된 이상 결국 자신과 독전단의 힘으로 벽우진을 잡아야 할 것 같아서였다.

"어허. 어딜 가시나?"

"그르륵!"

하지만 그의 부름에 호쾌하게 대답했던 부단주는 얼굴에 수백 개의 기포를 일으키더니 이내 한 줌의 독수가 되어 땅바닥으로 스며들었다. 어느새 다가온 당민호가 뒷목을 잡음과 동시에 중독시켰던 것이다.

독사자의 심복답게 독공도 상당한 수준으로 익힌 부단주였지만 그래도 독황이라 불렸던 당민호와 비교할 수는 없었다.

"당가의 늙은이!"

"세월이 많이 흐르기는 했어. 날 알아보지 못하는 이들이 이렇게 많아서야."

"그놈은 내 거야."

당민호의 곁으로 벽우진이 귀신같이 나타났다. 단 한 걸음으로 독사자의 코앞까지 접근한 것이다.

"흐읍!"

그 모습에 독사자가 대경하며 두 팔을 거칠게 휘둘렀다. 하독과 동시에 독장으로 벽우진을 공격했던 것이다.

푹! 푸푹!

그러나 그의 쌍장은 벽우진의 몸 근처에 오기도 전에 제지당했다. 어디선가 날아온 두 자루 검이 그의 양팔을 꿰뚫었던 것이다.

"끄으윽!"

두 자루 철검에 꿰뚫린 독사자가 어정쩡한 자세로 주저앉았다. 머리를 새하얗게 만드는 고통에 순간적으로 정신 줄을 놓은 것이었다.

벽우진은 그 기회를 놓치지 않았고 지풍을 날려 순식간에 점혈을 했다.

파바바밧!

그런데 그 순간 염사자가 몸을 내뺐다.

양쪽 허벅지에 박혔던 검을 뽑고서 빠르게 지혈한 염사자는 독사자가 제압당하는 것을 보자마자 득달같이 몸을 돌려 도망쳤던 것이다.

둘이서도 상대가 안 되었는데 혼자인 지금 벽우진에게 달려드는 것은 섶을 지고 불구덩이에 몸을 날리는 것이나 마찬가지였다. 그렇기에 염사자는 뒤도 돌아보지 않고 몸을 날렸다.

"흥."

발가벗은 채로 순식간에 음양환회대 사이로 파고드는 염사자의 모습에도 벽우진은 오히려 코웃음 쳤다.

이곳에 발을 들인 이상, 자신의 눈에 띈 이상 염사자가 도망칠 수 있는 가능성은 없었다.

스르르륵.

그 사실을 증명하듯 서른 개의 철검이 떠올랐다.

벽우진의 의지를 받드는 검들이 일제히 허공으로 솟구쳐 염사자에게 날아갔던 것이다.

"히, 히에에엑!"

순식간에 허공을 빽빽이 채우는 서른 자루의 검에 염사자가 기겁하며 멈춰 섰다.

그런 그녀의 주위로 서른 개의 검이 빙글빙글 돌았다. 조금이라도 움직인다면 곧바로 꿰뚫어 버리겠다는 듯이 말이다.

"얌전히 잡혀. 조금이라도 고통을 줄이고 싶으면. 뭐, 죽어도 상관은 없고. 너 말고 입을 열 사람은 아직 네 명이나 더 남아 있으니까."

털썩.

싸늘한 벽우진의 한마디에 염사자가 망연자실한 얼굴로 주저앉았다. 압도적인 무위를 보자 싸울 엄두가 나지 않았던 것이다.

'저자는…… 대사형이라고 해도 힘들어.'

대막 최고의 전사들이라 불리는 육사자들 중에서도 괴물로 불리는 이가 혈사자였다.

적어도 싸움에 있어서는 전신(戰神)이라는 말이 과언이 아닐 정도로 강한 이가 혈사자였지만 염사자는 그런 그조차도 벽우진에게는 힘들 거라는 생각이 들었다.

적어도 혈사자는 이런 막막함은 들지 않았다.

"끄아아악!"

게다가 오판은 한 가지 더 있었다.

풍요로운 땅에서 평화에 찌들어 살기에 약할 거라 생각했던 중원무림인들은 결코 약하지 않았다.

오히려 대막의 전사들보다 더한 투지를 보이며 싸우는 모습에 염사자가 주저앉은 채로 처연한 표정을 지으며 벽우진을 올려다봤다.

"제가 어떻게 하면 살려주실 건가요?"

"답은 너도 알고 있을 거라고 생각하는데."

"저 쓸모 많아요. 시키는 것이라면 모든지 할 수 있어요. 중원의 여인들이 할 수 없는 것들도요."

염사자가 간절한 얼굴로 말했다. 어떤 것이든, 무엇이든 말만 하면 다 할 수 있다는 듯이 말이다.

하지만 벽우진의 표정은 냉랭했다.

"내게 그런 건 필요 없다. 알고 싶은 건 네 머리에 있는 것들이지."

"다 말할게요. 저 다 말할 수 있어요. 그 외에 모든 것들도 시키시면 다 할게요. 그러니까……."

"시끄럽다."

벽우진은 손가락을 튕긴 후 몸을 돌렸다.

지풍으로 마혈과 아혈을 점혈한 것이다.

그리고 그사이 전투는 어느새 끝을 향해 달려가고 있었다.

당민호와 소림무제, 제왕검의 활약으로 제갈세가나 공동파가 나설 일이 없었던 것이다.

"거참 이해는 가는데 너무 살벌하네."

"금쪽같은 속가제자들이지 않았습니까. 재건을 시작한 이후 처음으로 받아들인 속가제자들이니까요. 아무래도 정이 깊었을 수밖에 없지요."

"그건 그런데, 패선도 참 살벌해. 세상에 저 많은 검들을 조종하다니."

개왕이 기가 질린 표정으로 말했다.

그도 중원에서는 나름 방귀깨나 뀌고 다니는 고수이지만 좀 전의 광경 앞에서는 기가 죽을 수밖에 없었다. 그 정도로 벽우진이 보여주는 무위는 압도적이었다.

"검선께서도 인정하신 분이니까요."

"이번 일을 무사히 마무리 지으면 무당산에 가봐야겠어.

어쩌면 이번에 보는 게 마지막일지도 모르니.”

“저도 같이 가겠습니다. 늦기 전에 인사를 드려야 할 것 같아서요.”

제갈현의 시선이 항복하는 독전단과 음양환회대를 일별하고서 하늘로 향했다.

서서히 어두워지는 하늘에서 아직 청명한 빛을 발하는 별 하나를 지그시 쳐다봤다.

○

검은색 천막 안으로 벽우진이 들어갔다.

그리고 그 뒤로 청민과 서진후가 뒤따랐다. 곤륜파의 실세라 할 수 있는 세 사람이 천막 안으로 들어갔던 것이다.

“오셨습니까?”

“둘 상태는?”

“출혈이 좀 있기는 합니다만 죽을 정도는 아닙니다.”

“독은?”

늘 그렇듯 차분한 목소리로 대답하는 제갈현을 일별한 벽우진이 우측에 결박된 채로 서 있는 독사자를 쳐다봤다.

점혈당한 상태이지만 그래도 혹시 몰라 족쇄는 물론이고 양팔에 쇠고랑을 찬 상태였는데 그럼에도 불구하고 독사자의 표정은 의외로 담담했다.

“당 어르신께서 직접 확인하셨습니다. 지니고 있는 독 역시 모조리 회수했고요."

"피나 침 자체가 독인 건 알고 있지?"

"그래서 입마개도 채워놓은 상태입니다."

제갈현이 걱정하지 않아도 된다는 듯이 대답했다.

그 말에 벽우진이 그제야 만족스럽다는 듯이 고개를 주억 거렸다.

"일찍 왔네?"

"너까지 올 필요는 없는데?"

"여기에서 고문에 일가견이 있는 사람이 누가 있다고. 제갈 가주가 할 거야, 아니면 남궁가주가 할 거야?"

"나."

"네가?"

천막을 열고서 안으로 들어온 당민호가 두 눈을 끔뻑였다.

당연히 자신을 말할 줄 알았는데 그렇지가 않아서였다.

"응, 기술은 없지만 어차피 알아내고자 하는 정보만 발설하 게 만들면 되는 거 아냐?"

"그렇긴 하지."

"그리고 현역이 아닌 건 너도 마찬가지잖아."

"독 중에는 고문에 유용한 것들도 많아. 꼭 다 죽이는 데에 만 쓰이지는 않아."

현역이 아니라는 말에 당민호가 발끈했다.

틀린 말은 아니지만 그렇다고 꼭 고문이라는 게 건강해야만 할 수 있는 것은 아니었다.

"알아. 독도 잘 쓰면 약이 되기도 하니까."

"그러니까 나한테 맡겨. 이쪽은 아무래도 내가 전문이니까."

"근데 괜찮나?"

"저 말씀이십니까?"

두 사람이 티격태격하는 것을 조용히 지켜보던 제갈현이 벽우진의 시선에 반문했다.

왜 자신에게 묻는지 의아했던 것이다.

"명문세가이지 않나. 이런 걸 보기에는 불편할 텐데."

"괜찮습니다. 전쟁이라는 게 애초에 잔혹하기 그지없는 행위이니까요. 더구나 명분은 저희에게 있지 않습니까. 정당성 또한 마찬가지고요."

"뭐, 가주가 손을 더럽힐 일은 없으니까."

벽우진이 어깨를 으쓱거렸다.

당사자가 괜찮다는데 자신이 더 묻는 것도 이상했기에 벽우진은 제갈현의 어깨를 두어 번 두드려 준 후에 발을 뗐다.

"진짜 네가 하려고?"

"응, 생각보다 일이 쉬워질 가능성도 있고."

벽우진은 입마개를 하고 있어 눈과 코만 보이는 독사자가 아닌 염사자에게 다가갔다.

그러자 염사자의 두 눈이 초롱초롱해졌다. 역시나 예상대로 자신에게 먼저 다가와서였다.

툭.

"말해."

지풍으로 아혈을 풀어준 벽우진이 염사자를 바라보며 물었다.

밑도 끝도 없는 말이었지만 염사자는 그 말을 단박에 이해했다.

"둘이서만 대화하면 안 될까요?"

"아직도 정신을 못 차린 모양이군."

"아, 아니에요! 바로 말할게요!"

싸늘한 벽우진의 말에 염사자가 황급히 말을 이었다.

혹시나 기대를 했었지만 역시나 통하지 않는 듯하자 염사자는 마른침을 삼켰다.

"내 인내심은 길지 않아. 그 이유는 말하지 않아도 알겠지."

"왜 저희가 곤륜파를 공격했는지 궁금한 것이죠?"

"맞아. 아무리 생각해 봐도 이유가 없거든. 그렇다고 사왕성이 북해빙궁과 동맹 관계인 것도 아니고. 만약 같은 편이었다면 북해빙궁이 본 파에 오기 전에 합류했겠지."

"사마룡이 사왕성에 찾아왔어요."

염사자가 가장 알고 싶었던 정보를 툭 내뱉었다.

그리고 그 순간 무거운 침묵이 천막을 짓눌렀다.

어느 정도 예상을 하기는 했지만 이렇게 확실하게 알게 되자 다들 표정이 달라졌던 것이다.

특히 제갈현은 두 눈을 질끈 감았다.

"역시 사마세가였구먼."

"가문을 정리하고 사왕성을 찾아와서는 성주님께 자기 딸을 바쳤어요. 그 결과가 은월단이고요."

"까다로운 녀석들이었지."

벽우진이 이를 갈았다.

교활하게도 낮에 사당 방문객들의 기척을 이용해 곤륜산 내부에 숨어들었기에 벽우진으로서도 속절없이 당할 수밖에 없었다.

무음살존의 경우 자만심으로 인해 기척을 일찍 잡아낼 수 있었지만 은월단은 달랐다. 악착같이 땅속으로 숨어서 기척을 죽였기에 벽우진으로서도 감지가 늦을 수밖에 없었다.

"지둔술을 기가 막히게 펼쳤다며?"

"……그거에 제대로 당했지."

벽우진의 표정이 살벌해졌다.

여러 가지 복합적인 사정이 있었지만 역시 가장 큰 이유는 그의 방심이었다.

곤륜산 내에서는 완벽하다고 생각하는 그자만이 장하삼을 비롯해서 속가제자들의 목숨을 앗아갔다. 그래서 벽우진은 그일 이후 단 한시도 방심하지 않았다.

'너무나 무책임하게 망각했지. 내가 책임져야 할 이들이 그렇게나 많은데도.'

은월단이 영악하기도 했지만 근본적인 책임은 벽우진에게 있었다.

안일한 마음가짐이 결국 또다시 곤륜산에 혈사가 일어나도록 만든 것이다.

'앞으로 다시는 그런 일이 벌어지지 않을 것이야.'

죽어간 속가제자들의 모습을 다시 한번 떠올리며 벽우진이 두 눈을 감았다.

그런데 그 모습에 염사자가 움찔거렸다.

"혀, 현재 철사자와 함께 이동 중인 것으로 알고 있어요."

"근데 이상하지 않아? 은월단이 대막을 주름 잡는 살귀들이고 월사자가 육사자의 일원이라고 하지만 고작 그 정도 전력 가지고 널 노린 게 말이야."

당민호가 미간을 좁혔다.

비록 헛똑똑이지만 그래도 한때 명석하기로 유명했던 인물이 사마룡이었다. 제갈세가를 제외한다면 지자로서 꽤나 명성을 가지고 있었고.

더구나 벽우진을 직접 겪어보기까지 한 이가 사마룡인데 고작 은월단만 데리고 곤륜산에 온 게 이해가 되지 않았다.

"미끼라고 생각해요. 저희들을 비롯해서 성주님을 이끌어 내기 위한. 저도 이제 와서 알게 되었지만요."

염사자가 이를 갈았다.

아무리 생각해 봐도 사마룡의 음모라고밖에는 생각되지 않아서였다.

은월단을 지원받았을 때 아무런 말을 하지 않은 것부터 말이다.

'혼자서 살아 돌아왔을 때부터 수상했어.'

사로잡힌 월사자와 전멸한 은월단과 달리 사마룡은 너무나 멀쩡한 모습으로 돌아왔다.

지 딴에는 월사자가 도움이 되지 않는다고 떨어져 있으라고 지시했다지만 지금 와서 생각해 보니 모든 게 계획된 것 같았다.

애초부터 사마룡은 월사자만으로는 버겁다는 걸 알고 있었을 터였다. 그의 입장에서는 희박한 가능성이기는 하지만 월사자가 벽우진을 사로잡아 오면 좋은 일이었고.

"미끼라."

"딸을 바칠 정도로 악에 바쳤다는 건가."

"그래도 그렇지 세외무림을 끌어들이는 건."

의외로 담담한 벽우진과 달리 당민호와 제갈현은 진심으로 분노했다. 두 사람 다 가문을 이끌었던 사람이었기에 더욱 큰 배신감을 느낀 것이었다.

더구나 벽우진이 못되게 괴롭힌 것도 아니었다. 시작은 사마룡이 했었다.

'그런데 그걸 잊고 자신이 당한 것만 생각한 것이겠지.'

제갈현이 한숨을 깊게 내쉬었다.

심정은 이해가 가지만 그렇다고 해도 이건 아니었다. 방법이 잘못되어도 너무나 잘못되었고 지나쳐도 너무 많이 지나쳤다.

"육사자를 다 잡으면 사왕성주가 움직이겠군."

"혼자서 살아남아 대막으로 돌아가겠죠. 월사자 때처럼."

"여전히 영악하군. 혈사자가 아니라 철사자에게 붙어 있는 것을 보면."

"세력적으로 완성되어 있고, 사왕성 내에서도 지지 기반이 가장 탄탄한 만큼 혈사자에게 간다고 한들 중용받기는 힘들 테니까요."

염사자가 비위를 맞추듯이 맞장구를 쳤다.

그러면서 자신이 알고 있는 모든 것을 하나둘 토해냈다. 한 번에 모든 걸 말하면 쓸모가 다했다고 죽일 게 분명하기에 적당한 수준으로 자연스럽게 맞장구를 치면서 정보를 흘렸던 것이다.

"그 머리를 좋은 일에 사용했으면 얼마나 좋았을꼬."

벽우진과 염사자의 대화를 듣던 당민호가 혀를 찼다. 생각할수록 똑똑한 머리를 중원무림을 위해 사용했으면 하는 아쉬움이 생겨서였다.

하지만 그러기에는 너무 먼 곳으로 가버린 뒤였다.

"벽 장문인과 사이가 틀어지지 않았어도 좋은 일에 사용하지는 않았을 겁니다. 오히려 개인과 가문의 이득을 위해 사용했겠지요."

"그럴 테지."

당민호가 무겁게 고개를 끄덕였다.

그가 본 사마룡은 충분히 그러고도 남을 위인이었다.

"흑사자에 대해서 말해봐. 네가 알고 있는 것 전부 다. 철사자와 혈사자에 대해서도."

"예, 다 말할게요. 침상 위에서의 잠자리 취향까지 전부 다요!"

염사자 환하게 웃으며 말했다.

그런 그녀의 목소리와 눈동자에는 교태가 가득했다. 어떻게든 벽우진에게서 점수를 따서 살아남겠다는 의지를 숨기지 않고 드러냈던 것이다.

그리고 그녀가 말한 세 사자들의 정보는 벽우진을 비롯해서 제갈현의 뇌리에 차곡차곡 남았다.

"읍읍읍!"

물론 모두가 그녀의 배신을 반긴 것은 아니었다.

점혈당한 독사자가 표독한 눈빛을 사정없이 뿌리며 발광했다.

손가락 하나 까딱할 수 없지만 미약한 신음 정도는 낼 수 있었기에 염사자를 노려보며 울부짖었던 것이다.

"저놈 입마개 풀어줘 봐. 하고 싶은 말이 있는 모양인데."

염사자가 말하는 내내 괴성을 지르며 발광하는 독사자의 모습에 벽우진이 눈짓했다.

그러자 지금껏 조용히 경청하고 있던 청민이 나섰다.

"아서라. 저놈은 침도 독이야. 우진이라면 모를까 넌 아직 위험해."

"다루기 진짜 까다롭네요."

"독인들의 특징이지. 몸 자체가 살인 병기나 마찬가지니까."

당민호가 히죽 웃으며 입마개를 풀고서 물러났다.

입마개야 그가 풀어줄 수 있지만 점혈은 벽우진이 했기에 해혈도 벽우진만이 할 수 있었다.

"지껄여 봐."

당민호가 적당한 거리로 물러나자 벽우진이 지풍을 날려 아혈만 해혈했다.

그러나 바로 입을 열지는 못했다. 몇 시진 동안 점혈당해 있었기에 완전히 풀리는 데 시간이 제법 필요했던 것이다.

"미친년. 그렇게 꼬리를 살랑거리면서라도 살고 싶은 것이냐."

"죽는 것보다는 낫지."

"그런다고 한들 저놈이 살려줄까?"

"글쎄. 사형보다는 가능성이 높을 것 같은데."

독사자의 매서운 눈빛에도 염사자는 오히려 당차게 대답했다. 살 수만 있다면 그깟 자존심쯤은 얼마든지 던져 버릴 수 있었다.

"모자란 년!"

"둘이 싸우라고 내가 아혈을 풀어준 게 아닌데 말이지."

"지금이라도 늦지 않았다. 날 풀어라."

··· 제3장 ···

피해자는 우리들이라니까

지혈은 했으나 핏자국까지는 닦아내지 못한 독사자가 벽우진을 바라보며 당당하게 입을 열었다.

　그런데 그 말에 다들 헛웃음을 흘렸다. 생포된 주제에 너무나 당당해서였다.

　심지어 반대편에 있던 염사자 역시 어처구니없다는 얼굴로 독사자를 쳐다봤다.

　"그 당당함이 어떻게 나온 건지 궁금한데."

　"날 죽이면 너는 물론이고 곤륜파 전부가 죽을 것이다. 다른 놈들 역시 마찬가지고."

　독사자가 형형한 안광을 뿌리며 말했다. 벽우진을 시작으로 당민호와 제갈현을 차례대로 쳐다봤던 것이다.

　"살려줘도 가만두지 않을 것 같은데?"

　사로잡혔음에도 기가 전혀 죽지 않은 독사자를 응시하며

벽우진이 피식 웃었다. 풀어준다고 한들 결과는 달라지지 않을 것 같아서였다.

"약속하지. 지금이라도 날 풀어준다면 복수하지 않겠다. 원한다면 각서라도 쓰겠다."

"네놈을 어떻게 믿고."

"우리 부족이 네놈들을 가만두지……."

부지불식간에 이마를 꿰뚫은 지풍에 독사자가 독기 가득한 눈빛으로 벽우진을 쏘아보며 말했다.

하지만 안타깝게도 그의 말은 끝까지 이어지지 못했다. 말을 다하기 전에 절명했던 것이다.

"저, 저는 아무 말도 안 했어요! 저 자식 혼자만의 생각……."

퍼석!

독사자에 이어 염사자의 미간에도 구멍이 뚫렸다. 원하는 정보는 거의 다 알아냈기에 미련 없이 죽인 것이었다.

잠시 후 염사자의 두 눈에서 빛이 사라졌다.

"오라면 오라고 해. 오는 족족 죄다 쓸어버릴 테니까. 한 놈도 남김없이. 오는 건 지들 마음이지만 돌아가는 건 내 허락이 있어야 해."

"맞습니다."

벽우진이 몸을 돌렸다.

그러자 청민과 서진후가 맞장구를 치며 따라나섰다.

"저 녀석 일부러 저런 거야. 자기가 다 책임지려고."

"알고 있습니다."

"여기 모인 이상 다 한배를 탄 것이나 마찬가지인데 말이지."

당민호가 입맛을 다셨다. 굳이 벽우진이 모든 걸 다 책임질 필요는 없다고 생각해서였다. 그렇게 한다고 한들 사왕성이 곤륜파만 공격할 리도 없었고 말이다.

하지만 당민호는 후회하지 않았다.

'무릇 선택에는 책임이 따르는 법이지.'

이번 선택으로 사왕성과는 적대 관계가 되었지만 그는 자신의 선택을 조금도 후회하지 않았다.

사천당가의 가주인 당문경 역시 마찬가지였고.

곤륜파는 동맹을 맺은 곳이기도 했지만 크게 보면 중원무림이라는 같은 울타리 안에 있는 문파였다. 그런 문파가 세외무림에 공격을 받았는데 가만히 있는 것은 말이 되지 않았다. 더구나 북해빙궁과 오독문을 갓 물리친 지금 시점에서 더더욱 말이다.

"앞으로 더욱더 열심히 보좌하겠습니다."

"지금만큼만 해, 지금만큼만. 지금 하는 것으로도 충분해."

"그래도 알아낸 것이 많아서 다행입니다. 개방에서 노력해 주고 있기는 하지만 솔직히 이 정도로 세밀한 정보를 얻기란 힘드니까요."

"일단 세 마리의 새끼 사자들부터 잡을 준비를 하자고. 어째서 그놈들이 이곳으로 오는지 알게 되었으니까 그에 맞춰 준비해 보자."

"예."

제갈현이 눈을 빛냈다. 의문이 풀렸으니 이제는 제대로 준비를 해야 할 때였다.

첫 번째 대결에서 대승을 거두기는 했으나 여전히 수적으로 불리한 상태였다. 때문에 철저한 준비는 필수였다.

'그나마 다행인 것은 고수층은 우리가 더 두텁다는 것 정도인가.'

제갈현의 머리가 빠르게 회전하기 시작했다. 염사자가 말해 준 내용들을 하나둘 곱씹었던 것이다.

그러나 그녀가 말한 것들을 곧이곧대로 믿지는 않았다. 아무리 공포심에 질려 있는 상태였다고 하나 염사자의 소속은 사왕성이었고, 일부러 거짓 정보를 말했을 가능성도 충분히 있었다.

'그래도 백지상태인 것보다는 나으니까.'

제갈현이 당민호와 함께 천막을 나서며 개왕을 떠올렸다.

확인 작업을 하기 위해서는 개방의 협조가 필수적이었다.

얕은 구릉에 수백 명의 인원이 삼삼오오 모여 있었다.

어둠이 사위에 내려앉아 있었음에도 하나같이 검은색 피풍의를 입은 채로 수많은 장정들이 집결해 있었던 것이다.

그중 중앙에 자리 잡은 한 명이 바짝 익은 양고기의 뒷다리를 뜯었다.

하지만 그의 눈은 앞에 앉은 수하에게 향해 있었다.

"두 놈이 다 붙잡혔다고?"

"예, 반항다운 반항을 하지 못한 채 붙잡혔답니다. 독전단과 음양환희대는 반 이상이 사로잡혔다고 합니다."

"쯧쯧! 병신 같은 것들."

어둠과 동화되려는 듯이 새카만 피풍의를 뒤집어쓰고 있던 흑사자가 어이없다는 듯이 웃었다.

자존심도 버리고 힘을 합쳤음에도 결국에는 아무것도 얻지 못한 채 생포되었다고 하자 어처구니가 없었던 것이다.

월사자야 숨는 것밖에는 제대로 할 줄 아는 게 없는 놈이었기에 붙잡혔다고 해도 놀라지 않았다.

하지만 친위대를 이끌고 정면으로 격돌했음에도 패배했다고 하자 흑사자는 헛웃음만 나왔다.

"만만하게 보시면 안 될 것 같습니다. 알아본 바에 의하면 집결해 있는 숫자도 상당하지만 고수층도 의외로 탄탄합니다."

중원무림을 너무 경시하는 것 같은 흑사자의 모습에 흑풍 귀살대(黑風鬼殺隊)에서 참모 역할을 맡고 있는 부대주가 조심스럽게 입을 열었다.

주군인 흑사자의 실력을 누구보다 잘 알지만 방심하는 것은 좋지 않다고 생각해서였다.

"숫자가 얼마나 되는데?"

처음에 흑풍귀살대가 오십 명 남짓했을 때부터 함께했던 부대주였기에 흑사자도 그의 의견을 무시하지 않았다.

수많은 혈로를 함께 건너고 가로질렀던 전우이자 동료였기에 마냥 독단적으로 판단하지 않았던 것이다.

"독전단과 음양환희대와의 전투로 줄기는 했지만 여전히 오백 명 남짓입니다."

"우리보다 적은데?"

"독사자와 염사자 역시 그리 생각하고 달려들었다가 호되게 당했지요."

"고수층이 두텁다는 말이 이 뜻인가?"

"맞습니다."

흑사자가 거칠게 양고기를 뜯었다. 하지만 맛을 음미하기보다는 생각에 잠긴 듯한 얼굴이었다.

"흐음."

사제들이라 할 수 있는 독사자나 염사자는 엄밀히 말해 그의 상대는 아니었다. 각자 독특한 무경을 이루기는 했으나 딱 그뿐이었다. 일대일로는 감히 그와 비교할 수 없었다.

그러나 독전단과 음양환희대가 함께라면 말이 달라졌다.

"살아남은 이들이 전부 다 사로잡혔기에 정확한 정보는 알 수 없으나 곤륜파를 위시로 한 다른 문파들이 큰 피해를 입지 않은 것으로 보아 전투가 상당히 쉽게 결판났음을 짐작할 수 있습니다. 일단 확인된 바에 의하면 소림무제와 제왕검이 함께 있고, 사천당가의 전대 가주인 독황도 같이 있다고 합니다."

"독사자가 제대로 힘을 못 썼겠군. 장기인 독이 통하지 않았을 테니."

"저도 그렇게 생각합니다. 하지만 확실한 건 아무것도 없습니다."

"그래서 결론은?"

흑사자가 양고기를 우적우적 씹으며 물었다.

부대주가 이렇게 말을 한다는 건 따로 생각해 둔 바가 있다는 뜻이었기에 흑사자는 심유한 눈으로 그를 쳐다봤다.

"궁리 끝에 두 가지 방법을 선택했습니다. 그중 한 가지는 힘을 합치는 것입니다."

"기각."

흑사자가 부연 설명을 듣기도 전에 고개를 저었다.

누구와 힘을 합쳐야 한다고 말을 하지 않았음에도 그는 마치 알고 있다는 듯이 기각했다.

"역시 거절하실 줄 알았습니다."

"그런데 왜 말한 거지?"

"혹시나 해서요. 사람 마음이 하루에도 몇 번씩이나 바뀔 수 있지 않습니까. 게다가 이왕이면 피해를 적게 보는 게 좋으니까요."

"그래도 합치는 건 싫다."

흑사자가 단호하게 말했다.

아무리 부하들을 잃기 싫어도 혈사자나 철사자와 협공할 생각은 없었다. 오히려 세력을 합쳤다가 자신이 피해를 볼 가능성이 컸다.

그럴 바에는 차라리 출혈이 있더라도 자기 혼자서 패선을 상대하는 게 나았다.

"알겠습니다."

"두 번째는?"

"주군께서⋯⋯."

부대주가 말을 잇지 못했다. 갑자기 흑사자의 표정이 돌변해서였다.

그뿐만 아니라 자리에서 벌떡 일어나는 모습에 부대주는 물론이고 주위에서 귀를 기울이던 백인대장들 역시 번개 같이 움직이며 주변을 경계했다. 이미 조별로 순찰을 돌고 있지만 그래도 혹시 몰라 다시 확인하는 것이었다.

"오는군."

"누가 말입니까?"

"패선."

"암습인 겁니까?"

부대주의 얼굴이 심각해졌다. 패선 정도의 고수가 암살을 노린다면 상황은 심각해졌기 때문이다.

그런데 일순 부대주가 의아한 표정을 지었다. 암습을 노린다고 하기에는 패선이 뿌리는 기세가 너무나 강렬했다.

"그럴 리가. 이렇게 존재감을 풀풀 날리며 암습하는 살수가 있나?"

"⋯⋯정면 대결이군요."

"후후후! 재미있군."

자신의 기척을 숨기지 않고서 다가오는 패선의 패기에 흑사자가 흥미롭다는 표정을 지었다. 설마하니 이렇게 먼저 공격해 올 줄은 몰라서였다. 그것도 소수로 말이다.

"준비시키겠습니다."

부대주가 말을 하면서 손을 번쩍 들어 올렸다. 수신호로 흑풍귀살대를 정렬시킨 것이었다.

이윽고 숙영지를 만들던 흑풍귀살대가 순식간에 전투태세를 취하며 흑사자와 부대주 뒤로 모여들었다.

저벅저벅.

흑풍귀살대가 일사불란하게 움직이는 사이 멀리서 열아홉 명의 인영이 나타났다.

반달의 은은한 월광을 받으며 벽우진을 비롯하여 곤륜파의 인원이 모습을 드러냈던 것이다.

하지만 부대주는 그 모습을 곧이곧대로 믿지 않았다.

'멀지 않은 주변에 대기하고 있을 가능성이 크다.'

보이는 것은 패선을 비롯해서 곤륜파의 인원들뿐이었지만 부대주는 그게 전부라고 생각하지 않았다.

아니, 보이는 대로 믿는 이가 멍청한 것이었다. 수적으로 열세라고 하나 전쟁 중에 가지고 있는 전력을 사용하지 않을 사령관은 없었다. 더구나 상대측에게는 무림맹이 창설할 때마나 늘 총군사 자리를 꿰차는 제갈세가의 수장이 있었다.

'그런데 소수 정예로 온다고? 말이 안 되지.'

물론 뒤따르는 혈사자와 철사자의 병력이 있기에 어느 정도 전력을 보존시키려는 의도는 있을 터였다. 지금의 전투가 끝이 아니니까.

하지만 그건 자신들을 쓰러뜨린 후에나 생각할 수 있는 문제였다. 죽은 다음에는 이승에서 아무것도 할 수 없었다.

'오만하구나.'

부대주가 눈을 빛냈다.

곤륜의 패선이 독선적이고 아집으로 똘똘 뭉쳐 있다고 하더니 그 말이 사실인 것 같아서였다.

아니면 월사자와 독사자 그리고 염사자를 잡았다는 사실에 도취된 것일지도 몰랐다.

어느 쪽이든 그나 흑사자에게는 나쁠 것 없었다.

'후계자의 자리는 주군의 것이다.'

기습이라는 말에 처음에는 놀랐던 부대주였지만 지금은 흥분으로 가슴이 쿵쾅거렸다. 패선을 잡는 이가 사왕성주의 후계자가 된다는 말이 다시금 떠올랐던 것이다.

그리고 그건 그가 오랫동안 꿈꿔온 일이기도 했다.

"배짱이 두둑하군. 고작 그 인원 가지고 날 찾아온 것을 보면."

"흥. 떠볼 것 없다. 네놈들이 보고 있는 게 전부니까."

"떠볼 생각 없었다. 더 있어도 상관없고."

벽우진의 대답에 흑사자가 어깨를 으쓱거렸다.

그는 정말로 숨어 있는 병력이 있어도 상관없었다. 전 병력이 달려들어도 그는 이겨낼 자신이 있었다.

"네깟 놈들이야 우리들만으로도 충분하다 못해 과분하지."

"저 새끼가 감히!"

"어느 안전이라고 저딴 개소리를!"

벽우진의 말에 흑풍귀살대에서 맹렬한 살기가 폭사되었다.

그러나 정작 벽우진은 눈 하나 껌뻑이지 않았다.

대신 청민과 서진후를 비롯한 호법들이 서릿발 같은 기도를 토해냈다. 열 명이서 흑풍귀살대 전원의 살기에도 밀리지 않은 살의를 뿜어냈던 것이다.

"개새끼는 네놈들이지. 똥을 쌀 곳과 싸지 말아야 할 곳을 구분하지 못하니까."

"입이 걸걸하다는 소문이 사실이었군."

"입만 걸까. 손은 더 매섭지."

"글쎄. 내가 보기에는 아닌 것 같은데."

흑사자가 비릿하게 웃으며 도발했다.

미리 전달받은 용모파기대로 벽우진의 외모는 이십 대라고 해도 믿을 수밖에 없을 정도로 젊었다. 그리고 자연스레 흘러나오는 기도 역시 상당했다.

하지만 생각했던 것보다는 대단치 않았다. 강한 것은 분명하지만 해볼 만한 정도라고나 할까.

'더구나 함께하는 이들은 고작 열여덟 명뿐이지.'

흑사자의 미소가 더욱더 짙어졌다. 갑자기 찾아온 행운이 너무나 기꺼웠던 것이다.

더불어 일파의 수장으로서 벽우진이 실격이라는 생각을 했다. 아무리 복수심에 불타는 중이라고 하지만 너무 성급하게 움직였기 때문이다.

'자부심과 자만심은 엄연히 다른 법인데 말이지.'

혹사자가 조소를 머금으며 벽우진을 쳐다봤다. 그런 그의 눈동자에는 비웃는 기색이 완연했다.

"다들 너와 같은 생각을 하지. 나에게 처맞기 전까지는."

후우우웅!

벽우진의 기세가 달라졌다. 말 그대로 한순간에 돌변했던 것이다.

그뿐만 아니라 뒷짐을 지고 있던 손에는 어느새 한 자루의 검이 들려 있었다.

"공격해라!"

그 사실을 뒤늦게 인지한 혹사자가 본능적으로 소리치며 자신의 쌍검을 뽑았다. 벽우진의 손에 검이 들린 순간 이상하게 공격해야 한다는 생각부터 들었던 것이다.

그리고 그 지시에 그의 수족이라 할 수 있는 흑풍귀살대는 충실히 따랐다.

일곱 명의 백인대장들이 날개를 펼치는 새처럼 좌우로 크게 벌어지며 순식간에 벽우진 일행을 포위해 갔던 것이다.

"훙."

하지만 그 일사불란한 움직임에도 벽우진은 코웃음을 쳤다.

흑풍귀살대라는 부대명처럼 하나같이 동일한 검은색 피풍의를 입고 있어 검은 바람이 휘몰아치는 것처럼 보이기는 했지만 안타깝게도 그에게는 애들 장난처럼 비칠 뿐이었다.

쏴아아앙!

칠백 명이 넘는 인원들이 마치 한 몸인 것처럼 삽시간에 진형을 구축해서 덮쳐왔지만 벽우진은 여유로웠다.

흑풍귀살대가 아무리 빠른 몸놀림을 보여준다고 한들 그의 검보다는 느렸다.

이윽고 벽우진의 무상검에서 솟구친 무지막지한 크기의 검강이 마치 무를 썰 듯이 흑풍귀살대를 쓸어버렸다.

"크아악!"

"컥!"

병장기건 호신강기건 가리지 않고 그대로 썰어버리는 무시무시한 검강에 선두에서 달려들던 흑풍귀살대원들이 양분되며 허물어졌다. 말도 안 되는 위력에 반항은 해보지도 못한 채 절명했던 것이다.

"이놈!"

그 모습에 흑사자가 격분했다.

평생 동안 모으고 키운 수하들이 허망하게 도륙당하는 모습을 보자 눈이 돌아갔던 것이다.

그에게는 수하이면서도 형제나 마찬가지인 이들이 바로 흑풍귀살대원들이었기에 흑사자가 살광을 줄기줄기 내뿜으며 쌍검을 휘둘렀다.

콰아앙!

벽우진 못지않게 거대한 검강이 솟구치며 무상검을 연달아 때렸다.

하지만 벽우진은 그 모습에 오히려 기가 차다는 표정을 지었다.

"지 수하들은 소중하고 남의 제자들은 버러지라는 거냐? 어이가 없군."

"닥쳐라!"

"아니면 월사자와 은월단이 죽인 것이니 너는 상관없다는 건가?"

폭풍처럼 몰아치는 빠른 검격에도 벽우진은 비아냥거렸다.

분노하고 화를 내야 하는 건 흑사자 쪽이 아닌 그였다. 가만히 있던 그를 공격하고 속가제자들의 목숨을 앗아간 건 사왕성이였기 때문이다.

그런데 마치 자신이 피해자인 마냥 격노하는 흑사자의 모습에 벽우진은 어처구니가 없었다.

"시끄럽다!"

"하긴. 네놈들에게는 후계자 자리가 중요하지 다른 것들은 관심 없겠지. 누가 죽던지 말이야. 근데 그거 아나? 그건 나도 마찬가지라는 걸."

"큭!"

흑사자가 뒤로 거칠게 밀려났다. 벽우진이 날린 참격을 버티지 못하고 땅에 깊은 고랑을 만들며 미끄러졌던 것이다.

동시에 흑사자의 동공이 격렬하게 흔들렸다. 생각했던 것보다 더 강한 모습에 놀란 것이었다.

"대주님!"

그때 흑사자의 양쪽에서 두 개의 인영이 솟구쳤다. 두 명의 백인대장이 그가 밀린 틈을 타 벽우진에게 쇄도했던 것이다.

이윽고 창과 낭아봉이 맹렬한 기세를 토해내며 벽우진의 머리와 단전을 노렸다.

"어딜 감히!"

그러나 두 백인대장은 뜻을 이루지 못했다.

벽우진에게 공격이 닿기 직전 한 자루의 검이 교묘하게 움직이며 두 사람의 공격을 끌어당겼던 것이다.

꽈앙!

굉음과 함께 두 명의 백인대장이 튕겨져 날아갔다. 세 개의 기운이 부딪치자 자연스레 폭발이 일어났던 것이다.

그러나 두 백인대장의 위기는 이게 끝이 아니었다.

폭발의 반동으로 날아가는 두 명을 향해 설백이 부리부리한 안광을 토해내며 뒤쫓았다.

"운이 좋았군."

"거만 떨지 마라!"

-저희가 보조하겠습니다!

속절없이 튕겨져 나갔던 흑사자가 이를 드러내며 재차 달려들었다.

그런 그의 뒤로 3중대와 4중대의 백인대장이 합류했다.

독사자와 염사자의 협공에도 벽우진이 승리했다는 사실을 알고 있었기에 애초부터 계획되어 있던 합공이었다. 흑사자 역시 받아들인 부분이기도 하고.

쌔애애액!

너무나 자연스럽게 구축된 삼재진의 진형에서 네 개의 강기가 뿜어져 나왔다.

선두의 흑사자를 위시로 두 명의 백인대장 역시 전력을 다해 도강을 펼치며 벽우진에게 휘둘렀다.

그런데 흑사자보다 백인대장들의 도강이 먼저 벽우진에게 쇄도했다.

확실한 틈을 만들어주기 위해 두 사람의 공격이 보다 빠르게 벽우진에게 닿았다.

카아앙!

두 백인대장의 얼굴에 화색이 떠올랐다. 자신들의 공격을 벽우진이 무상검을 이용해 막아냈던 것이다. 그 말은 즉 현재 벽우진은 왼손 말고는 흑사자의 쌍검을 막아낼 방도가 없다는 뜻이었다.

'이겼다!'

'패선을 잡았다!'

둘은 내공을 가일층 끌어 올리며 몸을 밀어붙였다. 벽우진이 반격할 여지를 주지 않겠다는 뜻이었다.

그리고 수하들이 만든 틈을 타고서 흑사자의 쌍검이 파고들었다. 정확히 심장과 미간을 노리고서 눈부신 쾌검을 선보였던 것이다.

'피할 수 없다.'

섬광처럼 뿌려지는 두 줄기 검격에 흑사자가 눈을 빛냈다.

제아무리 패선이라도 이번 공격은 피할 수 없었다.

완벽하게 합이 맞아떨어진 공격이었기에 피할 틈은 존재하지 않았다.

그 사실을 증명하듯 벽우진 역시 아무런 반응을 보이지 못하고 있었고.

'오만의 끝은 죽음뿐이지.'

흑사자는 확신에 찬 눈으로 벽우진을 직시했다. 곧 죽어갈 벽우진의 모습을 모조리 두 눈에 담겠다는 듯이 말이다.

퍼석.

근데 그때 기이한 소리가 들려왔다. 마치 돌이 으스러지는 듯한 소리가 흑사자의 귓전으로 파고들었던 것이다.

동시에 그의 양옆에서 피 분수가 솟구쳤다.

"무슨?!"

옆에서 덮쳐오는 핏방울들과 짙은 혈향에 흑사자의 동공에 당혹감이 떠올랐다. 이게 무슨 상황인가 싶었던 것이다.

하지만 그는 놀라고 있을 새가 없었다. 백인대장이 가로막았던 수수한 철검이 느닷없이 그의 앞에 나타났기에 다급히 쌍검을 회수할 수밖에 없었다.

쩌어어엉!

귀가 먹먹해질 정도의 굉음과 함께 흑사자가 다시 한번 뒤로 밀려났다.

그러나 그는 자신의 선택을 후회하지 않았다.

막지 않았다면 벽우진의 심장과 머리를 꿰뚫었겠지만 그 역시 그에 준하는 상처를 입었을 터였다.

때문에 그는 밀려남과 동시에 좌우부터 살폈다.

"……!"

그리고 흑사자는 볼 수 있었다. 육편만 남은 두 부하들의 모습을 말이다. 그마저도 머리가 남아 있었기에 알아봤지 만약 머리가 없었다면 알아보지도 못했을 터였다.

"빠져나가는 데는 일가견이 있군. 이번에는 목을 자를 수 있을 거라 생각했는데."

부들부들!

검에 묻은 피를 털어내며 말하는 벽우진의 모습에 흑사자가 악귀와도 같은 표정을 지었다. 피를 나눈 형제는 아니지만 그 못지않은 백인대장 둘이 허무하게 목숨을 잃자 극도로 흥분한 것이다.

"죽여 버리겠다!"

눈이 벌게진 흑사자가 무시무시한 살기를 폭사하며 달려들었다. 이성을 잃은 모습이었다.

그러나 그 모습에 벽우진은 오히려 기가 차다는 표정을 지었다.

"어이. 악당은 너희들이야. 난 피해자라고."

"닥쳐라!"

흑사자의 쌍검이 벼락처럼 떨어져 내렸다. 극성에 이른 쾌검술이 벽우진을 난도질할 듯이 펼쳐졌던 것이다.

콰콰콰쾅!

이윽고 검강을 잔뜩 머금은 흑사자의 쌍검이 벽우진이 서 있던 공간을 사정없이 갈랐다. 말 그대로 찢어발기듯이 공간 자체를 수없이 갈라 버렸던 것이다.

그로 인해 대지가 수십, 수백 조각으로 갈라졌다.

"흐으읍!"

쉬지 않고 울분을 토해내던 흑사자가 이내 공격을 멈추고서 숨을 골랐다. 짧은 시간에 모든 걸 쏟아부었기에 금세 지친 것이었다.

하지만 두 눈에서는 여전히 강렬한 안광을 뿌리며 벽우진이 서 있던 자리를 쳐다봤다.

'분명 손맛이 있었어.'

심호흡을 하면서 빠르게 공력을 진정시키며 흑사자가 눈을 빛냈다.

호신강기를 때린 게 아닌 무언가를 베는 감촉이 분명히 있었기에 흑사자는 내심 기대했다. 치명타까지는 아니더라도 적지 않은 부상을 입었을 거라고 말이다.

'근데 왜 반격을 안 한 거지?'

흑사자의 두 눈에 언뜻 의문이 떠올랐다.

단순히 내공만으로 백인대장 둘을 터뜨려 죽일 정도의 강자가 벽우진이었다. 그렇기에 흥분하기는 했지만 전심전력을 다해서 공격한 것이고.

하지만 벽우진의 무경을 생각하면 반격이 없다는 게 이해되지 않았다.

휘이이잉.

흑사자가 의심을 갖는 사이 한 줄기 바람이 불어와 주변을 쓸고 지나갔다.

그리고 흑사자가 눈을 빛내며 벽우진이 서 있던 곳을 주시했다.

푹.

한데 그때 그의 아랫배에서 따끔한 감촉이 느껴졌다. 느닷없이 등 뒤에서부터 찌릿한 고통이 느껴졌던 것이다.

동시에 핏물이 식도를 타고 역류했다.

"저승길이 외롭지는 않을 거야. 먼저 가서 기다리는 이들도 있고, 곧 따라갈 놈도 세 놈이나 있으니까."

"패, 패서언-!"

"부르짖는다고 해서 달라지는 건 없어."

흑사자가 몸을 돌리며 울부짖었다.

뒤늦게 자신이 벤 감촉이 두 백인대장의 머리라는 사실을 알아차리고는 피눈물을 흘리며 포효했던 것이다.

웅웅웅웅!

동시에 그의 쌍검에서 무지막지한 기운이 솟구치기 시작했다.

단전이 꿰뚫렸지만 그렇다고 평생 동안 쌓아온 공력이 한순간에 사라지는 것은 아니었다.

밑 빠진 독의 물처럼 공력이 빠른 속도로 새어 나가고 있었지만 그렇다고 공력을 쓸 수 없는 것은 아니었다.

흑사자는 쌍검을 역수로 쥐고서 뒤를 향해 찔렀다.

그러면서 단전의 공력을 폭발시켰다.

"같이 죽자!"

흑사자의 두 눈에 지독한 독기가 서린 순간 그의 육신이 폭발했다.

어차피 단전을 잃은 이상 사왕성의 후계자 자리는 물 건너 간 상태였다. 그러니 수하들의 원수도 갚을 겸 그는 동귀어진을 시도했다. 적어도 벽우진만큼은 데려가겠다는 뜻이었다.

"대, 대주님!"

그 모습에 부대주가 악을 쓰며 울부짖었다. 상상조차 하지 못한 상황에 깜짝 놀란 것이었다.

쫘아아아앙!

흑사자의 몸이 빛에 휩싸이기 무섭게 거대한 폭발이 일어났다. 한 사람의 폭렬공에 지진이라도 난 것처럼 지축이 뒤흔들렸던 것이다.

하지만 부대주를 비롯한 흑풍귀살대는 놀라기보다 망연자실한 표정을 지었다. 이처럼 허무하게 흑사자가 죽을 줄은 몰라서였다.

"대, 대주님……!"

"크윽!"

"단 한 놈도, 단 한 놈도 살려두지 않겠다!"

벽우진의 죽음은 흑풍귀살대에게 중요하지 않았다.

그들에게 있어 중요한 것은 오로지 흑사자뿐이었다.

흑사자가 있기에 그들이 있는 것인데 하나뿐인 주군이 죽자 흑풍귀살대에게서 끈적끈적한 살기가 폭사되며 주변을 삽시간에 집어삼켰다.

"이놈들도 정신 못 차리네. 피해자는 우리들이라니까?"

흠칫!

아직도 가시지 않은 먼지구름 속에서 들려오는 낭랑한 목소리에 부대주는 물론이고 살아남은 백인대장들이 몸을 떨었다. 너무나 멀쩡한 벽우진의 목소리에 깜짝 놀란 것이었다.

하지만 놀람은 잠시뿐이었다. 이내 흑풍귀살대에게서 무시무시한 살기가 뿜어져 나오기 시작했다.

"……주군의 폭렬공을 지척에서 맞았다. 정상은 아닐 거다."

"차라리 잘되었습니다. 복수를 할 수 있게 되었으니."

"죽더라도 저 새끼는 반드시 데리고 뒤질 겁니다."

악기와 독기만이 남은 흑풍귀살대가 살광을 번들거리며 대답했다.

그리고 그건 부대주 역시 마찬가지였다. 애병인 유엽도를 움켜잡으며 거대한 구덩이 속으로 부대주가 몸을 날렸다.

"아직도 정신 못 차렸네. 화를 내야 하는 쪽은 나라니까? 네놈들 때문에 우리 애들이 죽었다고, 이 새끼들아!"

죽음을 도외시하고 달려드는 흑풍귀살대를 쳐다보며 벽우진이 소리쳤다. 그런 그의 무상검에서 삼 장이 넘는 검강이 솟구쳤다.

하지만 흑풍귀살대 역시 만만치 않았다. 선봉장인 부대주를 위시로 백인대장들 역시 강기를 뿜어대며 벽우진에게 달려들었던 것이다.

꽈과과광!

그로 인해 사방에서 폭발이 일어났다. 어떻게 해서든 벽우진만은 반드시 죽이겠다는 듯이 득달같이 덤벼들었던 것이다.

그래서 그들은 잊고 있었다. 이곳에는 벽우진만 있는 게 아니라는 사실을.

쑤아아앙!

벽우진을 중심으로 달려드는 흑풍귀살대의 뒤에서 강기의 폭풍이 휘몰아쳤다. 스리슬쩍 물러나 있던 곤륜파의 전력이 흑풍귀살대의 뒤를 선점하고서 공격했던 것이다.

"믿기지가 않네요. 진짜 쓸어버릴 줄이야."

"말했잖아. 할 수 있다고 생각하니까 나선 거라고. 우진이 성격을 아직도 몰라?"

인근 야산의 중턱에서 격전지를 내려다보며 제갈현이 허탈한 표정을 지었다. 강하다는 것을 알고는 있었지만 예상하는 것과 직접 보는 것은 달랐다.

그리고 그건 다른 이들도 마찬가지인 듯 하나같이 대경한 얼굴로 입을 쩍 벌리고 있었다.

"물론 나도 중간에 치고 빠지고를 반복할 줄 알았지만 말이지."

"그냥 압도하는데요."

"우진이가 강해서 그런 거야. 우진이 녀석이 흑사자 무리의 수뇌부를 압살하지 못했으면 불가능했다. 지금만 하더라도 수뇌부들을 자신에게 모조리 끌어모았잖아. 덕분에 아이들이 마음껏 날뛸 수 있는 것이고."

당민호가 저게 다 계획된 거라는 듯이 말하며 어깨를 으쓱거렸다.

벽우진이 앞뒤 재지 않고 무작정 달려드는 성격이라고 생각하는 사람이 많은데 실상은 절대 그렇지 않았다. 누구보다 잔머리가 잘 돌아가는 사람이 벽우진이었다. 또 자기 사람을 엄청나게 챙기기도 했고.

"어쩌면, 저희들이 필요하지 않았을지도 모르겠습니다."

"그건 아니지. 우리가 없었으면 우진이가 저렇게 활개를 치지 못하지. 보이는 것도 무시하지 못하니까. 우리가 뒤를 든든하게 받쳐주니까 저렇게 마음대로 날뛰는 거지. 만약 우리가 없었어 봐? 혈사자와 철사자의 기습을 걱정해야 해."

"그것도 그렇군요."

제갈현이 순순히 납득했다. 생각해 보니 자신들의 역할이 작다고는 할 수 없어서였다.

하지만 그는 그러면서도 사천당가만 있었어도 충분하다는 생각이 들었다.

'본가가 어딘가의 들러리나 할 정도의 가문은 아닌데 말이지.'

제갈현이 씁쓸히 웃으며 속으로 중얼거렸다.

그러면서 그는 남궁진과 법무 대사를 쳐다봤다. 거기에는 두 사람도 해당되어서였다.

한데 둘은 제갈현과 달리 딱히 신경 쓰지 않는 기색이었다. 오히려 벽우진의 전투를 유심히 주시하고 있었다.

'보면서 배우려는 건가.'

세인들은 벽우진이 이제(二帝)에 비견되는 고수라고 알고 있었다.

그러나 제갈현은 알았다.

두 사람보다는 벽우진이 명백히 우위에 있음을 말이다.

그렇기에 소림무제와 제왕검이 고민 없이 합류했고, 지금처럼 주의 깊게 관전하는 것이었다.

"이제 두 마리 남았군."

"정확하게는 세 명이 남았습니다. 마지막은 사왕성주이니까요."

"뛰어나올까, 아니면 기다릴까?"

"후자이지 않을까 싶습니다. 명색이 대막의 절대자이지 않습니까. 제자들이 죽었다고 뛰쳐나올 성격이었으면 애초에 후계자 자리를 걸고 이런 경쟁을 시키지 않았겠지요. 제가 생각하기에는 기다릴 가능성이 큽니다."

육사자 못지않게, 아니, 그 이상 조사한 게 사왕성주였다. 결국 이 전쟁의 끝에는 그가 있을 것이기 때문이다.

그렇기에 모든 정보를 취합한 제갈현은 사왕성주가 움직일 가능성은 희박하다고 생각했다.

"장담하기는 일러. 상황은 언제라도 바뀔 수 있어. 사마세가 전향할 거라고 가주는 짐작이나 했었나?"

"……못했습니다."

오대세가까지는 아니더라도 이십 위까지 순위를 매기면 그 안에는 무조건 들어가는 명문세가가 사마세가였다.

비록 북해빙궁의 공격으로 인해 큰 피해를 입기는 했으나 그래도 명문은 명문이었다. 시간만 주어진다면 다시 일어설 수 있는.

그런데 사마세가의 가주인 사마룡은 일반적인 선택이 아닌 극단적인 선택을 택했다.

"모든 가능성은 열어둬야 해. 내가 이번에 그걸 배웠잖아. 사람은 그 어떤 짓도 할 수 있어. 특히 악의에 물든 이들은 말이지. 똑같은 사람, 평범한 사람이라고 생각하면 안 돼. 아예 생각하는 것 자체가 다르니까."

"명심하겠습니다."

"그렇다고 내가 훈계하는 건 아니고. 이럴 수도 있고, 나는 이런 걸 깨달았다는 거지. 흠흠!"

나이와 배분이 높기는 하지만 두뇌와 식견으로는 감히 제갈현에 비빌 수가 없었다. 그렇기에 당민호는 어색하게 말을 덧붙였다.

"알고 있습니다. 너무 괘념치 마십시오."

"그렇다면 다행이고."

당민호가 안심하듯 웃으며 고개를 돌렸다. 옆쪽에서 아주 뜨거운 투지가 활활 불타고 있어서였다.

"곤륜파 제자들이 후기지수들에게 아주 불을 제대로 붙인 모양입니다."

"아무래도 그럴 수밖에 없지. 정식으로 수련한 시간을 따지면 가장 늦은 게 저 아이들인데."

개왕이 슬그머니 다가와 입을 열었다.

그런데 그의 눈에 언뜻 부러운 기색이 떠올랐다. 사천당가와 남궁세가의 후기지수들을 보자 죽은 자신의 제자가 떠올랐던 것이다.

"다행히 좋은 방향으로 불이 붙은 것 같습니다."

"우리 애들과는 사이가 좋은 편이거든. 자주 보기도 했고. 또 내가 우진이랑 친구잖아?"

"저희 아이들과도 나쁘지 않습니다."

조금 떨어져 있던 남궁진이 은근슬쩍 끼어들었다.

그러자 당민호가 묘한 표정을 지었다. 근엄한 얼굴과는 말투와 행동이 너무나 달라서였다.

"내가 보기에는 아닌 거 같은데?"

"점점 나아지고 있습니다."

"흐으음."

당민호가 게슴츠레한 눈으로 남궁진을 쳐다봤다. 왠지 모르게 꿍꿍이속이 있는 것 같아서였다. 그것도 매우 음흉한 게.

"슬슬 저희도 내려가야 할 것 같습니다."

"정리해야 할 것 같지?"

"예."

당민후가 의심 가득한 눈빛으로 남궁진을 쳐다볼 때 제갈현이 움직일 채비를 했다. 전투가 막바지로 향해 가는 것 같아서였다.

그리고 언제까지 구경만 하는 것도 좀 그랬기에 제갈현은 십기대를 이끌고서 비탈길을 내려갔다.

그 뒤를 개왕이 소림무제, 십팔나한들과 함께 따랐다.

○

대막의 사막과 초원이 맞닿아 있는 지역이 한눈에 내려다보이는 곳에서 사마릉이 서 있었다.

이제는 진짜 대막의 사람이 된 것처럼 피풍의를 뒤집어쓴 채로 서서 양쪽의 두 진영을 내려다봤던 것이다.

"여기 있었군."

"오셨습니까."

"거리가 상당한데, 잘 보이나?"

"희미하게 보입니다. 그리고 여기보다 더 가까우면 위험합니다."

"누구에게 말이지?"

완전무장한 상태로 다가온 철사자가 짐짓 궁금하다는 투로 물었다. 자신이 생각하는 이와 같은지 틀린지 궁금했던 것이다.

"둘 다입니다."

"패선이 아니라?"

"조금 더 가능성이 높은 쪽은 그쪽이긴 합니다."

"며칠 전이었다면 그 말을 믿지 않았겠지만 지금은 납득이 돼. 흑사자까지 잡았을 줄이야. 이거 원, 며칠 새에 사제들이 싹 다 죽었어."

철사자가 아쉽다는 듯이 입맛을 다셨다.

하지만 사마릉은 알고 있었다. 오히려 작금의 상황을 그는 기꺼워하고 있다는 사실을 말이다.

애초에 육사자들은 서로를 사형제라고 생각하지 않았다.

"결국 강한 자만 살아남는 것이 자연의 섭리이지 않습니까. 무림 역시 다르지 않지요."

"맞아. 강한 자가 살아남는 법이지. 그리고 혈사자는 역시나 예상했던 대로 고지식하게 자신의 길을 선택했고."

"그럴 거라 예상하지 않았습니까."

철사자의 시선이 혈사자의 깃발이 펄럭이는 진영으로 향했다.

곤륜파를 중심으로 한 중원무림인들의 무리가 오백 명 안팎 정도로 보이는 것에 비해 철사자의 세력은 대충 봐도 그 두 배가 넘었다.

그뿐만 아니라 지휘 계통이 분산되어 있는 중원무림 쪽과 달리 혈사자는 모든 결정권을 스스로가 가지고 있었다.

즉 천 명이 넘는 이의 생사여탈권을 그가 지니고 있었던 것이다.

"그래도 살짝 기대하기는 했지. 만약이라는 게 있으니까. 그래서 세상은 재미있는 것이고."

"가능성이 전무하지는 않았었지요."

"하지만 선택은 결국 단독으로 상대하는 것이지. 내가 남아 있다는 사실을 알고 있으면서도 말이야. 내가 어부지리를 노릴 거라는 걸 모르지 않을 텐데."

"자신이 있는 것이겠지요. 혼자서도 패선을 쓰러뜨릴 수 있다는."

사마륭이 어깨를 으쓱거렸다.

누구나 다 인정하는 대막의 이인자인 만큼 그런 자신감을 갖는 것도 이상하지는 않았다. 육사자에 속해 있지만 다른 제자들과는 격이 다르다는 평가를 받는 게 바로 혈사자였으니까.

또한 사왕성주의 자리에 가장 가까운 존재이기도 했고.

"맞아. 내가 남아 있어도 결국 자신이 쓰러뜨리면 끝나는 일이니까. 간을 본다는 소문이 도는 것도 싫었을 테고."

"이미 간은 충분히 본 것 같지만 말이지요."

"그거야 출전 준비하는데 시간이 제법 소요되었다고 하면 되는 정도고. 일단 내가 남아 있으니까."

사마륭이 고개를 주억거렸다.

지지 기반이 탄탄한 만큼 혈사자의 참모진들 역시 능력이 뛰어났다. 이 정도 소문 정도는 가볍게 자신들 입맛대로 바꿀 수 있을 정도로 말이다.

"확실히 뛰어난 인물이기는 하지요. 포용력도 있고."

"아마 지금의 상황을 내심 좋아하고 있을걸. 경쟁자들이 깡그리 다 정리되었으니까. 그것도 자신의 손을 더럽히지 않고 말이지."

"달리 말하면 철사자께서도 같은 상황이시지요."

"맞아."

철사자는 부정하지 않았다. 그 역시 그 부분에 대해서 생각하고 있어서였다. 게다가 어떻게 보면 혈사자보다 그가 좀 더 유리한 상황이었다.

"더구나 밥상까지 차려진 상태이니."

"거절하는 건 예의가 아니겠지?"

"예, 천운이 따르는데 그걸 굳이 피할 이유는 없다고 생각합니다."

"하하하하!"

철사자가 호탕한 웃음을 터뜨렸다. 어찌나 속을 잘 긁어주는지 너무나 시원했던 것이다.

동시에 말이 잘 통하는 부하가 어째서 필요한지에 대해서 다시 한번 깨달았다.

"위치도 더할 나위 없이 좋습니다. 보는 이가 없으니까요. 또한 죽은 자는 말이 없는 법이고."

"이제 기다리기만 하면 되겠군."

"예."

사마륭의 시선이 곤륜파가 있을 것으로 예상되는 곳으로 향했다. 정확하게는 맨 앞에 서 있는 인영에게로 말이다.

그곳을 쳐다보는 사마륭의 두 눈이 점차 붉어졌다.

'드디어 여기까지 왔다.'

겉으로는 태연한 신색을 유지했지만 사마륭의 가슴은 그 어느 때보다 두근거리고 있었다. 어쩌면 오늘 그토록 갈망하고 갈망하던 복수를 이룰지도 모른다고 생각하자 심장이 빠르게 뛰었던 것이다.

'오늘에야말로.'

사마륭의 두 눈에서 살기가 번뜩였다.

면전에서 당하던 치욕과 함께 굴욕의 시간이 떠오르자 가슴 깊은 곳에서 살의가 치솟았던 것이다.

　그 상태로 사마륭은 서서히 좁혀지는 두 진영을 뚫어져라 주시했다.

··· 제4장 ···
드디어 재회

잔잔한 먼지구름과 함께 수십 개의 깃발이 펄럭였다.

하지만 그중 벽우진의 눈에 가장 먼저 들어오는 건 선두의 거대한 깃발이었다.

핏빛 사자가 포효하는 문양을 수놓은 깃발이었는데 곳곳에 짙은 얼룩이 묻어 있었다. 마치 핏자국이 마른 것처럼 말이다.

"수좌라 이건가. 확실히 기세가 다른데."

"정련되어 있는 투지도 그렇고 움직임도 잘 훈련된 병사 같습니다."

벽우진의 시선이 깃발에 쏠려 있을 때 당민호와 제갈현은 오열을 맞추고서 드넓은 초원을 가로지르는 혈사자군단(血獅子軍團)을 훑고 있었다.

지금껏 상대한 독전단과 음양환희대, 흑풍귀살대도 상당한 전력이었지만 눈앞의 혈사자군단과는 감히 비교할 수 없었다.

규모도 규모지만 전체적으로 내뿜는 존재감 자체가 달랐던 것이다.

"무인이라기보다는 확실히 병사 같은 느낌입니다."

"아미타불."

선두의 혈사자와 함께라면 죽음도 두렵지 않다는 듯이 일정한 속도로 진군해 오는 혈사자군단의 모습에 남궁진과 법무도 얼굴을 굳혔다. 지금까지 쉬운 싸움은 없었지만 오늘의 전투는 유독 힘겨울 것 같아서였다.

특히 수적으로 두 배 이상 차이가 나는 상황이었기에 다들 얼굴에 긴장감이 떠올랐다.

"이제 두 개 남았습니다."

"정확하게는 세 개지."

"아, 사왕성주."

벽우진의 뒤쪽에 자리 잡은 진구가 고개를 주억거렸다. 설백의 말에 사왕성주를 떠올렸던 것이다.

그러나 그의 두 눈에 두려움은 없었다. 제아무리 대막의 절대자라 불리는 사왕성주라도 그는 두렵지 않았다.

팡팡!

오히려 두 주먹을 가슴 앞에서 부딪치며 투지를 빛냈다.

그리고 그건 다른 호법들도 마찬가지였다.

"우리도 준비하자고."

"예."

당민호의 말에 제갈현이 대답했다.

그러자 지난번과 마찬가지로 사천당가와 남궁세가가 양쪽으로 벌어지기 시작했다. 독전단과 음양환희대와 격돌했을 때처럼 똑같은 진영을 구축했던 것이다.

'중군의 활약이 중요하다.'

제갈현의 두 눈이 깊게 가라앉았다.

정제된 투기만 봐도 혈사자군단이 얼마나 잘 훈련된 전사들인지 알 수 있었다. 또한 개개인의 무장 역시 독전단에 비할 바가 아니었다.

때문에 공동파와 이번에 합류한 개방도들의 지원이 아주 중요했다.

푸르릉! 푸릉!

제갈현이 혈사자군단을 면밀히 살피고 있을 때 선두에서 병력을 이끌던 혈사자가 말을 몰고서 천천히 다가왔다. 진군을 멈추고서 홀로 벽우진을 향해 다가왔던 것이다.

그 모습에 벽우진이 피식 웃었다. 말하지 않아도 자신을 부르고 있음을 알 수 있어서였다.

저벅저벅.

그렇기에 벽우진은 늘 그렇듯이 뒷짐을 지고서 천천히 앞으로 걸어 나갔다.

한데 그 모습에 혈사자가 눈썹을 씰룩거렸다.

휘적휘적 걸어오는 모양새가 마치 자신 정도는 안중에도 없다는 것 같아서였다.

'패선이라 이건가.'

혈사자가 입꼬리를 말아 올렸다. 과연 본산이 공격당했다고 곧장 대막으로 달려온 위인다워서였다.

틱.

거기까지 생각한 혈사자는 말에서 내렸다.

마상 전투에도 일가견이 있는 그였지만 상대는 육사자 넷을 도륙한 고수였다.

심지어 독사자와 염사자가 협공했음에도 어쩌지 못한 강자였기에 혈사자는 애마를 돌려보냈다. 이기더라도 애마를 잃는다면 손해라고 생각해서였다.

"혼자 왔다는 것은 할 말이 있어서겠지?"

"맞다."

"그런데 내 손에 죽을 거라는 생각은 하지 않았나 봐?"

"싸우더라도 비겁하게 기습을 가하지는 않을 거라고 생각해서. 아무리 패선이라지만 기본적인 예의는 안다고 생각했다. 더구나 명분을 중요시하는 명문대파의 장문인이지 않나."

담담한 얼굴로 말을 잇는 혈사자의 모습에 벽우진이 피식 웃었다.

섣불리 손을 쓰지 못하게 일부러 이리 말하는 것을 모를 수가 없어서였다.

"복수하러 온 내가 그런 것에 연연할 거라 생각했나? 만약 그렇다면 너무 순진한 성격인데."

"싸워도 상관없다. 적어도 지지 않을 자신은 있으니까."

"나를 상대로 말이지?"

벽우진의 눈매가 날카로워졌다.

하지만 그 서늘한 시선에도 혈사자는 꿈쩍도 하지 않았다.

직접 대면해 보니 벽우진이 얼마나 강한지 절절하게 느낄 수 있었다. 사왕성주와 비교해도 뒤떨어지지 않는다는 것을 말이다.

"그러나 싸움과 전쟁은 다른 법이지."

"의외인데. 난 당연히 혼자 덤벼들 줄 알았는데."

"무모함과 자만을 아는 성격이라. 물론 이렇게 대하는 상대는 당신이 두 번째지만."

혈사자가 의미심장하게 웃었다.

그런데 그의 표정에 묘한 기색이 서렸다. 아직 진짜 할 말은 꺼내지 않았다는 얼굴이었다.

"영광이라고 해야 하나?"

"물론. 성주님을 제외하고는 당신이 처음이니까. 그래서 말인데 당신에게 한 가지 제안을 하고 싶다."

비아냥거리는 벽우진의 말에도 혈사자는 담담한 신색을 유지했다. 괴팍하다는 성격은 이미 대막에도 잘 알려져 있어서였다.

그리고 벽우진 정도의 실력자면 이렇게 막 나가도 괜찮았다.

"제안?"

"나와 손을 잡는 게 어떤가? 우리가 손을 잡는다면 굳이 피를 흘릴 이유가 없다. 또한 사마룡 역시 당신에게 건네주겠다. 사마세가의 일족들 전부 다."

"허허허허."

벽우진이 헛웃음을 흘렸다.

설마 사왕성의 이인자라 할 수 있는 혈사자가 이런 제안을 할 줄은 몰라서였다.

하지만 혈사자는 진지했다.

농담이 아니라는 듯이 진중한 얼굴로 벽우진을 직시했다.

"어차피 이 모든 일의 원흉은 사마룡 아닌가? 여기까지 온 이유도 사마룡 때문이고. 그렇다면 굳이 우리가 싸울 이유는 없다고 보는데."

"맞아. 내가 이 먼 곳까지 온 이유는 사마룡과 사마세가 때문이지. 그놈 때문에 이 모든 사태가 벌어졌으니까. 근데 그렇게 하면 네가 얻는 게 없을 텐데? 후계자 자리를 차지하려면 내 목이 필요하다고 들었는데."

"후계자 자리는 솔직히 필요 없다. 지금도 공식적으로 인정받지 못했을 뿐 후계자나 마찬가지니까. 당신 덕분에 경쟁자들이 대부분 정리되기도 했고. 내가 원하는 건 후계자 자리가 아니라 왕좌다."

"호오."

벽우진이 입을 삐죽 내밀었다. 이제야 혈사자가 그리는 큰 그림을 알 수 있어서였다.

"당신과 함께라면 가능하다고 생각한다. 대막의 왕좌를 차지하는 게."

"사마룡과 사마세가를 줄 테니 도와달라?"

"그렇다."

벽우진은 왜 혈사자가 혼자 왔는지 이해가 되었다. 더불어 혈사자가 알려진 것보다 더 주도면밀하고 영악한 성격임을 알 수 있었다.

'알려진 게 다가 아니라는 건가.'

벽우진이 재미있다는 표정을 지었다. 대화가 이런 방향으로 흘러갈 줄은 몰라서였다.

"그쪽에게도 나쁘지 않은 제안이라고 생각하는데."

"계산적으로 생각한다면, 맞아. 굳이 서로 피를 볼 필요는 없지."

"그렇다면."

"아직 내 말 안 끝났어. 비록 사마릉에게 이용당한 것은 사실이지만 반대로 사왕성 역시 노리는 바가 있었을 테니까 본파를 공격했겠지. 예를 들면 사마세가를 이용해 자연스럽게 중원을 침략할 야욕을 가지고 있었다거나."

"……"

혈사자가 입을 다물었다. 너무나 정확히 사왕성주의 속내를 꿰뚫어봤기 때문이었다.

그러나 그 사실을 인정할 수는 없었다.

"아무리 딸을 바쳤다고 해도 사왕성주 쯤 되는 인물이 아무 이유 없이 병력을 보낼 리가 없지. 더구나 차대 성주 자리를 걸고서 말이야. 안 그런가?"

"거절인가?"

"네놈들의 손을 잡는다면 우리 아이들이 승천을 하지 못하고 구천을 떠돌 게 분명하거든. 난 그 꼴은 못 본다. 만약 우리 애들을 되살려 낼 수 있다면, 원래대로 돌려낼 수 있다면 받아들이지."

"협상 결렬이로군."

혈사자의 눈빛이 냉랭해졌다. 애초부터 벽우진은 고민하지 않았다는 것을 이번 말로 알 수 있어서였다.

그러나 서서히 끓어오르는 혈사자의 기도에도 벽우진은 능글맞게 웃고 있었다.

"너도 알고 있었을 텐데. 애초부터 불가능한 협상이었다는 것을."

"그래도 혹시 모르니까."

"이놈도 야망, 저놈도 야망."

벽우진이 어깨를 으쓱거렸다. 나이도 적지 않은 놈들이 뭘 그렇게 욕심이 많나 싶어서였다. 정작 그가 바라는 것은 소소하게 곤륜파를 재건하는 것뿐인데.

지금껏 벽우진은 단 한 번도 그 이상의 야망을 가진 적이 없었다.

'아, 하나 있군. 원한을 달래주는 것.'

얼굴은 웃고 있었으나 벽우진의 눈동자는 시종일관 서늘함을 유지하고 있었다.

농담 따먹기를 하는 듯해 보였어도 그는 늘 죽어간 속가제자들을 생각했다. 제대로 된 복수를 하기 전까지는 단 한시도 잊지 않을 것이었다.

복수를 해도 마찬가지고.

"그게 살아가는 이유니까."

파아앙!

대답과 함께 혈사자가 등에 메고 있던 거패도를 벼락같이 뽑아 들고서 휘둘렀다.

그리 크지 않은 평범한 체격임에도 불구하고 타고난 신력이 있는 모양인지 거패도를 휘두르는 자세가 호쾌하기 그지없었다.

쩌저저적!

심지어 내외공의 완벽한 일체를 이룬 모양인지 도신에 별다른 기운이 서리지 않은 듯해 보였는데도 벽우진이 서 있던 자리가 깊게 파였다. 무려 십 장이 넘는 도흔이 새겨졌던 것이다.

"하압!"

혈사자는 곧바로 몸을 돌렸다.

기습과도 같은 공격이었으나 그는 내심 짐작하고 있었다. 이번 일격으로 벽우진에게 일격을 먹이기는 힘들 것이라고 말이다.

그렇기에 혈사자는 조금도 아쉬워하지 않고서 공력을 전부 일으켰다.

'내가 가진 걸 모두 쏟아부어야 한다!'

거패도를 양손으로 쥔 혈사자가 형형한 안광을 토해냈다.

자신이 열세라는 사실을 알고 있기에 초반부터 전심전력을 다할 작정이었던 것이다.

우르르릉!

막대한 진기가 단전에서 숏구쳐 빠르게 전신혈맥으로 뻗어 나갔다.

동시에 그의 전신에서 옅은 아지랑이가 피어오르더니 주변에서 흙먼지가 솟구쳤다. 무지막지한 공력에 대기마저 일그러졌던 것이다.

'방심한 지금 결판을 내야 한다!'

두두두두!

미리 말해둔 대로 자신의 일격이 뿌려짐과 동시에 혈사자군단이 진격을 시작했다.

하지만 그의 온 신경은 오로지 벽우진에게만 향해 있었다. 사왕성주라 생각하고 모든 진력을 집중했던 것이다.

콰아앙! 쾅!

이윽고 그가 평생 동안 고련한, 대막에서도 세 손가락 안에 드는 절기인 파천구도식(破天九刀式)이 펼쳐졌다.

하늘을 깨부순다는 이름처럼 혈사자의 거패도는 대지를 찢어발겼다.

그러나 벽우진을 짓뭉갤 듯이 뻗어 나가는 참격들 중에 벽우진에게 닿는 것은 없었다.

"흐읍!"

진짜 종이 한 장 차이로 비껴 나가는 참격에 혈사자가 이를 악물었다.

예상하지 못한 것은 아니지만 너무나 분명하게 나는 차이에 입맛이 썼다. 사왕성주 이후로 느껴보지 못한 열등감과 패배감에 가슴이 답답했던 것이다.

그러나 아직이었다.

'좀 더 할 수 있다!'

세상에 강자는 즐비했다. 천재라 불리는 그였지만 그보다 더한 재능을 가진 이도 있었다.

하지만 늘 강자와 천재들이 이기기만 하는 건 아니었다. 방심을 비롯해서 여러 가지 조건만 충족된다면 하수가 고수를 이기는 것도 가능했다.

쑤아아앙!

눈부신 속도로 4연격이 펼쳐졌다.

동시라고 해도 과언이 아닐 정도로 무시무시한 참격이 벽우진의 전방과 좌우, 그리고 머리 위를 노리고서 쏟아졌던 것이다.

그러나 혈사자의 공격은 이게 다가 아니었다.

우우우웅!

아직 네 개의 참격이 벽우진에게 닿지도 않았건만 혈사자는 다음 공격을 준비했다.

앞서 날린 참격은 말 그대로 견제용이었다. 벽우진이 움직일 공간을 제한하는.

진짜는 지금이었다.

'움직일 공간을 봉쇄하고 때려잡는다.'

제아무리 신출귀몰한 경신술을 가지고 있다고 하더라도 움직일 공간이 없으면 아무 소용이 없었다. 그렇기에 혈사자는 공간부터 없앨 생각이었다.

거패도의 도신을 따라 열댓 개의 영롱한 구슬이 맺히기 시작했다. 도강의 끝이라고 불리는 도환(刀環)이 생성된 것이었다.

"가라!"

하나하나가 작은 언덕 정도는 가뿐하게 날려 버릴 정도의 위력을 머금은 도환들이 벽우진을 향해 날아갔다.

막 4연격을 피해낸 벽우진에게 말이다.

"호오."

뒷짐을 지고서 혈사자의 공격을 회피하던 벽우진이 눈을 빛냈다.

그는 단번에 혈사자의 속셈을 파악했던 것이다.

스르릉.

수많은 경험을 쌓아왔다는 듯이 노련하게 자신을 몰아붙이는 혈사자의 공세에 벽우진이 드디어 무상검을 뽑아 들었다. 피할 공간이 없기에 직접 만들어야 했던 것이다.

그리고 이 순간이야말로 혈사자가 노린 순간이기도 했다.

"터져라!"

콰콰콰쾅!

열댓 개의 도환들이 섬광처럼 벽우진에게 쇄도한 순간 거대한 폭발이 일어났다. 벽우진이 무상검을 휘두르기 직전, 지척에 닿은 그 찰나의 순간에 도환들이 일제히 터졌던 것이다.

쿠그그긍!

그 폭발이 얼마나 대단한지 주변이 지진이라도 난 것처럼 뒤흔들렸다.

동시에 짙은 먼지구름이 하늘 높이 솟구쳤다.

타앗!

그러나 그 엄청난 폭발에도 혈사자는 가만히 있지 않았다.

재차 도환을 생성하며 먼지구름 속으로 짓쳐 들었다. 벽우진의 생사를 기다리는 것보다 그가 직접 확인하려는 것이었다.

이번 공격으로 죽었다면 더없이 좋겠지만 혈사자는 아닐 수도 있다고 생각했다.

웅웅웅웅!

거패도의 도신에서 떠오른 열두 개의 도환들이 마치 수신호위처럼 혈사자의 주위를 빙글빙글 돌았다. 언제라도 방어하고 공격할 수 있는 태세를 유지했던 것이다.

'역시!'

그때 혈사자의 눈썹이 꿈틀거렸다. 폭발의 중심지로 다가오자 미약한 기척을 느낄 수 있었던 것이다.

"원래는 용을 베는 검이지만, 사자도 나쁘지 않겠지."

자신의 기척을 최대한 죽인 후 먼지구름 속에서 은밀하게 이동하던 혈사자가 두 눈을 부릅떴다. 담담한 목소리와 함께 그의 눈에 보이는 세상이 일순 반으로 갈라져서였다.

꽈과과광!

그것을 느낀 것과 동시에 혈사자는 몸을 배회하던 도환들을 일제히 앞으로 날렸다. 머리에서 휘몰아치는 경종 소리에 반사적으로 도환을 움직였던 것이다.

"크아악!"

갈라지는 세상 속에 포함되는 순간 본능적으로 죽는다는 걸 알아챈 혈사자는 자신 대신 도환을 제물로 삼았다.

그리고 그 덕분에 혈사자는 가까스로 목숨을 부지할 수 있었다.

저벅저벅.

도환의 폭발로 인해 깊고 넓게 파인 구덩이 안에서 한쪽 무릎을 꿇은 채 겨우 허리를 펴고 있던 혈사자가 고개를 들었다. 발자국 소리가 본능적으로 시선을 움직였던 것이다.

그런데 그의 상태가 심각했다. 촘촘한 그물망 같은 자상이 전신에 가득했던 것이다.

"감이 좋군. 간파하지 못했다면 그대로 절명했을 텐데."

"쿨럭!"

자신의 별호처럼 온몸에 피 칠갑을 한 혈사자가 각혈했다. 그러자 시커멓게 죽은 피가 바닥을 적셨다.

"멈춰라!"

"더 이상 접근하지 마라!"

혈사자가 겨우 자세를 유지하고 있을 때 멀리서 노성이 들려왔다. 진군한 혈사자군단이 어느새 코앞까지 다가왔던 것이다.

특히 선두에서 달리는 수뇌부들의 기세가 상당히 살벌했다. 전투 불능이 된 혈사자의 모습에 다들 눈이 뒤집어진 것이었다.

"어딜 감히!"

그러나 진군하는 건 혈사자군단만이 아니었다.

벽우진을 대신해 선봉에 선 설백이 백염백미를 휘날리며 검격을 뿌렸다.

두 사람에게 접근하지 못하도록 반월형의 검탄강기를 뿌렸다.

무려 오 장에 가까운 검강을 말이다.

"미, 미친!"

"워워워!"

그 말도 안 되는 공격에 미친 듯이 질주해 오던 혈사자군단의 지휘부가 화들짝 놀랐다. 보고도 믿겨지지가 않는 참격이어서였다.

하지만 이내 그들은 눈을 빛냈다. 위력이 대단한 만큼 내공소모 역시 극심할 게 분명해서였다.

"쯧쯧!"

그런 그들의 기색에 설백을 뒤따르던 진구가 혀를 찼다.

나이 때문에 비록 체력이 급격히 떨어진 설백이지만 대신 내공은 어마어마했다. 살아온 세월이 긴 만큼 쌓아온 공력이 무시무시했던 것이다.

"기선 제압이 중요하다, 진구야."

"맡겨주십시오. 제가 싹 다 뒤집어 버리겠습니다."

"오늘만큼은 마음대로 날뛰어."

"알겠습니다."

진구는 거절하지 않았다.

하지만 그렇다고 들뜨지도 않았다. 오늘 이 전투는 위령제의 일부분에 지나지 않았으므로.

웅웅웅웅!

분노로 이글거리는 눈빛만큼 진구의 쌍권에서는 강기가 불꽃처럼 일렁이고 있었다.

'도, 도를 들어야…….'

한편 벽우진의 일검에 전투 불능 상태에 빠진 혈사자는 이를 악물었다.

지원군이 달려오는 게 느껴지기는 했지만 그건 상대편 역시 마찬가지였다.

그것도 하나같이 살벌한 기세를 뿌리면서 말이다.

하지만 진군하는 중원무림의 무인들보다 그는 앞에 있는 벽우진이 훨씬 더 두려웠다.

'휘두르는 건 무리야.'

단 한 번의 격돌이었지만, 심지어 폭발의 여파에 휘말린 것뿐이건만 그의 몸은 만신창이였다. 당장 몸을 일으킬 수도 없을 정도로 말이다.

게다가 벌써 십 년 넘게 함께해 왔던 애병의 상태 역시 부서지기 직전이었다.

수없이 많은 잔금이 가 있는 거패도의 모습에 혈사자는 이를 악물고서 진기를 끌어올렸다.

우우웅.

다행히 처참한 외상과 달리 단전의 상태는 양호했다. 진기를 움직일수록 송곳이 콕콕 찌르는 듯한 고통이 느껴졌지만 적어도 사용할 수는 있었다.

그렇기에 혈사자는 벽우진의 표정을 살피며 단 한 번의 기회를 노렸다.

'기회는 한 번뿐이다. 이기어도가 실패하면 그 후는 없어.'

공력도 공력이지만 애병이 두 번을 견뎌낼 거라는 보장이 없었다.

또한 벽우진이 두 번이나 기회를 줄 거라고는 생각도 할 수 없었기에 혈사자는 기다리고 또 기다렸다.

그런데 그때 변수가 발생했다. 두 진영이 격돌하기를 기다리던 철사자가 본격적으로 움직이기 시작했던 것이다.

투두두두!

애먼 곳에서 들려오는 말발굽 소리와 투레질 소리에 혈사자가 퍼뜩 놀라며 고개를 돌렸다. 그러자 북동쪽에서 비탈길을 거침없이 질주하는 철갑 기마대가 두 눈에 들어왔다.

"철사자!"

굳이 펄럭이는 깃발을 보지 않아도 혈사자는 철갑 기마대를 보는 순간 누구의 부대인지 알아차렸다.

대막에서 저 정도 규모의 철갑 기마대를 가지고 있는 이는 오직 한 명뿐이었으니까.

"패선의 목은 내 것이다, 혈사자!"

으드득!

혈사자가 이를 갈았다.

어부지리를 노릴 거라는 예상을 못 한 것은 아니지만 이런 순간에 모습을 드러낼 줄은 몰라서였다.

더불어 혈사자는 살기 넘치는 철사자의 눈빛에서 그가 무엇을 노리고 있는지도 알 수 있었다.

'살인멸구인가.'

철사자와 철기대가 흩뿌리는 살기는 중원무림에만 향해 있지 않았다.

자기들 외에는 모두 적이라는 듯이 혈사자군단에게도 살기를 뿌리는 모습에 혈사자는 철사자의 속내를 짐작할 수 있었다. 음흉한 놈답게 철사자는 이곳에서 모든 걸 싹 다 정리하려는 것이었다. 경쟁자는 물론이고 후계자 자리도 말이다.

"목을 내밀어라, 패선!"

꼼짝도 하지 못하는 혈사자를 비웃으며 바라보던 철사자가 포효했다. 지금 이 광경이야말로 오직 그만을 위해 준비된 성찬처럼 보여서였다.

하지만 기백 넘치는 철사자의 포효성에도 벽우진의 시선은 그에게 향해 있지 않았다. 철기대의 후미만 말없이 주시했던 것이다.

'설마?'

그런 벽우진의 시선을 따라서 움직인 혈사자가 눈을 빛냈다. 후미에 있는 사마륭을 보자 한 줄기 예상이 그의 뇌리를 강타했던 것이다.

"이렇게 일찍 보게 될 줄은 몰랐는데 말이지."

"아무래도 상황이 달라진 거 같은데."

"무슨 생각을 하는지 아는데, 그럴 일은 없다. 네 방패막이가 되어주고 싶은 마음은 없거든."

"나에게는 아직 군단이 남아 있……!"

혈사자가 말을 끝까지 잇지 못했다. 철마 위에 있던 철사자가 투척용 창을 그에게 던져서였다. 그것도 사형제간이라는 말이 무색하게 정확히 머리를 노리고서 말이다.

꽈앙!

벼락같이 떨어져 내리는 창을 이기어도의 수법으로 가까스로 막아낸 혈사자가 비틀거렸다.

벽우진을 죽이기 위해 준비해 놓았던 일격이 끝내 허무하게 사라지자 혈사자의 동공이 격렬하게 흔들렸다.

"꼴좋구나, 혈사자! 온갖 거만은 다 떨더니."

"이노옴!"

"크크큭! 이빨은 물론이고 손톱, 발톱이 다 빠진 모양이라니!"

철사자가 기세 좋게 소리쳤다.

볼품없이 주저앉아 있는 혈사자의 모습을 보니 그렇게 통쾌할 수가 없어서였다.

동시에 대막을 호령하던 그도 결국에는 인간이라는 사실을 깨달았다.

'그건 패선 역시 마찬가지지.'

철사자의 두 눈이 야망으로 번들거렸다.

혈사자에 이어 벽우진의 목마저 벤다면 앞으로의 대막은 그의 시대였다. 이 대막이 전부 다 그의 것이 될 터였다.

'또한 중원 역시 마찬가지지.'

아직은 정정한 사왕성주였으나 그건 막대한 내공으로 중년의 모습을 유지하는 것뿐이었다. 그의 나이가 어느덧 구십을 바라보고 있는 만큼 철사자는 길어야 십 년이라고 생각했다. 즉 십 년 후부터는 그의 세상이라는 얘기였다.

더욱이 그에게는 사마륭과 사마세가가 있었다.

'중원 역시 손에 넣을 수 있다는 뜻이지.'

사마세가의 재건을 도와주면서 자연스럽게 중원에 스며들면 제아무리 구파일방과 오대세가라고 해도 별수 없을 터였다. 이 자리에서 깡그리 다 죽이고 혈사자군단과 함께 양패구상했다고 소문내면 의심하는 이도 없을 테고 말이다.

'흐흐흐흐!'

지극히 자기중심적인 창창한 미래를 상상하며 철사자가 히죽 웃었다. 생각하는 것만으로도 가슴이 두근거렸던 것이다.

"혼자 죽지는 않는다!"

그때 혈사자가 노성을 터뜨렸다.

철사자에게 치욕적인 죽음을 당하느니 차라리 자신이 직접 죽겠다는 듯이 선천진기를 일으킨 그는 다치기 전의 모습으로 되돌아가 패도적인 참격을 연거푸 날렸다.

"저, 저런 멍청한 새끼!"

그 모습에 철사자가 어이없다는 표정을 지었다.

얌전히 뒈지지는 못할망정 마지막까지 자신의 앞을 가로막는 혈사자의 모습에 기가 찼던 것이다.

자기보다 더 가까운 곳에 벽우진이 서 있었음에도 불구하고 말이다.

"저희가 막겠습니다!"

"가십시오!"

수십 장의 거리를 날아옴에도 맹렬한 기세가 전혀 죽지 않는 혈사자의 참격에 부대주 두 명이 각자 창을 쥐고서 뛰쳐나갔다. 혈사자의 공격을 막아내며 길을 열어주기 위해서였다.

"크아악!"

"컥!"

그러나 두 사람은 혈사자를 너무 만만하게 봤다.

이빨이 빠져도 맹수는 맹수였다. 부대주들은 그걸 잠시 망각했고, 그 대가는 죽음이었다.

"이······! 이······!"

허망하게 목숨을 잃은 부대주들의 모습에 철사자가 몸을 떨었다.

다 죽어가는 모습에 끝났다고 생각했는데 이렇게 뒤통수를 칠 줄은 몰랐기에 철사자가 언제 여유로운 표정을 지었냐는 듯이 얼굴을 악귀처럼 일그러뜨렸다.

"내가 쉽게 죽어줄 거라 생각하면 안 되지."

"죽여 버리겠다!"

"와라! 마지막에도 내가 더 강하다는 사실을 각인시켜 주마! 앞으로도 절대 날 뛰어넘지 못한다는 것도!"

우우웅!

시간이 얼마 남지 않았다는 것을 알기에 혈사자는 처음부터 도환을 펼쳤다. 벽우진에게 날렸던 공격을 철사자에게 집중했던 것이다.

그러나 철사자 역시 만만치 않았다.

참마도에 창대를 붙인 듯한 괴상한 창을 풍차처럼 돌리며 혈사자의 공격을 막아냄과 동시에 달려오는 속도에 철마와 자신의 무게까지 실어서 참격을 날렸다.

꽈과과광!

이윽고 굉음과 함께 주변이 초토화되었다. 무지막지한 두 개의 기운이 충돌하자 주변이 남아나질 못했던 것이다.

그리고 그 폭발로 비탈길을 질주하던 철갑 기마대 역시 주춤거렸다.

"개판이네."

하지만 벽우진은 그 모습에 실소를 흘렸다. 막장도 이런 개 막장이 없는 것 같아서였다.

원래부터 사형제간이라 부르기 힘든 사이라는 건 알고 있었지만 역시 실제로 보는 것은 달랐다.

"드디어 만났군."

벽우진의 시선이 야트막한 구릉으로 향했다.

진군하는 철갑 기마대와 달리 사마룡을 위시로 한 사마세가의 병력은 조금도 움직이지 않고 있었다.

조심성이 극도로 높아졌는지, 아니면 혼전 상황이 위험하다고 판단한 것인지 사마룡은 저 자리에서 꼼짝도 하지 않고 있었다.

"아니다 싶으면 도망치겠다, 이거지?"

그 모습에 벽우진이 비릿한 표정을 지었다. 사마룡이 무슨 생각을 하고 있는지 그는 알 수 있어서였다.

"끄으윽!"

"지독한 새끼! 마지막까지 내 앞길을 이렇게나 가로막다니!"

벽우진이 고개를 돌렸다. 그러자 꼬치구이처럼 전신에 십여 개의 창이 박힌 채로 주저앉아 있는 혈사자의 모습이 눈에 들어왔다.

잠력을 폭발해 내공은 회복했을지 모르나 육신은 이미 진즉에 망가진 상태이기에 철사자와 철갑 기마대의 협공에 결국 쓰러진 것이었다.

하지만 신음을 흘리는 것과 달리 혈사자의 안광은 여전히 부리부리했다. 마치 부상만 없었다면 철사자를 오체분시했을 거라는 듯이 말이다.

"먼저 가서, 기다리고 있으마."

"병신. 난 너와 달라."

"후후후!"

철사자의 비아냥거림에도 혈사자는 웃었다.

죽음을 앞둔 순간 그에게는 보였던 것이다. 자기보다 더 비참할 철사자의 죽음이 말이다.

서걱.

철사자의 두 눈에 희열이 떠올랐다. 그토록 그의 앞길을 막고 방해하던 혈사자의 목을 자신의 손으로 베어내서였다.

그리고 그 말은 곧 육사자 중 최후의 생존자는 그라는 소리였다.

"크아아아!"

거기까지 생각이 닿은 순간 철사자가 포효했다. 가슴을 가득 채우는 엄청난 희열과 정복감에 몸을 맡긴 것이었다.

하지만 아직 기뻐하기는 일렀다.

"죽여라!"

"한 놈도 살려두지 마라!"

"주군의 복수를 해야 한다!"

혈사자의 목이 바닥에 떨어진 순간 전투는 전혀 다른 방향으로 흘러갔다. 중원무림과 대치하던 혈사자군단이 방향을 틀어 철사자와 철기대에로 향했던 것이다.

그 모습에 싸우던 무인들은 물론이고 전선을 지휘하던 제갈현 역시 어안이 벙벙한 표정을 지었다. 상황이 이렇게 흘러갈 줄은 그도 예상치 못했던 것이다.

"멈춰라! 너희들에게 할 말이 있다!"

하지만 철사자와 철기대는 놀라지 않았다. 혈사자를 노린 순간부터 상황이 이리될 것이라는 걸 그들은 알고 있었기에 당황하지 않고 진영을 유지했다.

더불어 철사자가 웅혼한 공력을 담아 소리쳤다.

"닥쳐라!"

"기회주의자 따위에게 들을 말 없다!"

"목이나 내밀어라!"

"항복하는 자는 살려주겠다! 나는 불필요한 피를 흘리고 싶지 않다! 우리는 다 같은 대막의 전사들이 아닌가! 지금 우리가 싸워야 할 적은 중원에서 온 놈들이다!"

철사자가 빠르게 말을 이었다.

혈사자의 휘하에 속해 있던 이들이었지만 크게 보면 모두 다 대막의 전사들이었다. 앞으로 그가 다스려야 할 이들이었고. 그렇기에 철사자는 굳이 쓸데없는 피를 흘리고 싶지 않았다.

"개소리 지껄이지 마라!"

"주군의 복수를!"

하지만 분노한 혈사자군단에게 철사자의 회유책은 통하지 않았다. 아무리 이성적으로 말을 한들 이미 눈이 돌아간 혈사자군단에게는 들리지 않았던 것이다.

정확하게는 듣고 싶지 않았고.

혈사자가 죽었다고 해서 철사자의 아래로 들어가려는 이는 단 하나도 없었다.

"끄응!"

지독한 살기로 번들거리는 혈사자군단의 모습에 철사자가 앓는 소리를 냈다.

이성적으로 생각해도 모자랄 판국에 지극히 감정적으로 움직이는 혈사자군단을 이해할 수가 없어서였다. 누가 봐도 이미 대세는 기울었는데 말이다.

"멍청한 것들."

악귀처럼 달려오는 혈사자군단을 응시하며 철사자가 혀를 찼다. 결국 싸워야 함을 인정한 것이다.

하지만 혈사자군단을 두려워하는 기색은 없었다.

"처리하겠습니다."

"깔끔하게 정리하도록."

"예."

시체가 되어버린 부대주들을 대신해 백인대장들이 절도 있게 대답한 후 말을 몰았다. 혈사자군단을 상대하기 위해 달려나갔던 것이다.

그러면서도 철기대는 상황을 지켜보고 있는 중원무림의 세력들을 주시하는 것도 잊지 않았다. 삼파전이 되었지만 결국 가장 큰 적은 중원무림의 세력이었다.

"이제야 우리 둘만 남았군."

"……."

썰물처럼 빠져나가는 철기대를 일별한 철사자가 의기양양한 얼굴로 말했다. 일생의 대적이라 할 수 있는 혈사자의 목을 직접 베었기에 한껏 고양된 것이었다.

하지만 정작 벽우진은 그에게 눈길 하나 주지 않았다. 멀리 보이는 사마륜을 지그시 바라보기만 했다.

"아무리 악연이라지만 날 너무 무시하는 거 같은데."

대답은커녕 시선도 주지 않는 벽우진의 모습에 철사자의 표정이 달라졌다. 순식간에 싸늘해진 얼굴로 창을 휘둘렀던 것이다.

"무시할 만하니까."

"뭐라고!"

보지도 않고 옆으로 반보만 살짝 움직여서 창강을 피해내는 벽우진의 모습에 철사자의 눈썹이 꿈틀거렸다.

아무리 패선이 대단한 고수라고 하나 혈사자와 격전을 치른 뒤였다. 그것도 지형지물이 바뀔 정도로 격렬하게 말이다.

한데 시간을 벌어도 모자랄 판에 자신을 무시하자 철사자가 송곳니를 드러내며 달려들었다.

"이왕이면 같이 내려오지 그랬어. 그러면 내가 고민하지 않았을 텐데. 아, 전력에 큰 도움이 안 돼서 그런가? 아니면 대외적인 시선 때문에?"

"스스로 시간을 단축하는구나!"

벽우진의 말에 대답할 가치가 없다는 듯이 철사자도 자기 할 말만 했다.

그 모습에 벽우진은 피식 웃었다. 아무래도 철사자가 자신을 쉽게 보내줄 것 같지는 않아서였다.

"그건 내가 해야 할 말 같은데. 혈사자와의 전투로 몸 상태가 정상이 아닐 텐데."

"네놈을 상대할 여력은 충분하다!"

"그래? 그럼 나는 보내주고 다른 사람이랑 붙어보는 건 어때? 소림무제랑 제왕검도 이곳에 와 있는데."

"너 말고는 관심 없다!"

부웅! 부우웅!

묵직한 파공성이 연이어 터져 나왔다. 철마 위에서 너무나 자연스럽게 창을 휘둘렀던 것이다.

그런데 움직임이 굉장했다.

말과 일심동체라도 된 것처럼 움직이는 모습을 보면서 벽우진이 입맛을 다셨다.

'거리가 너무 멀어. 따라잡지 못할 거리는 아니지만 중요한 건 저놈에게 유리한 장소라는 거지. 게다가 교활한 토끼는 세 개의 굴을 파놓는 법이고.'

은밀하게 대막으로 넘어가 복수를 준비한 사마룡이었다.

그런 녀석이 아무 준비도 없이 모습을 드러냈을 리가 없었다. 지금의 거리도 도망칠 시간을 다 계산해서 정했을 가능성이 컸다.

게다가 제갈세가만큼은 아니지만 사마세가 역시 기문진법으로 유명한 가문이었다.

"언제까지 피하기만 할 생각이냐!"

쩌저적! 쩌적!

무지막지한 강격이 연이어 대지를 갈랐다. 태산조차 쪼개 버릴 것 같은 위력의 참격이 연거푸 펼쳐졌던 것이다.

"그렇다고 네놈이 인질로서의 효용 가치가 있는 것도 아니고."

"하아압!"

호쾌하게 참격을 날리던 철사자가 눈을 빛냈다. 드디어 벽우진의 시선이 그에게 닿았던 것이다.

'단숨에 두 쪽을 내주마!'

철사자의 두 눈에는 자신감이 짙게 서려 있었다. 제아무리 대단한 패선이라도 혈사자와의 혈전을 치렀기에 몸 상태가 정상일 리 없다고 생각해서였다.

쩌어엉!

충돌과 함께 굉음이 터져 나왔다. 처음으로 두 사람의 검과 창이 격돌한 것이다.

그런데 공격당한 것은 벽우진인데 되레 철사자가 튕겨졌다. 벽우진이 아무렇지 않게 서 있는 것에 반해 철사자가 타고 있던 철마는 뒷걸음질 쳤던 것이다.

"거참 더럽게 말 많네. 그냥 창이나 휘두르면 될 것을."

쩌억!

철마의 네 다리에서 피가 솟구치며 주저앉았다. 벽우진의 무형강기가 부지불식간에 쓸고 지나간 결과였다.

푸히히힝!

뒤늦게 오는 고통에 철마가 발광을 하며 울부짖었지만 철사자는 애마를 신경 쓸 겨를이 없었다. 그가 바랐던 대로 벽우진이 그에게 제대로 된 관심을 보였기 때문이다.

키이이잉!

다시 한번 날아드는 무형강기에 철사자 역시 진기를 일으켰다. 똑같이 무형강기로 벽우진의 공격을 막아냈던 것이다.

그러나 태연한 얼굴의 벽우진과 달리 철사자의 안면은 시간이 갈수록 굳어져 가고 있었다.

"차합!"

그 차이를 느낀 철사자가 기합성을 토해내며 창을 거칠게 휘둘렀다. 창격으로 벽우진의 무형강기를 분쇄하며 쇄도할 공간을 만들었던 것이다.

그렇게 만든 틈으로 철사자는 계속 접근했다. 자신에게 가장 유리한 간격을 찾아가는 것이었다.

'어떻게 아직도 이 정도의 기력이 남아 있지?'

철사자의 두 눈에 질린 기색이 은은하게 떠올랐다.

당연히 지쳐 있을 거라고 생각했는데 지금까지의 모습을 보면 그런 기색이 전혀 느껴지지 않았다. 오히려 혈사자와 혈투를 벌인 게 거짓말처럼 느껴질 정도였다.

'역시 그걸 써야 하나.'

좀처럼 지친 기색을 보이지 않는 벽우진에게 접근하며 철사자가 이를 악물었다.

자신 역시도 무형강기를 극도로 일으켰음에도 불구하고 벽우진에게서 터져 나오는 중압감은 점차 묵직해지고 있었다. 공력의 양도 양이지만 밀도 자체가 다른 것이었다.

그것을 인정한 순간 철사자가 애병을 던졌다.

쑤아아앙!

마치 작살을 던지듯 힘차게 던진 창이 맹렬하게 회전하며 벽우진에게 쇄도했다.

그리고 철사자는 허리춤에 차고 있던 쌍검을 뽑아 들었다.

다른 제자들이 하나의 무구에 고집하는 것과 달리 그는 다양한 병장기를 다룰 줄 알았다. 그것도 하나같이 높은 수준으로 말이다.

따아앙!

회전력이 가미된 창이 벽우진의 느릿한 일검에 무기력하게 허공으로 튕겨져 날아갔다. 겉으로 보기에는 회전하는 창이 훨씬 더 강력해 보였음에도 결과는 정반대로 나왔던 것이다.

그러나 그 모습을 보고도 철사자는 당황하지 않았다.

대신 쌍검을 거칠게 휘둘렀다.

쑤아아앙!

동시에 날린 참격이 십(十)자 형태로 벼락같이 뻗어 나갔다.

그런데 철사자의 공격은 그게 전부가 아니었다.

허공으로 무기력하게 치솟았던 창이 어느새 궤적을 돌려 벽우진의 정수리를 노리고서 떨어져 내렸다. 서릿발 같은 창강을 줄기줄기 내뿜으면서 말이다.

'아직 끝이 아니다!'

철사자의 두 눈이 형형하게 빛났다. 지금 이 순간 승부수를 띄우기로 결심한 것이다.

콰콰콰쾅!

두 줄기의 거대한 검강과 낙뢰처럼 떨어지던 창이 벽우진과 충돌했다.

정확하게는 벽우진의 전신에서 솟구친 호신강기와 부딪친 것이다.

그것을 확인하자마자 흑사자는 들고 있던 쌍검도 던졌다.

창에 이어 두 자루 검도 이기어검의 수법으로 조종하는 것이었다.

쿠르르릉!

이기어창, 이기어검에 이어 철사자는 쌍권을 내질렀다.

그야말로 할 수 있는 모든 것을 쏟아부었다. 오로지 벽우진의 죽음만을 생각하면서 말이다.

"흐아아압!"

세 자루의 병기와 두 주먹으로 강환(罡環)까지 펼치자 철사자의 얼굴 가득 실핏줄이 튀어나왔다. 극한에 가까운 내공 운용에 뇌가 터질 듯이 뜨거워졌던 것이다.

그러나 철사자는 멈추지 않았다. 이 정도가 아니고서는 벽우진을 죽일 수 있다고 장담할 수 없어서였다.

콰콰콰쾅!

창과 검이 허공과 대지를 구분하지 않고 찢어발겼다.

거기에 강환의 폭격이 쉴 새 없이 이어졌다.

공간을 점유하는 것을 넘어 아예 때려 부숴 버리는 공격이 이어졌던 것이다.

그런데 이게 끝이 아니었다.

'마지막이다!'

끊임없이 강환을 쏟아붓던 철사자가 해쓱해진 얼굴로 품속에 손을 집어넣었다. 화룡점정을 찍기 위한 마지막 작업을 위해서였다.

스윽.

이윽고 품속에 들어갔던 철사자의 손이 밖으로 나왔다. 칙칙한 빛이 감도는 두 개의 동그란 구슬 같은 것을 들고서 말이다.

"끝이다."

음흉한 얼굴로 철사자가 두 개의 구슬을 힘껏 던졌다. 벽우진이 서 있을 것이라 예상되는 지점에 정확히 던졌던 것이다.

꾸아아앙!

구슬 두 개가 먼지구름 속으로 파고들기 무섭게 어마어마한 굉음이 터져 나왔다.

더불어 지진이라도 난 것처럼 지축이 뒤흔들리자 싸우던 혈사자군단과 철기대가 순간적으로 전투를 멈추고 이쪽을 쳐다봤다. 그 정도로 폭발의 충격과 규모가 엄청났던 것이다.

후우우웅!

버섯 모양으로 하늘 높이 치솟는 검은 구름도 구름이지만 후폭풍 또한 무시무시했다. 철갑을 두른 철마조차도 후폭풍에 밀려날 정도였으니 혈사자군단은 두말할 필요가 없었다.

그러나 가장 크게 놀란 이는 다름 아닌 중원무림 쪽이었다.

특히 후방에서 병력을 지휘하던 제갈현은 두 눈이 튀어나올 정도로 깜짝 놀란 표정을 지었다.

"굉천뢰라니!"

박학다식한 이답게 제갈현은 철사자가 마지막에 사용한 물건이 무엇인지 단박에 알아봤던 것이다.

그리고 그 말에 당민호는 물론이고 법무와 남궁진 역시 경악했다. 중원에서도 보기 힘든 굉천뢰를 이 먼 대막에서 보게 될 줄은 꿈에도 몰라서였다.

특히 당민호의 동공이 크게 흔들렸다.

"크하하하!"

반면에 철사자는 앙천광소를 터뜨렸다. 제아무리 대단한 패선이라도 자신의 전력을 다한 공격과 굉천뢰 두 개라면 멀쩡히 살아 있을 가능성은 없다고 생각해서였다.

"역시 대주님!"

"우아아아!"

천번지복이라는 말이 절로 떠오를 정도로 굉장한 폭발이었다.

작은 동산 정도는 한 번에 날려 버릴 정도의 폭발이었기에 철기대가 무기를 들고서 포효했다. 괴물 같던 벽우진이 결국에는 죽었다고 생각한 것이다.

"아무리 강해봤자 결국 인간일 뿐이지. 피육으로 이루어진. 후후후!"

얼굴에는 지친 기색이 완연했지만 철사자는 기고만장한 얼굴로 중얼거렸다.

역사에 마지막까지 남는 인물은 강한 자가 아니라 살아남는 자였다. 그것을 증명한 이 중 한 명이 바로 한 나라의 유방이었고.

패왕에게 연전연패하던 유방이 마지막 대결에서 이겼고, 천하의 주인이 되었다.

철사자는 자신 역시도 그와 마찬가지라고 생각했다.

"결국 이기는 게 중요하지. 패자는 말 그대로 사라질 뿐이니까."

서서히 가라앉는 먼지구름을 쳐다보며 철사자가 히죽 웃었다.

아쉽게도 벽우진의 목을 베지는 못했지만 그래도 죽인 것은 확실했다.

굉천뢰 두 개가 터졌지만 벽우진의 경지를 생각하면 적어도 팔다리 하나 정도는 남아 있을 테니 그거라도 회수해 가면 될 터였다.

"맞아. 패자는 그냥 사라질 뿐이지. 월사자, 독사자, 염사자 그리고 흑사자처럼."

철사자의 얼굴에서 미소가 사라졌다. 난데없이 들려오는 벽우진의 목소리에 몸이 저절로 굳어졌던 것이다.

그리고 그건 서서히 철사자에게로 모여들던 철기대 역시 마찬가지였다.

서걱.

"어?"

뒤이어 철사자의 귀로 익숙한 파육음이 들려왔다.

육신이 절단 나는 소리에 철사자는 반사적으로 자신의 다리를 내려다봤다. 그러자 무릎 부분에 새빨간 혈선이 생긴 것을 볼 수 있었다.

철퍼덕!

"끄으윽!"

철사자가 허물어졌다. 혈선이 생기자마자 몸의 균형이 삐꺽거리더니 결국 땅바닥으로 엎어졌던 것이다.

그런데 전투의 여파로 수없이 뒤집힌 땅거죽에 상처 부위가 닿자 형언할 수 없는 고통이 그를 잠식해 왔다. 꺼끌꺼끌한 모래알이 절단된 부위에 닿자 머리가 새하얘졌던 것이다.

저벅저벅.

그러는 사이 먼지구름이 가리고 있던 거대한 구덩이에서 발걸음 소리가 들려왔다.

"마지막은 너이고."

"어, 어떻게?"

"잔머리는 잘 굴렸는데, 상대가 나빴어. 이왕 챙길 거 한 백 개는 가져오지 그랬어. 그러면 혹시 몰랐을 텐데."

"대주님을 지켜라!"

"멀쩡해 보여도 지쳤을 게 분명하다! 허장성세야!"

그을린 자국 없이 멀쩡히 모습을 드러낸 벽우진을 향해 철기대가 황급히 달려들었다. 더 이상 철사자에게 접근하지 못하도록 막기 위해서였다. 더불어 벽우진의 수급도 챙기고 말이다.

"내가 말하고 있는데 어디서 아랫것들이."

다만 문제는 그들의 예상이 엄청난 착각이라는 점이었다.

철기대는 벽우진에게 더 이상 싸울 여력이 없을 거라 생각했지만 그건 그들의 바람일 뿐이었다.

그리고 그 사실을 벽우진은 손수 증명했다. 무상검을 휘둘러 달려드는 철기대의 인마를 단숨에 양분했던 것이다.

"끄윽!"

"미, 미친……!"

조금도 약해지지 않은 벽우진의 검격에 달려들던 철기대가 믿을 수 없다는 표정으로 허물어졌다. 아직도 이만한 기력이 남아 있다는 게 믿겨지지 않았던 것이다.

"으으……!"

그건 철사자도 같은 생각인지 가뜩이나 창백했던 얼굴에 핏기가 가셨다. 고통보다도 머릿속으로 최악의 상황이 계속해서 떠올라서였다.

"개인적으로 아주 쪼끔 고마운 게 있으니 고통 없이 보내주마. 그 정도 아량은 가지고 있으니."

"사, 살려주십시오! 살려만 주신다면 앞으로 견마지로를 다 하겠습니다!"

철사자가 넙죽 엎드렸다. 자존심도 버린 채 벽우진을 향해 머리를 조아렸던 것이다.

그 정도로 그는 정말로 죽고 싶지 않았다.

두 다리가 잘리기는 했으나 아직 절단된 지 얼마 되지 않은 만큼 치료는 가능했다.

그러나 죽으면 그 무엇도 할 수 없었기에 철사자는 간절한 얼굴로 머리를 숙였다.

"너도 알고 있잖아? 안 될 거라는 걸."

"워, 원귀가 되어서라도 네놈을……!"

"그래, 차라리 그렇게 나왔어야지. 사람은 일관성이 있어야 해."

목에 가는 혈선이 서서히 생기더니 그의 몸과 머리가 서서히 다른 방향으로 움직이기 시작했다.

동시에 벽우진의 뒤쪽에서 무지막지한 기운이 솟구쳤다. 호법들이 본격적으로 날뛰기 시작했던 것이다.

물론 혈사자군단과 철기대의 전력이 상당히 남아 있었다.

고수들 역시 아직은 많이 생존해 있었으나 벽우진의 압도적인 신위에 기가 꺾여 본 실력을 발휘하지 못하는 상태였다.

전세는 완연하게 중원무림 쪽으로 기울었다.

뻐어어엉! 뻐엉!

그리고 그 중심에는 소림무제와 제왕검이 있었다. 적수가 없다는 듯이 사방팔방을 휩쓸며 돌아다녔던 것이다.

"으아아아!"

"제기랄!"

결국 도망자가 나오기 시작했다. 대세가 기운 걸 확인하자 너도 나도 자신의 목숨을 챙기기 시작했던 것이다.

그러나 정작 이런 상황을 만든 벽우진은 그들을 쳐다보지 않았다.

멀리 사마륭과 사마세가가 서 있던 곳을 주시했다.

"슬슬 시작할 때가 된 것 같은데."

무상검을 납검하며 벽우진이 중얼거렸다.

한데 신기하게도 그때 사마세가가 모여 있던 곳에 소란이 일었다.

"시작됐군."

움직임이 없던 사마세가의 무인들이 갑자기 우왕좌왕하는 모습에 벽우진이 눈을 빛내며 땅을 박찼다.

콰앙! 꽈과과광!

지독한 악취와는 어울리지 않는 순백색의 용이 사방을 헤집었다.

하지만 누구 하나 백룡을 막아서지 못했다. 아름다운 외견과 달리 흉포한 기운을 머금고 있음을 너무나 잘 알아서였다.

그래서 사마세가의 무인들은 맞서 싸우기보다는 빠르게 뒤로 물러났다.

"방주님이시군요."

"오랜만일세."

개방을 대표하는 절기 중 하나인 강룡십팔장으로 인사 아닌 인사를 한 개왕이 모습을 드러냈다.

얼마나 은밀히 접근했는지 개왕과 함께 온 이십여 명의 개방도들의 머리와 거적때기에는 모래와 먼지가 가득했다.

"저를 잡으러 오셨습니까?"

"왜 그랬나?"

먼지를 툭툭 털며 개왕이 물었다.

그런 그의 눈에는 복잡한 감정이 떠올라 있었다.

"이럴 수밖에 없었습니다."

"그렇게 참기 힘들었나?"

"방주님께서는 모르실 겁니다. 제가 느낀 치욕과 좌절감을요."

"좋게 풀 수도 있었네."

개왕이 검은 얼굴 가득 아쉬운 표정을 지었다.

사마세가씩이나 되는 명문세가가 이대로 역사의 뒤안길로 사라지는 게 너무나 아쉬워서였다.

솔직히 말하면 현재 중원무림의 상황이 한 명도 아쉬운 상황이기도 했고.

"그랬을 수도 있었겠죠. 하지만 숙이고 싶지는 않았습니다.

너무 멀리 가기도 했고."

사마룡이 빠르게 뒤로 물러났다. 지금 이 순간에도 벽우진이 오고 있을 것이기에 도망칠 준비를 했던 것이다.

혈사자와 철사자가 죽은 이상 목숨을 부지하기 위해서는 지금 이 자리를 서둘러 떠나 했다. 그는 말을 타고 있었지만 상대가 벽우진이라면 안심할 수 없었다.

두두두두!

복잡한 표정의 개왕을 일별한 사마룡이 말을 돌렸다. 처음 이후 더 이상 공격할 기미가 보이지 않자 그대로 말을 돌려 내뺐던 것이다.

왜 공격하지 않는지 이유는 알 수 없었지만 사마룡은 이내 빠져나가는 것에만 집중했다. 지금은 어떻게 해서든 사왕성으로 돌아가야 했다.

쌔애액!

그런데 그때 두 줄기 강기가 느닷없이 나타났다. 하늘을 닮은 푸른빛의 검강이 갑자기 솟구치며 그와 부하들을 노렸던 것이다.

"흡!"

갑작스러운 공격이었지만 사마룡을 호위하던 천성대(天星隊)의 반응은 기민했다. 두 줄기 검강이 쇄도하기 무섭게 사마룡의 앞을 가로막았던 것이다.

"큭!"

"우웁!"

그러나 호기롭게 달려든 것과 달리 천성대주와 부대주는 꼴 사납게 낙마했다. 검강을 제대로 막지 못하고 볼썽사납게 튕겨졌던 것이다.

그 모습에 사마륭의 얼굴이 굳어졌다.

"어딜 가려고?"

"우리와 할 말이 있지 않나?"

"당신들은……."

위장막이 걷히고 두 사람이 모습을 드러냈다.

한데 그들을 본 사마륭의 동공이 격렬하게 흔들렸다. 정말 생각지도 못한 이들이 그의 앞을 가로막아서였다.

"내 얼굴 알지?"

"……어느 틈에?"

"설마 네놈을 보고도 우리가 가만히 있을 거라고 생각한 건 아니지?"

모래 먼지를 잔뜩 뒤집어쓴 청민이 살벌한 안광을 뿌리며 입을 열었다. 그리고 그 옆에는 악귀처럼 무시무시한 표정의 서진후가 함께 서 있었다.

개왕이 공격하지 않은 건, 추격하지 않은 이유는 바로 이 두 사람 때문이었다. 애초에 그는 몰이꾼 역할이었던 것이다.

"이쪽으로 몬 것이군."

"맞아. 괜히 엉뚱한 곳으로 가면 안 되니까."

으득.

사마륭이 이를 갈았다.

어쩐지 개왕이 너무 순순히 보내준다 싶었다. 아무리 옛정이 있어도 그냥 보내주는 건 말도 안 되는 일인데 말이다.

'뚫어야 한다.'

거기까지 생각한 사마륭의 표정이 싸늘해졌다.

더 이상 시간을 지체해서는 안 되었다.

그런데 그 순간 사마륭은 문득 이런 생각이 들었다. 지금 이 순간이 위기이면서도 기회라는 생각이 말이다.

'둘을 사로잡는다면?'

사마륭의 눈동자에 묘한 기색이 서렸다.

사제들을 끔찍하게 아끼는 벽우진이기에 두 사람을 사로잡는다면 함부로 움직이지 못할 터였다.

아니, 어쩌면 패선이라 불리는 벽우진을 마음대로 움직일 수 있을지도 몰랐다.

'나쁘지 않은데?'

살기등등한 두 사람이었지만 그래 봤자 두 명뿐이었다.

반면에 이쪽은 산전수전을 다 겪은 노련한 무사들만 백 이상이었다.

그렇기에 사마륭은 충분히 해볼 만하다는 생각이 들었다.

뒤에서 개왕이 합세한다면 얘기가 달라지지만 아직까지 뒤쫓아 오는 기미는 없었다.

스슥!

그것을 확인한 사마륭은 두 사람 모르게 수신호를 보냈다. 청민과 서진후가 알아차리지 못하게, 수하들만 알아볼 수 있는 수신호로 지시를 내렸던 것이다.

'이미 시간을 꽤 지체했어. 완벽하게 도망칠 수 없다면, 확실한 안전장치를 가지고 있는 게 효과적이지.'

파파파팟!

사마룡의 수신호를 보기 무섭게 천성대가 좌우로 신속하게 펼쳐졌다. 두 사람이 도망치지 못하게 포위한 것이었다.

그런데 둘은 그 광경을 보고도 비릿한 표정을 지었다.

"도망치지 않겠다면 오히려 이쪽이 고맙지."

"그러니까요. 일일이 잡아야 하는 번거로움이 사라졌으니."

서진후가 검을 머리 위로 들어 올렸다.

삽시간에 포위당했음에도 그의 얼굴에는 오히려 기꺼운 기색이 서렸다. 귀찮게 하나하나 잡아야 하는 번거로움이 사라졌다.

웅웅웅!

번쩍 들어 올린 검에서 시퍼런 청광이 번뜩였다.

그런데 검에서 솟구친 검강이 끝도 없이 올라갔다.

일 장, 이 장, 삼 장을 넘어가는 모습에 사마룡의 동공이 서서히 확대되기 시작했다.

"……!"

"살아 돌아갈 생각은 하지 않는 게 좋아. 오늘 이 자리에서 벗어날 수 있는 이는 아무도 없을 테니까."

··· 제5장 ···
혈채의 무게

서진후의 두 눈에서 형형한 살기가 뿜어져 나왔다. 지독하게 차가운 살의가 날카롭게 폭사되었던 것이다.

"피, 피해라!"

거대한 푸른색 검강이 대지로 향하자 천성대원들이 소리쳤다. 닿는 순간 아작 나는 걸 넘어 갈가리 찢겨질 거라는 사실을 본능적으로 알 수 있어서였다.

쩌어어억!

휘둘러지는 낌새를 본 것과 동시에 천성대원들이 사방으로 흩어지며 검역에서 벗어나려고 했지만 안타깝게도 멀쩡하게 피해낸 이는 소수였다. 대부분은 서진후의 참격을 피해내지 못하고 양분되었다.

"파고들어!"

"틈을 노려라!"

하지만 천성대원들도 만만치 않았다. 한순간에 동료 십여 명이 쓸려 나갔음에도 천성대원들은 재차 달려들었다.

복수심을 가진 건 천성대도 마찬가지였다. 그렇기에 동료들이 죽었음에도 천성대는 물러나지 않고 오히려 검을 회수하는 틈을 노리고서 서진후에게 달려들었다.

푸푸푸푹!

그러나 접근에 성공한 천성대원은 없었다.

마치 이걸 기다렸다는 듯이 검을 뿌리는 청민에 달려들던 천성대원들은 제대로 막아내지도 못한 채 절명했다.

강해진 건 제자들만이 아니었던 것이다.

아니, 오히려 더욱더 절치부심하고 노력한 건 청민과 서진후였다.

"뭣들 하는 것이냐! 얼른 사로잡지 못하고!"

"존명!"

단둘만으로 천성대를 압도하는 모습에 사마륭이 노성을 터뜨렸다.

두 사람이 강해진 것은 알고 있었으나 천성대 역시 놀고만 있었던 것은 아니었다.

게다가 시간이 흐를수록 불리한 쪽은 사마세가였다. 지금 이 순간에도 벽우진이 오고 있을 것이기에 서둘러 둘을 사로잡아야 했다.

"그래, 그렇게 나와야지."

"도망치지 계속 덤벼!"

익숙하게 합격진을 펼치는 천성대를 향해 청민과 서진후가 포효했다. 죽은 속가제자들의 모습을 떠올리며 평소와 달리 광인처럼 날뛰었던 것이다.

하지만 분명한 것은 두 사람의 몸에도 상처가 하나씩 생겨났다는 점이었다.

'시간이 너무 걸리는데……'

좀처럼 사로잡힐 기미를 보이지 않는 둘의 모습에 사마룡이 아랫입술을 깨물었다. 지금이라도 도망쳐야 하나 고민했던 것이다.

물론 그렇게 할 경우 청민과 서진후가 곱게 보내주지는 않겠지만 적어도 벽우진과 마주치는 것보다는 훨씬 나았다. 살아만 있으면 다시 복구하면 되는 일이고.

"지독한 놈들."

사마룡이 얼굴을 잔뜩 일그러뜨리며 말했다.

더 이상 명문세가라고 할 수 없는 사마세가였기에 현재의 천성대는 온갖 비열한 짓도 서슴지 않았다. 석궁은 물론이고 독이 묻은 비수나 암기도 아무렇지 않게 사용했던 것이다.

생존을 위해서는, 살아남기 위해서는 그야말로 모든 것을 활용할 정도로 변질된 천성대지만 그렇기에 더더욱 강해진 것 역시 사실이었다.

그런데 청민과 서진후는 그런 천성대를 상대로 온몸이 피투성이가 되어감에도 물러나지 않았다.

"크하하하!"

오히려 앙천광소를 터뜨리며 한 명이라도 더 죽이겠다는 듯이 달려드는 모습에 사마룡은 이가 갈렸다.

"가주님. 결단을 내리셔야 합니다. 더 이상은……."

"저도 같은 생각입니다, 아버지."

잡힐 듯 잡히지 않는 두 노인의 모습에 심복과 아들이 입을 열었다. 어느새 시간이 일각을 훌쩍 지나가 있어서였다.

일각은 짧은 시간이지만 벽우진 정도의 고수라면 엄청난 거리를 이동하고도 남을 시간이었다.

사마룡 역시 그걸 알기에 초조한 기색을 숨기지 못하는 것이었다.

"……물러난다. 북을 치도록."

"존명."

사마룡이 깊은 한숨을 내쉬었다. 기회를 살리지 못해 아쉬운 것이었다.

하지만 더 이상은 위험했다. 지금도 사실 아슬아슬하단 걸 알기에 사마룡은 더 이상 고민하지 않았다.

둥둥둥!

이윽고 전장에 묵직한 북소리가 세 번 울려 퍼졌다.

퇴각을 알리는 북소리에 흉신악살처럼 청민과 서진후에게 달려들던 천성대가 썰물 빠지듯이 순식간에 물러났다.

청민과 서진후를 견제하면서도 발 빠르게 사마룡에게로 모여들었던 것이다.

"역시 약삭빠르다니까."

"근데 어쩌나. 이미 늦었는데."

툭.

얼굴에 묻은 피를 닦아내며 서진후가 비릿하게 웃었다.

그런 그의 시선은 사마륭과 사마세가 너머 어느 한 곳을 가리키고 있었다.

"설마……."

"아무리 패선이라도 이 짧은 시간에 여기까지 오는 건 불가능해."

천성대가 중얼거리며 천천히 고개를 돌렸다.

그리고 그중에는 사마륭도 있었다. 누구보다 창백해진 얼굴로 느릿하게 고개를 돌렸던 것이다.

"오랜만이지? 나만큼이나 너도 날 보고 싶어 했던 것으로 아는데."

"……벽우진."

"이야~! 많이 컸어? 내 앞에서 내 이름을 아무렇지 않게 말을 할 정도로. 대막에서는 좀 잘 나가나 봐? 아니면 사왕성이 그렇게 든든한가?"

처음 봤을 때처럼 뒷짐을 진 상태로 벽우진이 이죽거렸다.

하지만 그런 벽우진의 태도에도 사마륭은 아무런 대꾸도 할 수 없었다. 오히려 얼굴 가득 식은땀을 흘렸다.

그가 얼굴은 웃고 있지만 두 눈은 조금도 웃고 있지 않아서였다.

툭. 투툭.

그때 벽우진의 뒤에 두둥실 떠올라 있던 세 개의 목궤가 바닥에 조심스럽게 착지했다.

여기까지 달려오면서 목궤까지 챙겨왔던 것이다.

그것도 허공섭물을 펼친 채로 말이다.

꿀꺽!

그 광경에 사마륭의 주위에 모여 있던 천성대가 마른침을 삼켰다. 내공 괴물이라는 말이 절로 떠오른 것이었다.

더구나 지금의 벽우진은 혈사자에 이어 철사자까지 상대한 후였다.

그런데도 벽우진의 안색은 전혀 싸운 이처럼 보이지 않았다.

'어느 틈에 소름이……'

사마륭의 심복이자 수신호위라 할 수 있는 백융은 팔뚝에 돋아난 소름에 침을 꿀꺽 삼켰다. 단순히 벽우진을 보는 것뿐인데도 팔뚝은 물론이고 전신에 소름이 돋았던 것이다.

더불어 몸이 뻣뻣하게 굳어가는 걸 느꼈다.

'이게 바로 절대고수의 존재감인가.'

그 역시 과거 곤륜산에서 벽우진을 본 적이 있었다. 지금보다 더 가까운 거리에서 말이다.

하지만 그때는 이런 압박감을 느끼지 못했다. 기도를 갈무리하고 있었기에 딱히 특별한 인상을 받지 못한 것이다.

"벌써 왔을 줄이야."

"네 얼굴이 너무나 보고 싶어서 말이지. 진짜 사무치게 보고 싶었거든. 네놈이 말이지."

벽우진이 정색하듯 얼굴을 굳혔다. 그러자 뜨거운 바람으로 가득한 주위에 일순 서리가 내린 듯했다. 일변한 벽우진의 표정만큼이나 싸늘한 기운이 주변을 잠식했던 것이다.

스슥!

그와 동시에 백웅과 천성대원들이 사마륭과 사마척의 앞으로 모여들었다. 어떻게든 시간을 벌어주고자 벽우진을 가로막았던 것이다.

"그건 나도 마찬가지다, 벽우진. 이왕이면 사지가 결박된 상태로 보고 싶었는데."

"이제는 막 나가네? 하긴. 어차피 적인데 예의를 차릴 필요는 없지. 근데 하고 싶은 대로 해도 되는데 책임도 져야 하는 건 알고 있지?"

"……"

사마륭의 안색이 더욱 해쓱해졌다. 그저 대화만 하는 것뿐인데도 팔다리가 부들부들 떨렸던 것이다.

하지만 사마륭은 그러면서도 쉴 새 없이 머리를 굴렸다. 이 상황을 타개할 방법을 찾았던 것이다.

"우리 쉽게 가자고. 어차피 서로에게 볼일이 있잖아? 혹시 알아? 지금이라면 날 잡을 수 있을지? 그리고 어차피 네가 갈 곳이라고 해봤자 사왕성이잖아?"

"어쭙잖은 도발에 넘어갈 줄 아나?"

"도발이라니. 난 그저 있는 그대로의 사실을 말한 것뿐인데. 도망치는 데 성공하면 사왕성주한테 쪼르르 달려갈 거잖아.

내가 네 제자들을 싹 다 조져 버렸다고. 지금 당장 복수해야 한다고 말이지.”

사마룡은 말을 아꼈다. 대신 주위를 빠르게 살폈다.

생각보다 빠른 등장이었지만 아직은 기회가 있었다. 죽기 전까지는 모든 기회가 열려 있는 것이나 마찬가지였기에 사마룡은 벽우진을 주시하면서 주위를 재빠르게 훑었다.

-저희가 막겠습니다.

-시간을 버는 동안 옥체를 보존하십시오.

백융과 천성대의 조장이 마치 입을 맞춘 듯이 연이어 전음을 보내왔다. 벽우진을 막는다는 게 어떤 의미인지 너무나 잘 알면서도 조금의 망설임 없이 희생하겠다고 말한 것이었다.

그런 둘의 말에 사마룡의 표정이 복잡해졌다. 냉정하게 생각하면 두 사람의 말이 맞았으나 그렇다고 쉽게 결정을 내리기가 힘들어서였다.

덜컹.

“전음으로 희생하니 마니 떠드는 거 같은데, 고민할 필요 없어. 이 자리에서 멀쩡히 살아남을 수 있는 녀석은 없으니까.”

바닥에 놓인 세 개의 목궤가 동시에 열렸다.

그리고 서른두 자루의 철검이 떠올랐다. 길이가 각기 다르지만 너무나 잘 손질된 철검이 일제히 모습을 드러냈던 것이다.

“공격해라!”

그것을 본 백융이 소리쳤다. 더 이상 시간을 지체해서는 안 된다는 생각이 본능적으로 들어서였다.

파바바밧!

그리고 그건 천성대도 마찬가지였다.

서른두 자루의 철검이 하늘 높이 떠오르자 천성대는 곧바로 벽우진을 향해 돌진했다. 어떻게든 사마룡과 사마척이 빠져나갈 시간을 벌기 위해서였다.

그래서인지 다들 얼굴에 하나같이 결연한 기색이 떠올라 있었다.

"눈물겹네."

자기들을 희생해서라도 두 사람만은 반드시 살리겠다는 기색이 완연한 그들의 모습에 벽우진이 실소를 흘렸다. 너무 허황된 꿈을 꾸는 것 같아서였다.

벽우진은 이 자리에 있는 누구도 살려 보낼 생각이 없었다.

쌔애애액!

그걸 증명하겠다는 듯이 일제히 떠오른 서른두 자루의 검들이 맹렬한 기세로 떨어져 내렸다. 하늘에서 떨어지는 벼락처럼 무시무시한 기세로 쏟아졌던 것이다.

"마, 막아야……!"

"커헉!"

별다른 기운 하나 서리지 않은 것처럼 보이는 철검이었지만 그걸 제대로 막아내는 이는 아무도 없었다. 심지어 최절정고수인 백융조차도 호신강기를 극성으로 펼쳤음에도 단번에 가슴을 꿰뚫렸다.

"쿨럭!"

순식간에 호신강기를 꿰뚫고서 가슴을 관통한 공격에 백융이 어처구니없다는 표정을 지었다. 아무런 기운도 서리지 않은 평범한 철검에 이렇게 속수무책으로 당할 줄은 몰라서였다.

게다가 놀라운 점은 따로 있었다.

'죽은 자가 없어?'

치명적인 부상을 입은 이들은 많았지만 놀랍게도 즉사한 이는 없었다. 죽을 정도로 고통스러울지언정 죽은 이는 전무했던 것이다.

그것을 확인한 백융은 전신에 소름이 돋았다.

"네놈들은 쉽게 죽을 자격이 없다. 더욱이 내 앞에서는."

단 한 번의 공격으로 천성대 전원을 무력화시킨 벽우진의 시선이 북쪽으로 향했다.

백융과 천성대가 시간을 벌어주는 사이 사마륭과 사마척은 어느새 수십 장 이상 도망친 상태였다.

그러나 먼지구름을 일으키며 죽어라 말을 타고 있는 사마륭을 보는 벽우진의 눈동자에는 조금의 다급함도 서려 있지 않았다.

대신 피를 잔뜩 머금은 서른두 자루의 검들이 다시 한번 떠올랐다.

"피, 피하십시오!"

그것을 본 백융이 대경하며 소리쳤다.

핏물을 쏟으면서도 내공을 담아 간절하게 소리쳤으나 안타깝게도 그의 목소리는 사마륭에게 닿지 못했다.

이미 거리가 상당히 벌어지기도 했고, 상처로 인해 내공의 운용이 원활하지 못했기에 힘이 제대로 실리지 못해서였다.

푸푸푹!

뒤도 돌아보지 않은 채 도망치던 사마륭이 꼴사납게 바닥으로 떨어졌다.

동시에 철검에 꿰뚫린 말들이 비명을 지르며 발광했다.

하지만 그조차도 얼마 가지 않았다.

"으윽!"

한편 낙마한 사마륭은 다급히 몸을 일으켰다. 한시라도 이곳에서 벗어나야 한다고 생각해서였다.

더구나 자신을 위해 수하들 전부가 희생했기에 더욱더 살아남아야 한다고 생각했다.

툭.

그런데 그때 그의 시선에 낯선 발이 들어왔다. 검신을 밟고 있는 두 발이 너무나 선명하게 그의 동공에 박혀들었던 것이다.

"어딜 그렇게 가시나. 아직 우리는 나눠야 할 말들이 많잖아? 아니면 이번에는 아들을 희생시킬 건가?"

"커컥!"

익숙한 신음 소리에 사마륭의 두 눈이 부릅떠졌다. 그와 같이 말을 몰던 아들이 어느새 벽우진의 손아귀에 붙잡혀 있어서였다.

목이 붙잡힌 채로 아등바등대는 사마척의 모습에 사마륭이 자기도 모르게 입술을 깨물었다.

"이제 남은 건 아들뿐인 거 같은데."

"노, 놓…… 끅!"

서서히 강도를 더해가는 아귀힘에 사마척이 이를 악물고서 두 손으로 벽우진의 손을 긁었다. 악력으로는 상대가 되지 않으니 긁어서라도 고통을 주어 손아귀에서 벗어나려고 했던 것이다.

하지만 곱디고운 모습과 달리 벽우진의 살갗은 고래 힘줄 못지않게 질겼기에 아무리 긁고 꼬집어도 생채기 하나 나지 않았다. 대신 점점 더 조여지는 힘이 강해졌다.

"뭐, 아들을 희생한다고 해도 얼마 도망치지 못할 테지만."

"사, 살려주……!"

호흡 곤란을 일으키며 사마척이 힘겹게 말을 이었다.

그러나 그 모습에도 벽우진은 가차 없었다. 손아귀의 힘을 풀지 않으며 그대로 목뼈를 꺾어버렸던 것이다.

부르르르!

직각으로 목이 꺾인 사마척이 사시나무 떨듯이 몸을 떨었다. 그러더니 이내 혀를 내밀며 축 늘어졌다.

사마세가의 장남이자 소가주인 사마척이 끝내 죽은 것이었다.

"처, 척아!"

그 모습에 사마룡이 피를 토하는 심정으로 소리쳤다.

하지만 그런 사마룡의 모습에 벽우진은 더없이 싸늘한 얼굴로 사마척의 시선을 그의 앞으로 던졌다.

"죽은 자는 돌아올 수 없는 법이지. 무슨 짓을 해도 말이야."

"크흐흐흑!"

딸을 사왕성주에게 바칠 정도로 비정한 아비였지만 그렇다고 부정이 없는 것은 아니었다. 그렇기에 사마룡은 피눈물을 흘리며 아들을 끌어안았다.

하지만 그의 울부짖음에도 불구하고 사마척의 몸은 불어오는 열풍과는 다르게 차가워져 갔다.

"그러기에 왜 시작했어. 네놈이 시작하지 않았다면 불필요한 죽음은 없었을 텐데."

"모두 네놈 때문이다! 네놈 때문에 이 모든 게 시작됐어!"

시뻘겋게 충혈된 눈으로 사마룡이 소리쳤다. 벽우진을 노려보며 울부짖었던 것이다.

하지만 그런 사마룡의 모습에 벽우진은 오히려 기가 찬다는 표정을 지었다.

"그럼 내가 네 손바닥 위에서 놀아나야 했다는 거냐? 네 꼭두각시가 되어서?"

"그냥 넘어가도 되었잖아! 굳이 공론화시키지만 않았어도……!"

"지독할 정도로 이기적이군. 모든 상황이 네 마음대로 흘러가야 한다고 생각하는 건가? 아니, 그게 가능하다고 생각하나?"

벽우진이 헛웃음을 흘렸다. 시종일관 억지를 부리는 모습이 어처구니가 없었던 것이다.

또한 저런 작자가 사마세가의 가주라는 게 믿기지 않았다.

꼬마 아이나 할 법한 모습을 불혹이 넘은 사마룡이 보여주자 어이가 없었다.

"네놈 때문에……! 네놈 때문에 본가가……! 절대 네놈을 가만두지 않을 것이다! 네놈뿐만 아니라 다른 놈들 역시 모조리 쓸어버릴 것이다!"

푹!

미치광이처럼 악을 쓰던 사마륭이 순간 휘청거렸다. 어디선가 날아온 철검이 어깨를 꿰뚫자 비틀거린 것이다.

그러나 그건 시작에 불과했다.

푹! 푸푹!

선혈로 물든 철검들이 벼락처럼 그를 노리고서 쇄도했던 것이다.

파공음으로 철검들이 날아오는 걸 알아차린 사마륭이 황급히 땅을 박찼다. 그러자 맹렬한 기세로 떨어져 내리던 철검 두 개가 땅바닥에 박혔다.

"희망 사항은 알겠는데, 네게 허락된 건 딱 하나뿐이다."

"끄으!"

아직도 허공에 떠 있는 스물아홉 개의 철검들을 주시하던 사마륭이 느닷없이 신음을 흘렸다. 어깨에 박혀 있던 검이 갑자기 꿈틀거리자 근육이 뒤틀리며 끔찍한 고통을 선사했던 것이다.

푸푸푹!

그러는 사이 먹이를 노리는 맹금처럼 기회를 노리고 있던 철검들이 사마륭의 육신을 꿰뚫었다. 사마륭에 의해 죽었던 속가제자들의 검이 원흉의 몸에 하나둘 박혔던 것이다.

"끄아아악!"

무려 서른두 자루의 검이 빼곡하게 몸에 박히자 사마룡이 처절한 비명을 내질렀다.

하지만 그런 사마룡의 비명에도 무상검에 타고 있던 벽우진의 두 눈은 싸늘했다. 아무리 사마룡이 고통스러워한들 은월단의 손에 죽어간 아이들과는 비교할 수 없어서였다.

나이도 나이지만 무공을 제대로 익힌 사마룡과 달리 죽은 속가제자들은 입문한 지 얼마 되지도 않은 상태였다. 그런 만큼 감히 사마룡과는 비교할 수 없었다.

"죽음 역시 너에게는 허락되지 않아. 네가 죽을 자리는 이곳이 아니거든. 아직 너에게는 해야 할 일이 있어."

"흐으으!"

서늘한 말과 함께 벽우진이 지풍을 뿌렸다. 지혈을 해서 더 이상의 출혈이 일어나지 않게 막았던 것이다.

"드디어 잡았네요."

"돌아가자."

"저희가 들겠습니다."

"죽지 않게 잘 들어. 점혈을 해놓기는 했지만 그래도 혹시 모르니까."

청민과 서진후가 다부진 얼굴로 고개를 끄덕였다. 사마룡의 죽음을 바라지 않는 건 두 사람 다 마찬가지였다.

물론 그렇다고 해서 살려줄 생각은 없지만 적어도 곤륜산에 도착할 때까지는 살아 있어야 했다.

"알겠습니다."

"돌아가자."

"예."

무상검을 납검한 벽우진은 뒷짐을 진 채로 아직도 금속음이 들려오는 곳을 향해 발걸음을 옮겼다.

○

천막으로 수뇌부라 할 수 있는 이들이 속속들이 모여들었다.

그런데 익숙한 얼굴들 사이로 새로운 이가 보였다.

놀랍게도 종남파의 곽자량이 친근한 미소를 머금고서 한 자리를 차지하고 있었던 것이다.

"오셨습니까."

"뭐야, 저 녀석은?"

"오랜만에 뵙습니다, 장문인."

벽우진과 눈이 마주하기 무섭게 여유롭게 앉아 있던 곽자량이 자리에서 벌떡 일어나 포권을 했다.

하지만 깍듯한 그의 인사에도 불구하고 벽우진의 표정은 냉랭했다.

그리고 그건 몇몇 이들도 마찬가지였다. 다들 곽자량이 왜 지금의 시점에 합류했는지 모르지 않아서였다.

"별로 반갑지 않은데?"

"허허허. 마음은 더 일찍 합류하고 싶었습니다만, 생각했던 것보다 준비하는 데 시간이 오래 걸리는 바람에 조금 늦었습니다. 하지만 늦게 합류한 만큼 누구보다 앞장서서 싸우겠습니다!"

기합이 단단히 들어간 어조로 곽자량이 소리쳤다.

그러나 그에게 동조해 주는 이들은 몇 없었다.

몇 번의 전투로 인해 피해가 발생한 만큼 분명 곽자량과 종남파의 합류가 힘이 되는 건 사실이었다. 하지만 누가 봐도 다 된 밥그릇에 숟가락을 올리는 것처럼 보였기에 누구 하나 크게 반겨주지 않았다.

"와주셔서 감사합니다. 안 그래도 보급 문제로 걱정이 많았었는데, 곽 장문인 덕분에 숨통이 트였습니다."

"안 그래도 보급이 가장 시급할 것 같아서 말이오."

"정말 큰 도움이 되었습니다."

"앞으로의 전투에도 큰 보탬이 될 것이오. 본 파의 핵심 전력을 전부 데려왔으니."

제갈현을 향해 곽자량이 호언장담을 했다.

그리고 그 말은 사실이기도 했다. 곽자량이 데리고 온 인원이 250명이나 되었기 때문이다.

"그럼 종남파가 앞장서면 되겠네. 사왕성을 공격할 때."

"예?"

"왜? 종남파만 믿으라며? 그럼 당연히 선봉은 종남파가 맡겠다는 거 아닌가?"

"어, 그건……."

갑자기 훅 들어오는 당민호의 말에 곽자량이 움찔거렸다.

자신과 종남파만 믿으라며 가슴을 탕탕 치던 것과 달리 별다른 대답을 하지 못했던 것이다.

"왜? 그럴 자신은 없고?"

"태상가주님과 벽 장문인이 계신데 제가 어찌 선봉을 맡겠습니까. 후배인 제가 그럴 수는 없지요. 찬물도 위아래가 있는 법인데."

곽자량이 뻔뻔하게 웃으며 당민호와 벽우진, 법무를 차례대로 쳐다봤다. 배분까지 들먹이며 미꾸라지처럼 빠져나갔던 것이다.

그 모습에 당민호가 코웃음을 쳤다.

"양보해 주겠다면?"

"하하. 아무리 생각해 봐도 제가 나서는 건 보기에 좋지 않을 것 같습니다. 전쟁에서 기선 제압만큼 중요한 게 없는데 아쉽게도 저는 그 정도 무게감을 지니지는 못해서요. 저는 다음 번에 앞장서겠습니다."

"흥."

말만이라도 자신이 나서겠다고는 말하지 않는 곽자량의 모습에 당민호가 어이없다는 표정을 지었다.

하지만 곽자량은 당당했다. 찰나의 쪽팔림을 감당하면 안위와 실속을 둘 다 챙길 수 있었는데 그걸 거부할 이유는 없었다. 게다가 지금의 대화는 이 자리에서 벗어나지 않을 테고.

"맡겨서 뭐 해. 제대로 하지도 못할 텐데."

"허허허! 제가 좀 많이 부족하기는 하죠."

벽우진의 말을 곽자량이 냉큼 받았다.

누가 뭐래도 이 자리에서 가장 발언권이 높은 사람은 벽우진이었다. 또한 가장 큰 명분도 벽우진이 가지고 있었고.

"회의 시작하지."

"예, 일단 사왕성에 대해서 다시 한번 간략하게 설명하겠습니다. 새로 합류한 사람도 있으니까요."

"두 번 들어서 나쁠 것도 없고 말이지."

"그렇긴 합니다만, 지겨워하시는 분들도 계시네요."

"흐아암."

제갈현이 어색하게 웃으며 당민호와 개왕을 쳐다봤다.

그런데 하필이면 그때 둘 다 늘어지게 하품을 하고 있었다.

"우린 보고서를 질리도록 봤다고."

"허허. 난 젊었을 적에 직접 가본 적이 있었지. 그때는 사왕성이라는 이름이 아니었지만. 근데 구조는 그대로인 것 같더라고."

"다시 해."

"예."

머쓱한 두 사람의 대답에 벽우진이 정색하며 말했다.

귀찮은 걸 누구보다 싫어하는 사람 중 하나가 벽우진이었지만 지금은 상황이 달랐다.

사마륭을 생포하기는 했지만 아직 전쟁은 끝나지 않았다.

뿌리를 제대로 뽑지 않으면 어떤 결과를 초래하는지 이번에 제대로 깨달았기에 벽우진은 사왕성도 확실하게 끝맺을 작정이었다.

"그럼 사왕성의 구조에 대해서 설명하겠습니다. 성(城)이라는 명칭과 달리 사왕성은 성벽이 없습니다. 방벽이 아예 없는 건 아니지만 중원과 비교하면 그리 높지 않습니다. 사왕성 역시 요새라기보다는 거대한 마을이라고 보는 게 옳습니다."

"상주하는 인원이 상당하다고 했었던 것 같은데."

"맞습니다. 대막에서 가장 큰 도시인만큼 상주하는 인원뿐만 아니라 유동 인구 역시 제일 많습니다. 하지만 그 모든 이들이 사왕성주의 휘하라고는 보기 어렵습니다. 사왕성에는 수십 개의 부족들이 모여 있고, 그 부족들 중에는 사왕성주에 호의적인 이들도 있지만 그렇지 않은 이들도 있습니다. 사왕성주는 대막의 절대자이지만 그렇다고 모든 이들을 완벽하게 통제하는 건 아닙니다. 그리고 저희가 노려야 하는 부분이 바로 이 부분입니다."

"사왕성주만? 그게 가능하나? 아무리 그래도 같은 대막인들인데."

법무가 미간을 좁히며 물었다.

아무리 사이가 안 좋다고 하더라도 중원무림이 쳐들어 왔는데 가만히 있을 거라고는 생각하기 힘들어서였다.

"사람 사는 곳은 다 비슷합니다. 그리고 같은 지역에 산다고 다 사이가 좋은 건 아니지요. 중원만 하더라도 정사마가 함께 있지 않습니까. 하루가 멀다 하고 싸움도 벌어지고요."

"그건 그러네만."

"게다가 대막은 부족 중심입니다. 세가보다도 더 끈끈하게 묶여 있지요. 또한 모든 부족이 사왕성주의 자리를 호시탐탐 노리고 있고요. 가까운 예로 육사자를 보면 될 것 같습니다."

"하긴."

법무가 고개를 주억거렸다.

육사자를 보면 사형제간이라고 보기 힘들었다. 차라리 원수라면 모를까.

"육사자의 부족들도 감안해야 할 것 같은데. 사왕성주와 사이가 나쁘다고 하지만, 일단 우리가 원수인 것은 분명하니까."

"안 그래도 그 부분에 대해서 중점적으로 알아봤는데 최소한 두 부족 정도는 제외해도 될 것 같습니다."

남궁진도 대화에 참여했다.

다른 부족들은 모르겠지만 육사자를 배출해 낸 부족들은 복수심을 가지고 있을 게 분명해서였다.

··· 제6장 ···

대막지왕(大漠之王)

"두 부족이라면 혈사자와 철사자의 부족이겠군."

"예, 마지막까지 혈투를 벌이던 이들이 혈사자군단과 철기대였으니까요. 물론 지금은 부대가 산산조각 난 상태이지만 그렇다고 원한이 사라지는 것은 아니니까요."

"그럼 사왕성주와 네 개의 부족인가."

"확실하지는 않습니다. 기회를 노릴 수도 있으니까요. 어쩌면 저희들을 이용해 사왕성주를 쳐낼 생각을 가질 수도 있습니다."

"차도살인계인가."

남궁진이 턱을 쓰다듬었다.

여러 가지 이해관계가 맞물리면 상식과는 다른 결과가 나온다는 사실을 그간의 경험으로 알고 있어서였다.

결국 중요한 것은 자신과 소속의 이득이었다.

"그럴 가능성도 충분히 있다고 생각합니다."

"확실히 기회이기는 하겠지. 우리가 대패한다고 해도 그들 입장에는 이득이니까. 적어도 사왕성주의 세력은 줄어들 테니."

"맞습니다. 물론 저희가 패배할 확률은 그리 크지 않지만 말이지요. 물론 숫자에는 장사가 없습니다만, 세상에는 간혹 믿을 수 없는 일이 벌어지기도 하니까요."

제갈현의 시선이 벽우진에게로 향했다. 차이나 변수를 만들어낼 수 있는 이가 그들에게는 있어서였다.

게다가 벽우진에게 가려져서 그렇지 독황이라 불리는 당민호나 소림무제 법무의 무경도 결코 가볍지 않았다.

'숫자도 어느 정도 충원이 되었으니, 할 만해. 나는 피해를 최소화하는 부분에만 집중하면 되고.'

사실 제갈현은 지금처럼 마음이 편해본 적이 없었다.

북해빙궁과의 전쟁 당시 그는 늘 마음을 졸였다.

소림무제와 제왕검을 비롯해서 숱한 거대방파와 명문세가가 함께했지만 북해빙궁의 전력은 강북무림을 상회했다.

때문에 그렇게 속수무책으로 밀렸던 것이고.

'하지만 지금은 다르지.'

패선이라는 절대고수가 함께하는 지금은 그렇게 든든할 수가 없었다 사왕성주가 대막의 지배자이자 절대라고 하나 패선보다 강할 것이라고는 생각되지 않았다.

그 정도로 지금까지 벽우진이 보여준 무위는 엄청났다. 아직도 서른두 자루의 검으로 이기어검을 펼치는 광경이 선명하게 남아 있을 정도로 말이다.

'한 자루도 제대로 조종하지 못하는 이들이 수두룩한 마당에.'

심지어 그가 알기로 벽우진은 지금까지 전력을 다한 적이 없었다. 그나마 벽우진이 진지하게 싸운 게 북해빙궁주와 검선과 대결할 때뿐이었다.

"고민할 것 없어. 단순하게 생각해. 어차피 싸우는 건 나인데."

"내 말이. 내가 괜히 건성으로 듣는 게 아니라니까? 결국 결판은 우진이가 낼 텐데."

"대충 듣는 걸 그렇게 대놓고 말해도 되나?"

"뭐 어때? 안 될 것도 없잖아? 내가 빈둥빈둥대는 것도 아니고. 그리고 어차피 다 때려잡으면 되는 일인데."

당민호가 어깨를 으쓱거렸다. 배분으로도 실력으로도 그에게 뭐라고 딴죽을 걸 수 있는 이는 이곳에서 벽우진뿐이었다.

"그게 정답이기는 하지."

"하지만 대충 싸우는 이는 가만두지 않을 것이야. 내가 이 노구를 이끌고 대막까지 왔는데."

"거기에 대해서는 고맙게 생각하고 있다."

"그러면 됐어."

진심이 담긴 벽우진의 말에 당민호가 씩 웃었다.

쉽지 않은 선택과 걸음이었지만 당민호는 단 한 번도 대막 행을 후회하지 않았다. 만약 사천당가가 위험했다면 벽우진 역시 한걸음에 달려왔을 테니까.

"자, 그럼 이만 해산하자고. 내일 아침 일찍부터 출발해야 할 텐데."

"예."

"개왕은 좀 남고."

"저요?"

벽우진의 말에 개왕이 두 눈을 동그랗게 떴다. 회의를 파하는데 자기만 남으라고 하자 의아했던 것이다.

"개왕이랑 할 말이 좀 있어서."

"아, 네."

"너무 긴장할 것 없어. 설마하니 우진이가 널 패겠어?"

"하하. 그렇죠. 이유 없이 주먹을 날리시지는 않으니까요."

당민호가 걱정하지 말라는 듯이 말했지만 개왕의 표정은 떨떠름했다. 제법 오랜 시간을 함께하기는 했지만 그래도 부담되는 건 어쩔 수가 없었다.

"민호도 있으니까."

"진짜 다행이네요."

"그렇다고 나한테 너무 가까이 오지는 말고."

당민호가 한쪽 눈을 찡긋거렸다.

개왕은 마음에 들지만 그의 몸에서 흘러나오는 악취는 너무나 싫었다. 후각이 다른 감각들에 비해 적응력이 뛰어나다고 하지만 개왕의 체취는 그 한계를 뛰어넘었다.

"명심하겠습니다."

모두가 나가는 것을 살짝 부러운 눈으로 보며 개왕이 입맛을 다셨다.

그러면서 무엇 때문에 자신을 남긴 것인지 조용히 생각해 봤다.

"저도 같이 남으면 안 될까요?"

그때 머뭇거리며 일어나던 곽자량이 조심스레 입을 열었다. 뒤늦게 합류했기에 조금이라도 더 벽우진과 거리를 좁혀야 한다고 생각해서였다.

게다가 앞으로의 종남파를 생각하면 벽우진과 친밀한 관계를 유지해야 했다. 강자가 될 수 없다면, 강자의 옆에 붙어 있어야 하는 게 그가 보아온 무림이었다.

"응, 안 돼."

"어……."

단호한 벽우진의 대답에 곽자량이 머쓱한 표정을 지었다.

그러면서 여전히 자리에 앉아 있는 당민호를 슬쩍 쳐다봤다. 혹시라도 그가 도와주지는 않을까 해서였다.

하지만 당민호는 그에게 눈길조차 주지 않았다.

"제갈가주에게 가봐. 따로 설명 들어야 할 게 있을지도 모르니."

"예에."

그나마 개왕이 나서주었지만 곽자량은 입맛을 다셨다.

앞으로의 강호는 누가 뭐래도 벽우진을 중심으로 흘러갈 게 뻔했다. 그 대단하다던 소림무제와 제왕검이 이곳에서 별다른 말을 하지 못하는 게 그 증거였다.

때문에 어떻게든 벽우진과 친해져서 눈도장을 찍으려고 했는데 역시나 쉽지 않았다.

"괜히 얼쩡거리다가 한 소리 듣지 말고."

"그 정도로 눈치가 없지는 않습니다."

"그럼 다행이고."

곽자량이 아쉬움 가득한 얼굴로 천막을 나섰다.

몇 번이나 뒤를 돌아보며 남아 있고 싶다는 티를 냈지만 벽우진이나 당민호는 그런 곽자량에게 일절 시선을 주지 않았다.

저벅저벅.

대막 최고의 도시라는 이름답게 오고 가는 사람들의 숫자는 어마어마했다.

사막 한가운데 자리 잡은 도시라고는 보기 힘들 정도로 규모가 대단했던 것이다.

거기다 중원과는 확실히 다른 양식으로 지어진 건축물들도 벽우진의 시선을 끌었다.

"정말 여기까지 왔군."

"소림무제와 제왕검도 있다던데?"

도시에 도착한 벽우진 일행은 수많은 이들의 눈길을 받았다.

그런데 의외로 적대적인 시선은 그리 많지 않았다.

물론 경계하는 이들은 많았지만 그렇다고 섣불리 공격해 오는 이들은 없었다.

"일단은 지켜본다는 것이겠지요."

"그렇겠지. 먼저 죽고 싶은 이들은 없을 테니까."

"결과가 어느 정도 나왔을 때 움직일 것입니다."

"나야 좋지. 적어도 그때까지는 방해받지 않는다는 소리이니까."

"저곳입니다."

벽우진을 보필하듯 함께 걷던 제갈현이 손을 들어 도시의 중앙에 위치한 방벽을 가리켰다.

성벽이라고 하기에는 조금 애매한 높이이지만 도시 내에서는 가장 높았다. 그렇기에 멀리서도 보였고.

"정문으로 가지."

"예."

뒷짐을 진 상태로 벽우진이 천천히 걸음을 옮겼다.

그런 그의 뒤로 사천당가와 소림사, 남궁세가, 제갈세가, 공동파, 종남파의 무인들이 뒤따랐다.

여유로운 벽우진과는 달리 다들 한껏 긴장한 모습이었다.

특히 뒤늦게 합류한 종남파의 무인들이 유독 크게 긴장한 모습이었다.

웅웅웅!

한편 선두에서 느긋하게 걸어가던 벽우진이 눈썹을 꿈틀거렸다. 소매에 가려져 있던 일월쌍환이 도시에 들어온 순간부터 계속 칭얼대고 있어서였다. 마치 이번에는 자기들에게도 기회를 달라는 듯이 말이다.

후우우웅!

그리고 그 이유에는 사왕성주가 내뿜는 존재감이 한몫하고 있었다.

여기는 자신의 땅이라는 듯이 성벽 안에서부터 흘러나오는 묵직한 존재감에 벽우진이 비릿한 표정을 지었다. 단순한 존재감만으로도 사왕성주의 생각을 알 수 있어서였다.

"그래도 왕이라는 건가."

"예?"

"제갈가주는 안 느껴지는 모양이야?"

제갈현이 두 눈을 끔뻑거렸다. 무슨 말을 하는지 이해하지 못하는 얼굴이었다.

반면에 법무와 남궁진의 얼굴은 점차 굳어져 가고 있었다. 성벽에 가까워질수록 그들 역시 서서히 느끼고 있었던 것이다.

"제갈가주는 아직 힘들지. 무공이 전문 분야가 아니기도 하고."

"무슨 말씀을 하시는 건지 잘 모르겠습니다."

제갈현이 어리둥절한 표정을 지었다. 벽우진은 물론이고 당민호의 말도 이해할 수 없어서였다.

그런데 법무와 남궁진의 표정을 보면 확실히 무언가 일이 생기기는 한 듯싶었다.

"어쩌면 쉽게 성벽 안으로 들어갈 것 같아."

"그렇게 생각하시는 이유에 대해서 들을 수 있을까요?"

"대막의 전왕(戰王)이 날 보고 싶어 하는 모양이야. 중간의 방해 없이."

벽우진이 히죽 웃었다. 느껴지는 존재감만으로도 그가 어떤 생각을 하고 있는지 짐작할 수 있어서였다.

"그야말로 엄청난 자신감이지."

"대막의 지배자 정도면 그래도 되지. 세외 중 한 곳인 대막을 평정한 자인데."

"우리 또래가 유독 이상한 놈들이 많은 것 같아. 가까운 예로 금강신니도 그렇고."

"너도 이상하다는 걸 인정하는 거지?"

"자기 자신을 아는 데서부터 성장은 시작하는 법이지."

당민호가 피식 웃으며 말했다. 벽우진만큼은 아니더라도 그역시 평범함과는 거리가 멀었다.

"보이는군."

대화하는 사이 어느새 벽우진의 시야에 정문이 보였다.

그런데 입구를 지키던 두 명의 위사는 벽우진을 보자마자 안으로 들어갔다. 마치 따라 들어오라는 듯이 등을 보이며 둘다 통로 안으로 걸어갔던 것이다.

"어……."

그 광경에 제갈현이 헛웃음을 흘렸다. 벽우진의 말대로 되자 당혹스러웠던 것이다.

휘적휘적.

반면에 벽우진은 마치 자기 집 안방에 들어가듯이 여유로운 발걸음으로 들어갔다. 통로 안에 기관진식이 설치되어 있을지도 모르는데 말이다.

"우리는 그냥 따라가기만 하면 돼. 웬만한 것들은 우진이가 처리해 줄 거니까."

"장문인을 보내고 저희를 노릴 수도 있습니다."

"그럼 날 믿어."

당민호가 히죽 웃으며 제갈현의 어깨를 두드렸다.

그 말에 제갈현은 어색하게 웃으며 벽우진의 뒤를 따라 이동했다.

하지만 그의 걱정과는 다르게 통로를 지나가는 와중에 기습은 없었다.

"이제야 왔군."

제법 긴 통로를 지나 성벽 안으로 들어온 벽우진은 品자 형으로 구축된 진영의 안쪽 가운데에 서 있는 사왕성주를 볼 수 있었다. 뜨거운 햇볕을 맞기 싫다는 듯이 양쪽에 두껍고 긴 나뭇잎을 여인들에게 들게 한 채로 말이다.

그런데 그중 한 명을 본 제갈현과 남궁진의 얼굴이 굳어졌다.

"사마미령입니다, 오른쪽에 있는 여인이."

정문 쪽만 열어놓은 듯이 좌우로 길게 포진한 사왕성주의 병력들을 살펴보고 있을 때 제갈현이 나지막하게 입을 열었다. 남궁진과 마찬가지로 그 역시 사마미령을 본 적이 있어서였다.

물론 날씨로 인해 순백이었던 피부는 갈색빛으로 바뀌어 있었지만 얼굴은 예전에 봤던 그대로였다.

"인형이 되어버렸군."

"……견디기가 쉽지 않았을 겁니다. 나이도 이제 열여덟에 불과하니까요."

제갈현이 무거운 어조로 대답했다.

사마세가가 잘못된 선택을 했지만 거기에 사마미령이 한 것은 아무것도 없었다.

그렇기에 제갈현은 안타까운 표정을 지었다. 사마세가의 혈족이라는 이유로, 사마룡을 아비로 두었다는 이유로 사마미령이 잃어야 하는 게 너무나 많아서였다.

"역시 너도 어쩔 수 없는 남자인 모양이로군. 여인에게 시선이 먼저 가는 것을 보면."

벽우진을 비롯해서 제갈현, 남궁진, 당민호의 시선이 사마미령에게 향하자 사왕성주가 느끼하게 웃으며 그녀의 허리를 감싸 안았다.

하지만 그런 그의 갑작스러운 행동에도 사마미령의 표정에는 변화가 없었다. 공허한 눈빛으로 가만히 서 있기만 했다.

"그럴 리가. 너와 달리 나는 사람이거든."

"본능을 숨기면 쓰나. 남자가 여자를 좋아하는 것은 세상의 이치이거늘. 설마 아직 운우지락의 즐거움을 모르는 건가? 요상한 진에 갇혀 있어서?"

사왕성주가 생각만 해도 끔찍하다는 표정을 지으며 말했다.

그로서는 그런 곳에 갇히느니 차라리 죽는 게 더 나았다.

여인 없이 혼자서만 있어야 하는 공간이라니. 지옥이나 다름이 없었다.

"그쪽이 신경 쓸 바는 아니고."

저벅저벅.

벽우진이 뒷짐을 진 채로 걸어 나갔다. 느릿하게 사왕성주를 향해 걸어갔던 것이다.

"하긴. 어차피 싸우러 온 마당에."

"그래서 그쪽도 기다리고 있었던 것 아닌가?"

"맞아. 왕좌를 차지한 이는 늘 도전자를 기다려 줘야 하는 법이니까."

사왕성주가 어깨를 으쓱거렸다.

그러나 말하는 것과 달리 그의 눈동자에는 옅은 기대감이 서려 있었다.

육사자 말고는 그의 권좌에 감히 도전하려는 이가 없었다. 그렇기에 사왕성주는 내심 기대가 되었다.

'북해빙궁주를 때려잡은 이라.'

사왕성주가 날카로운 눈빛으로 벽우진을 살폈다. 웃고 있는 표정과는 사뭇 다른 눈빛이었다.

하지만 겉으로 보이는 벽우진은 들었던 것보다 더 젊은 것 말고는 딱히 특이한 점이 없었다. 언뜻 보면 도복을 입은 한량처럼 보이기도 했고.

'하지만 가장 조심해야 할 이들이 바로 저런 녀석들이지.'

평범함 속에 비범함을 숨긴 이들이야말로 진짜 고수들이었다.

더구나 벽우진은 몇 번의 전투로 자신의 무명을 천하에 알린 고수였다.

그런 만큼 사왕성주는 기대는 하되 결코 방심은 하지 않았다.

"도전자라. 나하고는 어울리지 않는 말인데. 복수자라면 모를까."

"틀린 말은 아니군. 하지만 그 복수행은 여기에서 끝날 것이야. 네 무명 역시 마찬가지고."

"그렇게 생각하고 싶겠지."

한마디도 지지 않는 벽우진의 모습에 사왕성주가 피식거렸다. 어째 성격이 자신과 비슷한 거 같아서였다.

특히 오만으로 가득 찬 눈빛이 자신과 비슷했다.

"내 검을 가져와라."

대막의 지배자라 불리는 자신을 앞에 두고도 뒷짐을 지고 있는 모습에 사왕성주가 자리에서 일어났다.

그러고는 오른손을 내밀었다.

"여기 있습니다."

"오랜만이군. 태랑(太狼)을 잡는 것도."

친위대주가 두 손으로 공손히 내미는 자신의 애병을 받아들며 사왕성주가 감회어린 표정을 지었다. 애병인 태랑의 검병을 잡은 지 거의 10년은 된 것 같아서였다.

웅웅웅!

하지만 그 오랜 시간을 기다렸음에도 불구하고 검갑에서 모습을 드러내는 태랑은 예리하기 그지없었다. 그저 보는 것만으로도 살이 에일 것 같은 예기를 줄기줄기 뿜어냈던 것이다.

"무식하게 크군."

"그래서 양단을 내기에 아주 좋지. 단 한 방이면 양분 낼 수 있으니까."

거의 사람의 키만 한 대검의 모습에 벽우진이 살짝 놀란 표정을 지었다. 장신이 아닌 사왕성주의 키와 거의 엇비슷한 크기여서였다.

하지만 그런 대검을 쥐고도 사왕성주는 아무렇지 않은 표정을 지었다.

오히려 너무나 가볍게 대검을 이리저리 휘둘렀다.

"그럼 끝을 내볼까."

스르릉.

벽우진이 무상검을 뽑았다.

그러자 양손에 매달려 있는 일월쌍환이 다시금 칭얼거렸지만 벽우진은 무시했다. 굳이 일월쌍환을 꺼낼 필요는 없다고 생각해서였다.

그리고 곤륜파의 일을 마무리 짓는 일에는 무상검이 더 어울렸다.

"하늘 위에 하늘이 있음을 알려주마. 물론 그 대가는 네 죽음이다."

"할 수 있으면 해봐. 입으로만 나불거리지 말고."

쌔애애액!

벽우진이 이죽거린 순간 무식할 정도로 거대한 검강이 머리 위로 떨어져 내렸다. 단순하기 짝이 없는 태산압정의 초식이 펼쳐진 것이다.

그러나 그것을 펼친 이가 사왕성주라면 이야기가 달라졌다.

쩌저저적!

벼락처럼 떨어져 내린 검강에 대지가 양분되었다. 말 그대로 수십 장이 갈라졌던 것이다.

하지만 이것은 시작에 불과했다.

쩌적! 쩍!

자신의 키만 한 대검을 사왕성주는 연거푸 휘둘렀다. 벽우진의 표홀한 움직임을 완벽하게 따라잡으며 연이어 참격을 뿌렸던 것이다.

"흠!"

대검과는 어울리지 않는 그 섬세하고 빠른 공격에 벽우진의 눈동자에 이채가 서렸다. 확실히 처음 느꼈던 대로 보통이 아니어서였다.

투박하지만 그 투박함을 강맹함으로 가려 버리는 호쾌한 검격이 연속으로 벽우진의 주위를 갈라 버렸다.

"패선이라더니. 이거 실망스러운데?"

사왕성주가 비아냥거렸다. 피하기만 하는 모습이 너무나 실망스러워서였다.

적어도 패선이라 불릴 정도의 무인이라면 피하기보다는 정면 승부를 해오는 게 맞았다. 소문으로 알려진 성격을 생각해 보면 말이다.

"구경 좀 하느라고. 도대체 얼마나 대단하기에 대막의 절대자라 불리는지 궁금했거든."

"이 정도면 충분히 감을 잡았다고 생각하는데. 아니면 설마 겁먹은 건가?"

"설마."

이죽거리는 사왕성주와 눈을 마주하며 벽우진이 히죽 웃었다.

그 순간 무상검에서 솟구친 시퍼런 검강이 사왕성주의 검강과 충돌했다.

쩌어어엉!

굉음과 함께 땅이 뒤흔들렸다. 그저 검강이 부딪친 것뿐인데도 가만히 서 있기 힘들 정도의 진동이 발생했던 것이다.

"진즉에 이렇게 나왔어야지!"

사왕성주의 부대들뿐만 아니라 중원무림의 무인들조차 비틀거릴 때 기꺼운 목소리가 터져 나왔다.

정면으로 맞받아치는 벽우진의 일검에 사왕성주가 흥이 제대로 돋은 것이었다.

특히 손목에서 전해지는 아릿한 반발력에 사왕성주의 얼굴에 미소가 맺혔다.

이런 긴장을 느껴본 지가 언제인지 기억도 나지 않았기에 사왕성주는 즐거운 표정으로 재차 검을 휘둘렀다.

우르르릉!

황색의 검강이 벼락같이 쇄도했다. 단순한 찌르기지만 워낙에 검강의 크기가 크다 보니 웬만한 절정고수의 참격보다도 거대했다.

또한 빠르기는 비교 불가의 수준이었다.

꽈아아앙!

하지만 그 공격을 벽우진은 어렵지 않게 튕겨냈다. 똑같이 힘으로 사왕성주의 일검을 받아쳤던 것이다.

"크하하하!"

그 모습에 사왕성주가 생사결임을 잊은 듯 호탕한 웃음을 터뜨렸다.

반면에 벽우진은 약간 심드렁한 얼굴로 계속 앞으로 나아갔다. 사왕성주와의 간격을 좁혔던 것이다.

쾅! 쾅!

그런 벽우진의 접근에 사왕성주 역시 검강을 서서히 줄였다. 크기만 커봤자 벽우진에게 소용없다는 사실을 잘 알고 있어서였다.

그리고 그 역시 빠르게 벽우진과 간격을 좁혔다.

"제대로 붙어보자고."

"언제는 안 붙었나?"

벽우진이 검을 찔러 넣었다. 빠르지도 않고 그저 심장을 향해 무상검을 내질렀다.

그런데 그 검을 사왕성주는 피해내지 못했다.

전후좌우 그의 움직임을 모두 봉쇄하는 듯한 일검에 사왕성주는 히죽 웃으며 대검으로 상반신을 가렸다.

쩌어어엉!

검신을 타고 전해지는 묵직한 충격에 사왕성주가 입술을 비틀었다.

단 한 점을 노리는 공격이었지만 충격은 그렇지 않았다.

검극에 닿아 있는 점을 통해서 무지막지한 충격이 육신을 휩쓸고 지나가는 것을 느끼며 사왕성주가 좌장을 내질렀다.

애검인 태랑으로 벽우진의 무상검을 막아낸 상태에서 왼손으로 장력을 내뿜었던 것이다.

"흥."

그러나 왼손이 비어 있는 건 벽우진도 마찬가지였다.

이윽고 벽우진의 좌장에서 펼쳐진 육양수와 사왕성주의 장강이 격돌했다.

쿠르르릉!

무지막지한 공력이 담긴 두 개의 기운이 충돌하자 천둥소리가 울려 퍼졌다.

그뿐만 아니라 모래 가루가 하늘 높이 치솟았다. 작은 모래 알갱이들이 폭발의 여파로 더욱 잘게 부서졌던 것이다.

푸스스스…….

그로 인해 시야가 가려졌다. 모래 가루로 인해 사방이 뿌옇게 변했던 것이다.

하지만 벽우진이나 사왕성주 정도 되는 고수에게 이 정도 환경은 크게 제약이 없었다. 굳이 시각이 아니더라도 다른 감각으로 상대방의 위치를 파악할 수 있어서였다.

쏴아아앙!

또 다른 방법이라면 지금처럼 아예 검초로 갈라 버려도 되고 말이다.

'지극히 실전적인 검술이로군.'

조금의 틈도 주지 않겠다는 듯이 맹공을 펼치는 사왕성주의 공격을 무상검으로 받아내며 벽우진이 평가를 내렸다.

일정한 규칙이 없는 게 무초식의 경지에 든 것처럼 보였다.

하지만 그 기반에는 지극히 실전적인 검술이 자리 잡고 있었다. 불필요한 것들을 모조리 배제한, 오로지 살인만을 위한 검로만 남은 듯한 모습이었다.

스극.

오로지 치명적인 사혈만을 노리는 검초도 검초였지만 사왕성주가 뿌리는 무형지기 역시 범상치 않았다.

지금껏 상대했던 적들 중에서 가장 완벽하게 무형지기를 사용하는 모습에 벽우진의 입가에 비틀린 미소를 지었다. 적어도 대막의 절대자라는 칭호가 붙을 정도는 된다고 생각해서였다.

파지지직!

하지만 무형지기를 다루는 것이라면 벽우진도 만만치 않았다.

내공이 비슷하지도 않지만, 비슷하다고 하더라도 모두가 똑같은 효율을 내는 건 아니었다.

"크흠!"

서서히 자신의 영역이 밀리는 것을 깨달은 듯 사왕성주의 얼굴이 처음으로 굳어졌다. 비등비등했던 영역이 갑자기 줄어들어서였다.

하지만 그렇다고 순순히 당하기만 하지는 않았다. 단전의 공력을 가일층 끌어올리며 벽우진의 무형지기를 거칠게 밀어붙였던 것이다.

키이잉! 키잉!

보이지는 않지만 매서운 무형지기가 쉴 새 없이 허공에서 격돌했다.

그로 인해 두 사람 사이에서 모래폭풍이 일었지만 누구 하나 상대방에게서 시선을 떼지 않았다.

'……내가 밀린다고?'

사왕성주의 안면이 딱딱하게 경직되기 시작했다.

그가 살아온 세월만 70년이 넘었다.

또한 누구보다 넘치는 재능으로 빠르게 성장했고, 대막에서는 비교할 대상을 찾을 수 없을 정도의 경지에 올랐다.

한데 그런 그가 정면 대결에서 밀리고 있었다.

꽝! 꽈앙!

심지어 검 대결에서도 우위를 점하지 못했다. 교묘하게 맥을 끊어버리는 벽우진의 검초에 그의 검술이 좀처럼 힘을 발휘하지 못했던 것이다.

그렇다고 육체적인 능력에서 압도하지도 못했다. 평범한 체구의 벽우진이 신력을 지닌 그의 검격을 아무렇지 않게 막아냈던 것이다.

'아무리 육신이 젊어졌다고 하지만 근본적인 차이는 어쩔 수가 없거늘!'

자기도 모르는 새에 사왕성주는 점차 초조해 갔다.

호기롭던 처음과 달리 시간이 흐를수록 어느 것 하나 자신이 압도하는 게 없자 서서히 조급해졌던 것이다.

반면에 벽우진의 검은 시간이 갈수록 더욱 날카로워져 갔다.

비슷한 실력자와의 대결 경험이 몇 번 없는 사왕성주와 달리 벽우진은 늘 똑같은 수준의 상대와 싸웠다. 그것도 자신처럼 영악하고 교활하기 그지없는 상대와 말이다.

"큭!"

태허도룡검의 매서운 검격이 순식간의 빈틈을 놓치지 않고 사왕성주의 옆구리를 꿰뚫었다.

물론 사혈이나 치명타는 아니었지만 중요한 것은 유의미한 상처를 입었다는 점이었다.

검에 베인 부위의 옷이 서서히 붉게 물들어가고 있었지만 사왕성주는 지혈을 할 겨를이 없었다.

절묘하게 파고드는 검초도 검초지만 사방팔방에서 쇄도하는 무형지기로 인해 다른 곳에 신경 쓸 겨를이 없었다.

'이대로는 죽도 밥도 안 된다!'

어느 순간 빼앗겨 버린 주도권에 사왕성주가 이를 악물었다.

그런 그의 얼굴에는 더 이상 미소를 찾아볼 수 없었다. 즐거워하던 표정은 사라지고 서서히 긴장한 기색이 떠오르기 시작했다.

우우우웅!

그와 동시에 사왕성주의 주변에서 기이한 파동이 일기 시작했다. 전신에서 막대한 진기가 뿜어져 나왔던 것이다.

"이것까지 쓰게 될 줄은 몰랐는데."

"흠?"

"인정하지. 네가 나 못지않은 강자라는 사실을. 하지만 결국

이기는 것은 나다!"

포효와 함께 사왕성주의 전신에서 기묘한 아지랑이가 피어올랐다.

그리고 그의 주변에 있던 모래들이 일제히 솟구쳤다.

콰우우우!

바닥에서 솟구친 모래들이 삽시간에 사왕성주를 감쌌다. 마치 그를 보호하듯 기이한 흐름으로 일렁이며 주위를 배회했던 것이다.

쉬이익!

그러다가 갑자기 벽우진을 향해 덮쳐들었다.

사왕성주를 감싸고 있던 모래들이 채찍과 같은 형태로 벽우진에게 쇄도했던 것이다.

"흡!"

듣도 보도 못한 광경에 벽우진이 순간적으로 몸을 띄웠다. 사왕성주를 감싸고 있는 모래뿐만이 아니라 땅바닥의 모래 역시 창처럼 변해서 그의 발을 노렸기 때문이다.

"죽어라!"

그리고 그것을 본 사왕성주가 눈을 빛냈다. 허공이라고 한들 상황이 달라지지는 않아서였다.

아무리 벽우진이 허공답보를 펼친다고 해도 사람의 내공에는 한계가 있었다.

파바바밧!

전후좌우는 물론이고 위아래에서도 쏟아져 내리는 날카로

운 모래의 공격에 벽우진의 표정이 달라졌다. 만만한 공격이 아님을 느낄 수 있어서였다.

'북해빙궁주와 비슷한 수준인가.'

운룡대팔식을 펼쳐도 끈질기게 따라붙는 모래의 모습에 벽우진이 의외라는 표정을 지었다. 이 정도면 지난번에 상대했던 북해빙궁주에 필적하는 수준이어서였다.

터더더덩!

허공에서 무려 여덟 번이나 크게 이동했던 벽우진이 이내 모래에 집어삼켜졌다. 모래로 이루어진 창들이 벽우진을 두들기다 못해 집어삼켰던 것이다.

하지만 쉴 새 없이 이어지는 모래 창의 폭격에도 핏자국은 보이지 않았다.

"차합!"

그때 모래들을 조종하던 사왕성주가 형형한 안광을 뿌리며 땅을 박찼다. 지금까지와는 달리 양손으로 검을 움켜잡고서 그대로 벽우진이 있는 곳을 향해 필살의 일격을 준비했던 것이다.

움직이지 못하는 지금 이 순간이야말로 끝장을 낼 수 있는 절호의 기회임을 너무나 잘 알기에 사왕성주는 이게 마지막 공격이라는 마음가짐으로 전력을 다해 혼신의 일검을 뿌렸다.

쒜애애액!

무시무시한 파공성과 함께 대검과 혼연일체가 된 사왕성주가 모래에 뒤덮여 있는 벽우진을 향해 날아갔다. 호신강기와 함께 벽우진도 양분할 작정인 것이다.

그런데 그때 생명체처럼 벽우진을 뒤덮고 있던 모래가 일순 갈라졌다. 안쪽에서부터 너무나 깔끔하게 모래가 갈라졌던 것이다.

"큭!"

그리고 모래를 가른 한 줄기 선은 순식간에 사왕성주에게 쇄도했다. 분명 모래로 인해 시야가 가렸을 텐데도 벽우진의 일격은 너무나 정확하게 그를 노리고서 뻗어왔던 것이다.

한데 그 선을 본 사왕성주의 동공이 격렬하게 흔들렸다. 단순하기 그지없는 선이었지만 그걸 보는 순간 그의 머릿속에서 경종이 쉴 새 없이 울려 퍼졌다.

'피할 수…… 없다!'

이기기 위해 비장의 한 수까지 사용했건만 그 결과는 대실패였다.

도리어 역으로 당할 판에 사왕성주의 얼굴에 다급함이 떠올랐다. 이대로 가만히 있다간 벽우진이 아니라 그가 양분될 게 분명해서였다.

으득!

'살을 주고 뼈를 취한다.'

보는 순간 사왕성주는 알 수 있었다. 피할 수도, 막아낼 수도 없다는 사실을 말이다.

그렇다면 답은 하나였다. 어떻게든 최소한의 피해로 이번 공격을 받아내고 반격을 해야 했다.

카아아앙!

창졸간에 판단을 내린 사왕성주가 전력을 다해 펼친 공격으로 벽우진의 검을 짓눌렀다. 어떻게든 날아오는 선의 궤적을 비틀기 위해서였다.

"흐아아압!"

안간힘을 쓴 덕분일까. 도도하게 뻗어오던 선이 서서히 아래로 방향을 틀기 시작했다.

하지만 완벽하게 비틀지는 못했다. 결국 오른쪽 발이 잘려 나갔던 것이다.

슈우우욱!

그러나 사왕성주는 그 고통을 느끼지 못하는 듯 이를 악물고서 전방의 벽우진을 향해 몸을 날렸다. 공력을 극성으로 일으키며 벽우진에게 쇄도했던 것이다.

'한 번! 딱 한 번만 성공하면 된다!'

사왕성주의 의지에 따라 주변의 모래가 출렁였다. 그의 진기를 머금은 모래들이 일제히 일어났던 것이다.

마치 해일처럼 일어난 모래는 삽시간에 주변을 장악하며 벽우진을 덮쳐갔다.

'아무리 강하다고 한들 똑같이 피육으로 이루어진 인간이다. 또한 격차는 종이 한 장 차이뿐이야.'

오른발을 잃었지만 사왕성주는 포기하지 않았다.

그리고 처음부터 대막의 절대자였던 것은 아니었다. 밑바닥에서부터 성장해서 지금의 자리까지 올라왔고, 그 과정에서 숱하게 자신보다 강한 이들과 싸워서 이겼다.

이번도 마찬가지였다. 결국 이기면 되는 일이었다. 살아남는 자가 진정으로 강한 자였으니까.

'방심하고 있는 지금이야말로 기회다!'

모래의 해일에서 수십 마리의 뱀들이 솟구쳤다. 어떻게든 벽우진의 시선을 현혹하고자 사왕성주가 공력을 모조리 쏟아부은 것이었다.

우우우웅!

하나같이 벽우진의 육신을 씹어 삼키겠다는 듯이 모래의 뱀들이 입을 벌렸다.

그러나 사방을 가득 채우는 그 무시무시한 광경에도 벽우진의 표정은 변함이 없었다. 무표정한 얼굴로 검을 늘어뜨리고만 있었던 것이다.

그런데 그 순간 벽우진의 주위로 청명한 푸른빛의 빛무리가 떠오르기 시작했다.

파바바밧!

빛무리가 일순 수십, 수백 개로 나뉘어졌다. 하나하나가 강환으로 변환되었던 것이다.

퍼퍼퍼펑!

그리고 그 강환들은 모두 정확히 모래로 이루어진 뱀들의 머리를 날려 버렸다. 현혹되기는커녕 아예 접근하기도 전에 터뜨려 버렸던 것이다.

"끄윽!"

한순간에 모조리 날려 버리는 공격에 사왕성주가 비틀린 신음을 내뱉었다. 그의 심력이 담겨 있는 모래가 공격당하자 그 역시 상당한 충격을 받은 것이었다.

하지만 벽우진에게 쇄도하는 것을 멈추지는 않았다. 오히려 더욱 심기일전하여 신검합일의 수법으로 검을 내리그었다.

푹.

한데 그때 미약한 파육음이 울려 퍼졌다.

잘 들리지도 않는 미세한 파육음과 함께 날아가던 사왕성주가 멈칫거렸다.

허공에 뜬 채로 벽우진을 향해 두 눈을 부릅떴던 것이다.

"기적은 없다."

"그, 그건……."

"네가 본 게 맞아. 다음에 네가 이루었어야 할 경지지. 물론 이제는 닿을 수 없지만."

사왕성주의 동공이 격렬하게 흔들렸다. 무슨 말인지 그는 단박에 이해했던 것이다.

"승부는, 애초에 나와 있었던 건가……."

"안타깝게도."

"흐흐흐!"

머리 위로 검을 크게 들어 올린 채로 허공에 떠 있던 사왕성주가 허탈한 웃음을 흘렸다.

자신의 모든 공격이 결국 발버둥에 불과했다는 사실을 깨닫자 전신에 힘이 빠졌던 것이다.

동시에 그의 이마가 갈라지며 피가 천천히 흘러나오기 시작했다.

"고통은 없을 거다."

"믿을 수가 없군. 내가, 이 몸이, 본좌가……."

"과욕은 늘 화를 부르는 법이지. 또한 호기심 역시 명을 단축하게 만들고."

"크큭!"

무감정한 벽우진의 말을 들으며 사왕성주가 비릿하게 웃었다.

삶의 마지막 순간을 앞두고서도 그는 웃었던 것이다.

"곧 사마룡이 뒤를 따를 것이다."

"그건 다행이군. 마지막 갈 길이 외롭지는 않아서. 다만 내가 졌다는 게 마음에 들지는 않지만 말이지."

사왕성주의 목소리가 점점 작아졌다. 생명력이 꺼져가는 것이었다.

잠시 후 애병을 든 채로 사왕성주가 바닥으로 떨어졌다.

그리고 그의 공력으로 유지되던 모래들도 다시 제자리로 돌아갔다.

"서, 성주님!"

"저놈을 죽여라!"

"싹 다 죽여라!"

"성주님의 복수를!"

이마에 혈흔 하나만을 남긴 채 힘없이 지면으로 떨어지는 사왕성주의 모습에 지금껏 대기하고 있던 부하들이 일제히 달려들었다. 주군의 죽음에 눈이 뒤집힌 채로 벽우진을 향해 달려들었던 것이다.

하지만 느릿하게 바닥에 착지한 벽우진은 물경 천 명이 가뿐히 넘는 적들을 보고도 눈 하나 껌뻑이지 않았다.

대신 늘어뜨리고 있던 검을 들어 가볍게 왼쪽에서 오른쪽으로 휙 긋기만 했다.

쩌어어억!

하지만 그로 인해 벌어진 일은 결코 가볍지 않았다. 달려들던 적들이 모조리 양분되었던 것이다.

푸하하핫!

병장기이며 갑옷이며 가리지 않고 갈라 버린 일검에 준비하고 있던 법무와 남궁진이 침을 꿀꺽 삼켰다. 보고도 믿겨지지 않는 광경에 아무런 말도 할 수 없었던 것이다.

그리고 다시 한번 확인할 수 있었다. 벽우진이 얼마나 대단한 고수인지를 말이다.

'역시 한참 멀었음이야.'

'이건…… 비교하기가 부끄러울 정도군.'

중원에서는 그토록 추앙받는 고수였으나 벽우진 앞에서는 빛이 바랠 수밖에 없었다.

심지어 사왕성주만 하더라도 두 사람이 감당할 수 없는 고수였다. 둘이 함께 협공을 한다면 모를까.

한데 벽우진은 그런 사왕성주를 어렵지 않게 쓰러뜨렸다.

"가지."

단 일검에 사왕성주의 세력을 몰살시켜 버린 벽우진이 몸을 돌렸다. 별거 아니라는 듯이 무상검을 납검하고는 정문을 향해 발걸음을 옮겼던 것이다.

스스슥!

들어왔을 때와 마찬가지로 뒷짐을 지고서 걸음을 옮기는 벽우진의 모습에 멀찍이서 지켜보고 있던 사왕성의 무사들이 뒷걸음질 쳤다. 친위대가 단 한 칼에 몰살하자 어느 누구도 감히 벽우진의 앞을 가로막지 못한 것이었다.

저벅저벅.

하지만 벽우진은 그런 이들에게는 눈길 한번 주지 않고서 걸음을 옮겼다.

그 뒤로 곤륜파의 호법들과 제자들 그리고 사천당가, 소림사, 남궁세가, 제갈세가, 공동파, 종남파가 뒤따랐다.

중원으로 복귀하는 길은 너무나 편했다.

사왕성에서 있었던 벽우진과 사왕성주의 대결이 순식간에 대막 전역으로 퍼지면서 감히 그들의 앞을 가로막는 이들이 없었다.

제갈현의 계획이 필요 없게도 벽우진이라는 이름 세 글자에 모든 게 해결되었던 것이다.

하지만 누구 하나 그 사실에 대해 이상하게 생각하지 않았다.

'그 광경을 직접 봤다면, 누구라도 그리 생각했을 테니.'

말에 타고 있던 제갈현은 고개를 절레절레 저었다.

가까이에서 직접 본 그는 아직도 그때의 충격이 선명하게 남아 있었다.

그때의 벽우진은 같은 사람이라고 생각이 들지 않을 정도였다. 사왕성주도 마찬가지였고.

'가히 초인이라고 해도 과언이 아닐 정도였지.'

인간과 인간의 대결이 아닌 초인들의 대결과도 같았던 그날을 떠올리며 제갈현이 눈을 감았다.

그래서 그는 인지하지 못했다. 자신의 손이 미약하게 떨리고 있음을.

그런 이들에게는 그 어떤 전략도, 전술도, 비책도 통하지 않았다.

'전략 전술은 인간에게나 통하는 것이니.'

무인들 역시 범인들이 보기에는 초인이나 마찬가지였다. 평범한 사람들이 할 수 없는 것들을 아무렇지 않게 해낼 수 있으니까.

하지만 벽우진은 그런 무인들조차 뛰어넘은 상태였다.

'쉽지 않을 거라 생각했는데, 그게 내 오판이었어.'

이번 대막행으로 인한 피해가 아예 없는 것은 아니었다.

그러나 제갈현이 예상했던 것보다는 확연히 줄었다.

때문에 그는 다행이라고 생각하면서도 두려웠다.

막말로 벽우진이 다른 마음을 먹으면 중원에서는 그를 막아낼 사람이 없어서였다.

'정말 다행인 건 그럴 생각이 없다는 것 정도일까.'

제갈현이 은근슬쩍 선두에서 당민호와 농담 따먹기를 하며 말을 몰고 있는 벽우진을 쳐다봤다.

가만히 보면 한량도 저런 한량이 없었다. 평소에는 곤륜산을 잘 벗어나지도 않고.

'건드리지만 않으면 잠잠히 있으니.'

세인들은 말한다. 이제(二帝) 못지않은 고수가 패선이라고.

하지만 이번에 제갈현은 확실하게 알게 되었다.

소림무제나 무당권제의 시대는 저물었음을.

"두려운 모양이야."

"방주님."

"근데 두렵다고 해서 용의 코털을 건드는 우를 범해서는 안 돼."

제갈현의 곁으로 개왕이 다가왔다.

그 역시 말을 타고 있는 상태였는데 시종일관 경직된 얼굴의 제갈현과 달리 표정은 밝았다.

"절대 그런 생각 없습니다."

"가주도 알지 않나. 장문인은 건드리지 않으면 가만히 계실 분이야."

"잘 알고 있습니다."

"용은, 용일 뿐이네. 사람과 엮일 일이 별로 없지. 그것처럼 우리는 그저 지켜보기만 하면 되네. 용 주변에 평지풍파가 일어나지 않게 조심하면서 말이지."

··· 제7장 ···

위령제(慰靈祭)

개왕이 빙그레 웃으며 말했다.

어떤 부분을 염려하는지 잘 알고 있었지만 그가 보기에는 쓸데없는 걱정이었다.

만약 벽우진이 중원의 패권을 노렸다면 진즉에 그 징조를 보였을 터였다.

물론 음흉하게 뒤로 준비를 했을 수도 있지만, 개왕이 보기에 벽우진은 그럴 바에는 차라리 앞에서 큰소리치며 자기 발 아래 꿇으라고 할 성격이었다.

"제가 괜한 걱정을 한 것 같습니다."

"뭐, 바람을 넣을 사람이 있을 수는 있지만 내가 보기에는 가능성이 희박해. 다른 사람의 말에 귀를 기울일 성격도 아니시고 말이지."

"그렇죠."

제갈현이 옅게 웃었다.

남에게 조종당할 바에는 차라리 다 때려 부수는 게 벽우진의 성격이었다. 지극히 자기중심적인 사람이라고나 할까.

하지만 그러면서도 남에게 해를 끼치지는 않았다.

"그러니까 우리는 그 부분만 조심하면 돼. 정신 나간 것들이 일을 벌이지 못하게. 아마 그로 인한 후폭풍은 우리가 감당할 가능성이 크니."

"허허허."

코를 파는 개왕을 보며 제갈현이 어색하게 웃었다.

그 역시 일정 부분 동의하는 바였다.

"게다가 가주가 받은 충격은 두 사람에 비하면 아무것도 아냐."

"하긴."

제갈현의 시선이 법무와 남궁진에게로 향했다.

사왕성주와의 대결 이후 두 사람은 급격하게 말수가 줄었다. 무엇을 생각하는지 좀처럼 입을 열지 않았던 것이다.

"심마에 빠지면 안 되는데 말이지."

"무공을 수련하신지 수십 년이 넘으신 분들입니다. 심마까지는 가지 않을 거라고 생각합니다."

"그건 모르는 일이지. 절망이 하수에게만 찾아오나? 절망은 사람을 가리지 않아. 단단한 사람이라고 해서 늘 단단한 것도 아니고 말이지. 거대한 바위도 아주 작은 균열로 인해 박살이 나는 법이야."

"그렇지요."

제갈현이 고개를 주억거렸다.

정신적으로 강인한 사람도 어느 순간 무너지는 경우가 있었다. 때문에 확신해서는 안 되었다.

"물론 둘 다 나이가 있고, 이런 경험이 한두 번이 아니니 잘 이겨내기는 하겠지만 그래도 걱정이 되는군. 가주도 알다시피 우리의 적이 한둘인가?"

"확실하게 정리된 곳은 사왕성뿐이죠. 그것도 대막의 전력은 고스란히 있으니."

"거기는 걱정하지 않아도 될 것 같아. 계속해서 확인하고 있는데 부족들 간의 전쟁이 발발했어. 가주 말대로 대막의 패권을 잡기 위해 대부족들이 치고받는 중이야."

"다행이네요."

제갈현이 안도의 한숨을 내쉬었다. 대막이라도 정리가 되니 정말 다행이었던 것이다.

"이제 곧 해산하겠군. 난주가 코앞이니."

"그리 긴 시간이 아닌데, 엄청 오랜 시간을 보낸 것 같습니다."

"나도 그래."

멀리 희미하게 보이는 난주를 주시하며 개왕이 히죽 웃었다.

힘들기는 했지만 보람도 있었다.

게다가 피해 역시 처음의 예상보다 적었기에 개왕의 마음은 가벼웠다.

물론 그렇지 않은 이들도 있었지만 말이다.

'남이 어떻게 해줄 수 있는 부분이 아니니.'

개왕의 시선이 묵묵히 말을 몰고 있는 남궁진에게로 향했다.

◯

'사왕성주를 죽인 공격. 그게 무엇이었을까.'

남궁진은 곱씹고 또 곱씹었다.

벽우진이 사왕성주의 친위대를 쓸어버린 공격은 무엇인지 파악할 수 있었다. 하지만 사왕성주를 쓰러뜨린 공격은 아무리 고민해 봐도 알 수가 없었다.

검극이 사왕성주를 가리킨 순간 결판이 났는데 무슨 수법을 썼는지 짐작조차 가지 않았다.

'검환은 아냐. 아무런 기운도 느껴지지 않았으니까. 그렇다고 비수나 암기를 사용했을 리 없고.'

분명 검에 의한 공격이었다. 그렇기에 무상검을 움직인 것이고. 한데 대체 어떤 수법을 사용했는지 남궁진은 감이 잡히질 않았다.

으드득!

그리고 그건 곧 벽우진과의 격차가 그 정도로 크다는 것을 뜻했다.

다른 이도 아니고 제왕검이라 불리며 적어도 검에 한해서는 천하제일에 가장 근접해 있다고 평가받는 그가 말이다.

'의형살인강(意形殺人罡)이 기반인 공격이라면 내가 느끼지 못했을 리가 없고.'

남궁진이 두 눈을 감았다.

하지만 아무리 생각해 보고 고민해 봐도 좀처럼 답이 나오지 않았다.

그게 남궁진은 너무나 답답하고 짜증 났다.

벽우진이 더 높은 경지에 있는 것은 맞지만 그 차이가 그리 크지는 않을 거라고 생각했는데, 그게 착각이었음을 알게 되자 남궁진은 정말 오랜만에 좌절감을 느꼈다.

"후우."

그럴수록 나오는 것은 한숨뿐이었다.

한데 그에게서 그리 멀지 않은 곳에서 비슷한 느낌의 한숨 소리가 들렸다.

"음?"

남궁진과 눈이 마주친 법무가 어색한 미소를 지어 보였다. 말을 나누지 않아도 서로가 어떤 심정인지 둘은 단박에 알아챘던 것이다.

"이거 참."

"힘냅시다, 남궁가주."

"그래야지요."

"아미타불."

짧은 대화였지만 그 안에는 오만가지 감정이 담겨 있었다.

그렇기에 두 사람은 서로를 이해할 수 있었다. 서로가 지금 어떤 심정인지 눈빛 교환만으로도 알 수 있었던 것이다.

스윽.

법무를 일별한 남궁진이 천천히 고개를 돌렸다. 그러자 장남과 함께 도란도란 대화를 나누고 있는 막내딸의 모습이 눈에 들어왔다.

대막을 가로질렀음에도 불구하고 여전히 아름다운 용모를 빛내고 있는 남궁희선의 모습에 남궁진의 표정이 진지해졌다. 오래전 파기시켰던 계획이 다시금 떠올랐던 것이다.

"흐음."

머릿속으로 다시 한번 그 계획을 떠올리며 남궁진이 침음을 흘렸다.

말도 안 되는 계획이었지만 성사만 된다면 남궁세가는 그 어느 때보다 크게 번성할 터였다.

'문제는 세인들의 시선인가.'

묘하게 경직된 얼굴로 남궁진이 사천당가 쪽을 쳐다봤다.

수십 년 넘게 지켜왔던 천하제일가라는 이름이 서서히 사천당가 쪽으로 기울어가고 있음을 그는 느끼고 있었다.

아직 자신이 굳건하게 자리를 지키고 있다고는 하지만 사천당가에는 독황이라 불리는 당민호가 건재했다.

또한 현 가주인 당문경 역시 오독문과의 전쟁으로 독절이라는 별호를 얻을 만큼 뛰어난 무위를 보여주었기에 그로서는 초조함을 느낄 수밖에 없었다.

"어렵군, 어려워."

남궁진이 다시 한번 두 눈을 감았다.

그런 그의 머릿속은 방금 전과는 다른 의미로 복잡해져

있었다.

○

"애들이 받은 충격이 상당한 모양인데?"

"그걸 받아들이고 한 걸음 더 나아가면 벽을 부수는 거지."

"그게 말처럼 쉽냐?"

벽우진과 나란히 말을 몰던 당민호가 어이없다는 표정을 지었다. 그게 쉬웠으면 이 세상에 고수 아닌 자는 없었을 터였다.

"쉽지 않아도 더 위의 경지에 올라가려면 그렇게 해야지. 안 된다고 포기하면 거기서 끝이야."

"진짜 매정하네."

"애들도 아니고. 각자 알아서 해야지. 다른 이도 아니고 무제와 제왕검이라 불리는 이들인데."

"그래서 더 힘겨울 거라고는 생각 안 하지?"

"안 도와주는 게 더 도와주는 거다."

벽우진이 딱 잘라 말했다.

이미 자신만의 무경을 쌓아가는 두 사람이었다. 어중간한 조언은 도움이 되기보다는 방해가 될 터였다.

"나한테는 솔직하게 말해봐. 사실은 귀찮아서 그렇지?"

"그럴 리가. 조력을 받았는데 입 싹 닦을 정도로 난 염치가 없지 않다. 받은 건 어떻게든 돌려줄 생각이다."

"근데 큰 도움이 된 것 같지는 않아."

당민호가 입을 삐죽이며 말했다. 도움이 안 된 것은 아니지만 그렇다고 크게 도움이 된 것 같지도 않아서였다.

"나서준 것만으로도 큰 도움이다. 우리끼리만 쳐들어갔으면 피해도 피해지만 낭비하는 시간이 많았을 거다. 길도 잘 모르니까."

"그렇게 생각해 주면 고맙고. 아, 나도 곤륜산에 들렀다가 갈 거야?"

"인원 전부?"

벽우진이 눈을 빛냈다.

안 그래도 인력이 부족한 곤륜파였다. 그런 만큼 사천당가의 인원이 전부 다 곤륜산에 간다면 써먹을 데가 많았다.

"나랑 소윤이, 주혁이, 진수만."

"흑의대는 본가로 바로 가고?"

"응, 걔네들도 고생했으니까 쉬어야지."

넷만 따라온다는 말에 벽우진이 살짝 아쉬운 표정을 지었다. 하지만 당민호는 그 기색을 알아차리지 못했다.

"굳이 너까지 올 필요는 없는데."

"에이. 그래도 한 번은 들러야지. 우리가 어떤 사이인데."

"편한 대로 해."

벽우진은 만류하지 않았다. 오든 안 오든 그로서는 상관없어서였다.

"나 역시 사마룡에게 할 말이 있기도 했고 말이지."

"그렇다면야."

어깨를 으쓱인 벽우진이 서서히 가까워지는 감숙성의 수도 난주를 쳐다봤다.

저곳에서 하룻밤을 보낸 후 모두가 각자의 집으로 돌아갈 터였다.

○

곤륜산에 도착한 아이들이 누가 뭐라고 할 것도 없이 동시에 크게 심호흡을 했다.

오랜만의 곤륜산 공기를 흡입하기 위해서였다.

"후아아아!"

"역시 집이 최고야!"

"이 산내음은 그 어떤 곳도 흉내 낼 수 없지."

"나무도 많이 자랐어요!"

산불로 인해 곳곳이 민둥산처럼 보였던 장소들에 어느새 묘목들이 가지런히 심어져 있었다. 벽우진과 호법들, 제자들이 대막으로 떠난 사이 속가제자들과 비호표국, 청하상단의 사람들이 부지런히 묘목들을 심은 것이었다.

아직은 어린 나무들이기에 울창한 느낌은 없었지만 그래도 어느 정도 과거의 모습을 되찾은 듯한 풍경에 아이들의 눈이 반짝거렸다.

"다들 고생했다."

"아니에요, 사부님!"

"고생이라니요!"

"당연히 해야 할 일을 한 것뿐인데요."

벽우진의 말이 끝나기 무섭게 아이들이 우렁차게 대답했다.

대막행으로 인해 다들 얼굴이 살짝 타기는 했지만 그래도 출발했을 때보다는 다들 안색이 밝아져 있었다. 복수를 했기에 가슴 속의 울분이 어느 정도 풀린 것이었다.

"호법님들도 수고하셨습니다."

"수고라니요. 아닙니다."

아이들과 달리 호법들은 설백만 대표로 입을 열었다. 나이가 나이인지라 굳이 대답하지 않았던 것이다.

"얼른 들어가죠. 제자들이 보고 싶으실 터인데."

"허허허!"

제자라는 말에 설백은 물론이고 다른 호법들의 얼굴에 옅은 미소가 떠올랐다.

꽤나 오랜 시간 곤륜산을 떠나 있었기에 안 그대로 다들 제자가 보고 싶은 상태였다. 다들 어린아이들이었기에 하루가 다르게 자라기도 했고.

"흐음."

반면에 진구는 입맛을 다셨다. 아직 그만이 제자가 없어서였다.

"이번에 무당산에 같이 가시죠. 청해성과 사천성, 감숙성, 대막에는 없었지만 호북성에는 있을지도 모르니까요."

"알겠소이다."

이제는 빼는 기색도 없이 곧바로 대답하는 진구의 모습에 벽우진이 옅게 웃었다.

다른 호법들도 마찬가지지만 가장 많이 변한 사람은 누가 뭐래도 진구였다. 시작은 분명 썩 좋지 않았지만 지금은 달랐다.

"무당산까지도 제가 말동무해 드릴게요, 호법님."

"그래주겠느냐?"

"물론이죠!"

언제 다가왔는지 심소혜가 해맑게 웃으며 진구의 손을 잡았다.

그 따스한 손길에 진구의 표정이 훈풍에 닿은 얼음처럼 순식간에 녹아내렸다.

"고맙구나."

"우리는 한 가족이나 마찬가지잖아요. 헤헤헤!"

"그렇지."

진구가 흐뭇하게 웃으며 심소혜의 머리를 쓰다듬었다.

어느새 곤륜파는 그에게 있어 집이나 마찬가지인 장소가 되었다.

처음에는 시간만 때우자고 했는데 이제는 혼자인 삶을 생각하기가 힘들었다.

"이제 들어가자."

"예!"

곤륜산과의 해후는 이 정도면 되었다고 생각한 벽우진이 다시 말을 몰았다. 진짜 집으로 복귀하기 위해서였다.

더불어 먼저 떠났던 파풍과 함께 사마룡도 확인해야 했다.

'진짜 위령제를 시작하기 위해서는 말이지.'

벽우진의 두 눈이 싸늘하게 빛났다.

아직 복수는 완벽하게 끝나지 않았다.

○

이른 아침부터 벽우진은 목욕재계를 하고 깨끗하게 잘 빨고 말린 도복을 입었다. 평소의 낡은 도복이 아니라 그나마 새것에 가까운 도복을 입었던 것이다.

그런데 옷을 입는 벽우진의 표정이 심상치 않았다. 늘 권태롭던 그의 얼굴에는 한기가 가득 서려 있었다.

똑똑똑.

"저희는 준비를 마쳤습니다."

"나도 나가겠다."

문밖에서 들려오는 청민의 목소리에 벽우진이 무상검을 챙기며 문을 열었다.

그러자 청민은 물론이고 서진후를 비롯해서 제자들이 모두 모여 있는 걸 볼 수 있었다.

"평안히 주무셨습니까."

"왜 다 여기에 와 있어? 위령비 앞에서 모여도 되는데."

자신이 나오기 무섭게 제자들이 허리 숙여 인사해 오자 벽우진이 헛웃음을 흘렸다. 굳이 여기까지 찾아올 필요는 없다고 생각해서였다.

"당연히 저희들이 모셔야지요."

"너희들만큼이나 건강하다. 모셔야 할 사람은 청민이나 청범이지."

"저희도 튼튼합니다. 강골까지는 아니지만 그래도 중년 시절 정도는 됩니다."

"그러다가 혹 가는 거야."

은근슬쩍 대화에 끼어드는 청민을 향해 벽우진이 검지를 좌우로 흔들며 대답했다.

비천단이 아무리 대단한 영단이라고 하나 세월을 비껴갈 수는 없었다. 언제까지나 약효가 있는 것도 아니었고 말이다.

"그게 세월의 이치라면 받아들여야 하지 않겠습니까."

"말은. 민호랑 사천당가 아이들은?"

"먼저 가 있는 것으로 알고 있습니다. 호법님들도 도착해 있지 않을까 생각합니다."

"사마륜은?"

"진구 호법께서 직접 데려오신답니다."

벽우진의 눈빛이 달라졌다.

그리고 그건 청민과 서진후도 마찬가지였다.

"사마세가의 잔당들에 대해서 알아보는 것은 어떻게 됐어?"

"우선 사마세가가 있던 하남성 중심으로 추적하고 있습니다."

"분명히 세작질을 하는 놈들이 있을 거야. 산적 놈들을 모은 것도 마찬가지고. 웬만한 정보력이 아니면 그렇게 하기 힘드니까."

사마룡을 사로잡았고 사마세가를 풍비박산 냈지만 벽우진은 마음을 놓지 않았다.

옛말에 부자는 망해도 3대를 간다고 했었다. 그런데 사마세가는 열 손가락 안에 들어갔던 명문세가였다.

사마척이 죽고, 사마미령도 죽어 직계 혈족은 끊겼지만 방계 쪽은 아직 남아 있을 수 있었다.

또한 후환거리를 남겨두면 어떻게 되는지 이번에 제대로 알 수 있었기에 벽우진은 확실하게 끝을 낼 생각이었다.

"저 역시 같은 생각이라 하오문의 조력을 얻어서 알아보는 중입니다. 하오문이 중간에서 장난질을 할 수도 있지만, 그것도 감안하고 있습니다. 사천당가 역시 도움을 주는 상태이고요."

서진후가 믿음직스러운 얼굴로 대답했다.

비청단뿐만 아니라 하오문과 사천당가까지 나선 상태였다. 중간에 하오문이 장난질을 하더라도 사천당가가 있기에 큰 효과를 보지는 못할 터였다.

"확실하게 하자. 어중간하게 일을 처리하면 어떻게 되는지 알지?"

"예, 확실하게 뿌리 뽑겠습니다."

"좋아. 가자."

벽우진이 만족스러운 얼굴로 고개를 주억거리며 아이들이 좌우로 갈라지며 만들어진 길을 향해 발걸음을 옮겼다.

이윽고 벽우진을 비롯한 일행들은 위령비가 세워진 곳에 도착했다.

"날씨가 흐려. 하늘이 아이들의 마음을 아는 건지도 모르겠어."

"일찍 왔네."

"당연히 와야지. 우리가 남이가?"

"고맙다."

진심이 담긴 벽우진의 말에 검은 옷을 입고 있던 당민호가 옅게 웃었다.

그리고는 손주들과 함께 한쪽으로 물러났다.

지금부터는 곤륜파 사람들의 시간이었기에 알아서 적당히 물러난 것이었다.

스윽.

당민호와 손주들이 물러나는 것을 일별한 벽우진이 높게 세워진 위령비를 조용히 올려다봤다. 그러자 죽어간 서른두 명의 속가제자들이 하나둘 머릿속에 떠올랐다.

"흑!"

"히잉!"

그리고 그건 속가제자들도 마찬가지인 듯 하나같이 묵념을 하면서 훌쩍거렸다. 이렇게 위령비를 보니 그때의 일촉즉발의 상황이 다시금 떠올랐던 것이다.

반대로 여전히 분노를 억누르지 못하는 아이들도 있었다.

"장문인."

벽우진이 조용히 죽은 속가제자들을 떠올리고 있을 때 진구가 모습을 드러냈다. 초췌하기 그지없는 꼴의 사마룡을 데리고서 말이다.

사로잡힐 당시의 철검은 모두 뽑힌 상태였지만 대신 전신에 흉터가 가득했다.

심지어 피골이 상접한 모습이었는데 그동안 제대로 먹지 못한 듯했다.

"고생하셨습니다."

"고생은 무슨. 아이들이 고생했지. 이놈이 아사를 노리는 바람에 음식을 먹인다고 고생했소이다."

진구가 짐짝 던지듯이 점혈당해 있는 사마룡을 벽우진의 앞에 툭 내려놓았다. 그러자 입에 재갈을 물고 있는 사마룡이 흔들리는 눈으로 벽우진을 올려다봤다. 자신의 미래를 그는 알고 있는 것이었다.

덜컹.

뒤이어 양일우와 양이추, 심대현이 등에 메고 있던 목궤를 내려놓았다. 대막에서 사마룡의 몸에 박혔던 서른두 자루의 검이 담긴 목궤를 천천히 열었던 것이다.

"읍읍!"

단지 뚜껑을 연 것뿐인데도 진하게 풍겨 나오는 혈향에 사마룡이 악을 썼다.

그러나 사마룡에게 안쓰러운 눈빛을 보내는 이는 아무도 없었다. 모두가 하나같이 싸늘한 눈으로 사마룡을 노려보기만 했다.

"아혈을 풀어."

"자결하지는 않겠죠?"

"내 앞에서는 불가능해. 이미 단전도 박살 난 상태고. 할 수 있는 거라고 해봤자 혀를 깨무는 것밖에 없지."

"풀겠습니다."

청민이 서릿발 같은 얼굴로 사마륭의 아혈을 풀었다.

하지만 아혈이 풀린 걸 알았음에도 사마륭은 아무런 말도 하지 않았다.

처처처척!

대신 그의 앞으로 길기가 각기 다른 서른두 자루의 검들이 역으로 박혔다.

은월단의 손에 죽은 속가제자들의 검들이, 이미 한번 그의 육체를 마구잡이로 꿰뚫었던 철검들이 일렬로 나란히 박히는 광경에 사마륭이 경기를 일으켰다. 철검만 봐도 그날의 고통이 되살아났던 것이다.

"왜 아직도 네놈을 살려두었는지, 모르지 않겠지."

"……."

창백해진 얼굴로 사마륭이 두 눈을 질끈 감았다.

애초에 도주는 생각도 하지 못했다. 실력은 물론이거니와 빠져나갈 빈틈이 전혀 없었기에 사마륭은 현재 삶을 포기한 상태였다. 한 가지 바라는 점이 있다면 고통 없이 죽는 것이랄까.

"저주도 좋다. 지껄여 봐."

말없이 두 눈을 감는 사마륭의 모습에 벽우진이 무표정한 얼굴로 말했다.

하지만 그럼에도 사마륭은 아무런 대답을 하지 않았다.

"표정이 마음에 안 드는군. 억울한 건 내 쪽인데 네가 왜 억울해하지? 죄 없는 속가제자들을 잃은 건 나인데?"

벽우진의 말이 끝나기 무섭게 섬뜩한 살기가 장내에 폭발했다. 호법들은 물론이고 청민과 서진후 그리고 제자들의 살기가 사마륭에게 집중되었던 것이다.

피부가 따끔거릴 정도로 농밀하고 서늘한 살기에 사마륭이 침을 삼켰다.

"패자는 말이 없는 법. 죽여라."

"죽일 거다. 그러나 쉽게는 아냐. 아직 너에게서 듣고 싶은 말을 듣지 못했거든."

푹!

맨 끝에 있던 피 묻은 철검이 무릎 꿇고 있는 사마륭의 용천혈을 꿰뚫었다. 어슷한 각도로 날아와 그대로 발을 꿰뚫고 땅에 박혔던 것이다.

"끄읍!"

소리도 없이 날아와 박힌 철검에 사마륭이 이를 악물었다. 벽우진이 원하는 대로 비명 소리를 내고 싶지는 않아서였다.

그게 마지막까지 자존심을 지키는 방법이라고 그는 생각했던 것이다.

하지만 정작 벽우진은 아무 변화 없는 얼굴로 두 번째 철검을 떠올렸다.

푹!

이번에는 반대쪽 발에 철검이 박혔다.

그러나 사마륭은 이를 악물고서 신음을 참았다. 어떻게든 벽우진이 원하는 대로 해주고 싶지는 않아서였다.

'그래도, 무지하게 아프군……'

가뜩이나 제대로 먹지 못해서 체력이 떨어질 대로 떨어진 상태였다. 출혈도 제대로 회복되지 못해 피가 부족한 상태였고.

'하지만, 이대로라면 내가 원하는 대로 죽을 수 있다.'

사마륭이 속으로 웃었다.

관통상이 늘어날수록 자연히 출혈 역시 커질 수밖에 없었다. 그 말은 과다 출혈로 죽을 가능성 역시 커진다는 뜻이었다.

"청민. 금창약 뿌리고 지혈해. 과다 출혈로 죽지 못하게."

부르르르!

그러나 이어진 벽우진의 말에 사마륭의 동공이 격렬하게 흔들렸다. 마치 그의 속내를 꿰뚫어본 것 같아서였다.

"우리가 쉽게 죽도록 내버려 둘 줄 알았느냐?"

스산한 청민의 말에 사마륭의 두 눈을 질끈 감았다. 한 가닥 기대마저도 사라지자 끝없는 절망이 그를 잠식해 왔던 것이다.

물론 아직 한 가지 방법이 남아 있기는 했지만 현실적으로 실현 가능성은 낮았다.

'사왕성주마저 때려잡은 괴물이 내가 혀를 깨무는 걸 모를 리 없겠지……'

금창약으로 인해 상처 부위에서 찌릿한 고통이 느껴졌다.

그리고 빠르게 출혈이 멎어가는 것도 알 수 있었다.

푹!

출혈이 멈추자 다시 철검이 그의 몸에 박히기 시작했다.

인대며 근육이며 일절 상관치 않고 그저 빈 곳이 있다면 박히는 철검에 사마륭의 전신이 떨리기 시작했다.

"읍!"

팔다리부터 시작되었던 고통이 어느새 복부까지 왔다. 다시 한번 단전이 있던 자리를 헤집었던 것이다.

그러자 목구멍으로 피가 역류해 왔다.

"속가제자들의 싸늘한 시신을 보면서 한 가지 다짐한 게 있다."

"쿨럭!"

사마륭의 입에서 시뻘건 피가 솟구쳤다.

앞뒤로 철검이 네 개나 박히자 사마륭이 피를 토했다.

하지만 벽우진은 철검을 움직이는 걸 멈추지 않았다.

"사과해도 좋고, 하지 않아도 좋다. 네놈이 사과한다고 한들 진심이 담겨 있지도 않을뿐더러 이미 그 사과를 들을 아이들은 이 세상에 존재하지 않으니까."

주르륵.

벽우진의 말에 여기저기에서 눈물이 쏟아졌다.

아직도 흐를 눈물이 남은 것인지 본산제자, 속가제자 할 거 없이 너도나도 눈물을 흘렸던 것이다.

그리고 그건 장로들이라고 해서 다르지 않았다. 하나같이 눈시울이 붉어진 얼굴로 사마륭을 죽일 듯이 노려보았다.

"그럼 뭐 하러, 이렇게까지……."

"약속했거든. 너희들을 죽게 만든 원흉을 반드시 잡아서 바치겠다고. 적어도 너희들의 원한은 풀어주겠다고 말이지."

"그르륵!"

남아 있던 여섯 자루의 검들이 모두 다 사마룡의 몸을 꿰뚫었다.

그중 한 자루는 목을 관통했다. 고통은 주되 단숨에 목숨이 끊어지지는 않게 말이다.

"저승에 가서 우리 아이들에게 천 번, 만 번 사죄해라. 그게 네가 해야 할 마지막 일이다."

"퉷! 원귀가 되어서 네놈들을 끊임없이 저주할 것이다!"

가래 끓는 목소리로 사마룡이 울부짖었다. 핏발이 잔뜩 선 눈빛으로 벽우진과 곤륜파 사람들을 하나하나 노려보며 소리쳤던 것이다.

하지만 그 말에 겁먹은 이는 단 하나도 없었다.

"원귀는 무슨. 네놈은 잡귀도 되지 못한다."

"커헉!"

저절로 뽑혀져 나온 무상검이 단칼에 사마룡의 목을 베었다.

그러자 원통함이 가득한 사마룡의 얼굴이 땅바닥에 떨어지며 데구루루 굴렀다. 정확히 벽우진의 발아래로 말이다.

툭.

정확히 발끝 앞에 멈춘 사마룡의 수급을 들고서 벽우진은 몸을 돌렸다. 향 대신 사마룡의 머리를 위령비 앞에 놓아두기 위해서였다.

그러면서 사마륭의 육신에 박혀 있던 철검들을 뽑아 위령비 앞에 일렬로 박아 세웠다.

"너무 늦어서 미안하구나."

사마륭의 수급을 내려놓으며 벽우진이 나지막하게 입을 열었다.

그런 그의 목소리에는 깊은 슬픔이 담겨 있었다. 눈물을 흘리지는 않아도 절절한 슬픔이 목소리에 가득 담겨 있었던 것이다.

그 뒤로 사람들의 묵념이 이어졌다.

··· 제8장 ···

인연은 있다

어느새 봄이 성큼 와 있는 듯한 날씨에 설백이 깊게 숨을 들이켰다.

그러자 맑은 산 공기와 함께 따뜻한 바람이 느껴졌다. 서늘했던 겨울바람이 어느덧 많이 사라져 있었던 것이다.

"차합! 합!"

또한 설백의 제자 역시 훌쩍 자라 있었다. 하루가 다르다는 말처럼 정말 날이 지날수록 쑥쑥 자랐던 것이다.

게다가 이제는 제법 형(形)을 잡아가는 모습에 설백이 흐뭇한 표정을 지었다.

"이제 3년 반 정도 남았나."

혼자서도 열심히 보법을 밟으며 몸을 단련하는 제자를 바라보며 설백이 중얼거렸다. 약속했던 시간이 어느새 빠르게 줄어들었음을 알 수 있어서였다.

"과연 내가 다시 산속으로 들어갈 수 있을까."

처음 벽우진에 의해 거의 강제로 곤륜파에 내려왔을 때는 솔직히 시간만 적당히 때울 생각이었다. 벽우진이 왜 자신을 필요로 하는지 모르지 않았으니까.

하지만 시간이 흐를수록 설백은 자신이 곤륜파에 정이 들어감을 느낄 수 있었다.

"나처럼 홀로 사부를 모시며 살아가는 게 과연 좋을까?"

설백의 눈이 침중해졌다. 아주 어린 시절, 사부의 시중을 들며 수련하던 때를 떠올리는 것이었다.

그때의 그는 하루하루가 너무나 괴로웠었다. 수련 말고는 할 수 있는 게 없었기에 재미라는 것을 몰랐다.

늘 똑같은 하루 일과. 반복되는 하루들. 지겹다는 말로 표현되는 그 시절을 떠올리자 설백은 자연스레 고개를 저었다.

"적어도 성인이 될 때까지는……."

설백의 시선이 다시 제자에게로 향했다.

벽우진의 제자들은 물론이고 호법들의 제자들과도 형제처럼 지내는 제자를 혼자 떼어놓으면서까지 가르치고 싶지는 않아서였다.

자신이야 혼자서 생활하는 게 익숙해졌다고 하지만 제자는 아니었다. 이제 아홉 살인 아이는 한창 세상을 겪으며 사람들과 어울릴 때였다.

"스승님!"

"그래, 백 번씩 다 했느냐?"

"예! 혹시 몰라서 백한 번씩 했어요."

"잘했다."

어린아이임에도 다부진 얼굴로 다가와 씩씩하게 대답하는 제자를 설백은 인자하게 웃으며 머리를 쓰다듬었다.

늘그막에 얻게 된 제자였기에 더더욱 소중한 아이였다. 또한 기대가 되는 아이이기도 했고.

"형님."

"허 아우 왔는가."

"안녕하세요."

익숙한 음성과 함께 허룡과 그의 제자가 모습을 드러냈다.

누가 사제지간 아니랄까 봐 비슷한 분위기를 풍기는 둘의 모습에 설백이 슬쩍 웃으며 반겨주었다.

"허 아우의 제자도 쑥쑥 자라는구먼."

"하하. 한창 클 나이이지 않습니까. 똑같이요."

허룡이 웃으며 대답했다.

그런 그의 시선은 설백의 제자에게 향해 있었다.

"하긴. 요즘 아이들은 이상하게 성장이 빠른 것 같더라고."

"저희 시절과는 다르게 잘 먹으니까요. 먹을 것도 많고, 영양적으로도 균형이 잘 잡혀 있고."

"아무래도 그렇지."

금세 어울려서 함께 노는 제자를 보며 설백이 옅게 웃었다.

아이들의 발랄함에 미소가 절로 나왔던 것이다.

"물론 저희도 지금은 호의호식하고 있지만 말이지요."

"너무 잘 먹어서 탈이지. 왜 소속이 있어야 하는지 알게 되었다고나 할까."

"맞습니다. 때 되면 밥 나오는 게 정말 큰 것 같습니다. 홀로 산속에서 수행할 때는 벽곡단과 물이 전부였는데. 가끔 가다 산과일이 보이면 따 먹는 정도였으니."

"여기서는 너무 잘 챙겨주지. 제철 과일은 늘 먹을 수 있으니."

말 그대로 수련만 하면 될 정도로 거의 모든 게 지원되고 있었다. 다른 것에는 전혀 신경을 쓰지 않을 정도로 말이다.

물론 호법이라는 직위 때문이겠지만 편한 건 사실이었다.

"제자도 좋아하고 말이죠."

"그래, 아침부터 무슨 일인가?"

사담을 끝내며 설백이 용건을 물었다. 무언가 용무가 있어 찾아온 듯싶어서였다.

"문안 인사도 드릴 겸 상의하고 싶은 게 있어서 말이지요."

"허허허. 허 아우 나이에 문안 인사는 무슨."

"그래도 나이 차이가 꽤 되지 않습니까?"

"같이 늙어가는 처지에."

설백이 헛웃음을 흘리며 고개를 저었다.

어릴 때나 나이 차이가 크게 느껴졌지 지금은 아니었다. 막말로 허룡이 먼저 귀천할 수도 있었고.

"그래도 위아래는 존재하는 법이지요. 허허."

"우리는 안으로 들어가지."

"예."

같이 뛰어노는 아이들을 일별한 설백이 허륭을 데리고서 자신의 처소로 들어갔다. 그러자 단출하게 필요한 것들만 있는 방의 모습을 볼 수 있었다.

"나하고 상의할 것이 있다고?"

"대막에서 봤었던 게 잊히지가 않습니다."

"사왕성주를 처치했을 때 장문인께서 펼친 일검 때문이로구먼."

"예."

허륭의 앞에 차를 따라주며 설백이 입을 열었다. 말하지 않아도 표정만으로 허륭이 무엇 때문에 힘들어하는지 알 수 있었던 것이다.

"다들 같았다는 건 알고 있지?"

"형님께서도요?"

"나는 사람 아닌가? 더구나 그렇게 충격적인 장면을 보았는데. 북해빙궁주를 잡을 때도 대단하다고는 생각했지만 그때만큼은 아니었지."

"맞습니다. 북해빙궁주는 나름 비등한 느낌이 있었는데 사왕성주는 어울려 준 것 같은 느낌이었습니다. 막판에는 가지고 논 듯했고요."

허륭의 눈빛이 흐릿해졌다. 사왕성에서 있었던 대결을 떠올리는 듯했다.

"내가 보기에도. 그리고 잊히지 않는 게 당연하지. 그런 경지를 봤는데."

"근데 형님께서는 별로 놀라지 않으신 것처럼 보입니다."

"어느 정도는 짐작하고 있었거든. 막연하기는 해도. 장문인을 처음 봤을 때 말이지."

"아, 저희들을 일일이 찾아왔을 때요? 그때 정말 놀랐었죠. 귀신같이 저희가 있는 곳을 알아냈으니까요. 그전까지는 누구도 저희가 있다는 것도, 위치도 몰랐었는데."

곤륜산은 높고 거대했다. 그런 만큼 마음먹고 한 사람이 숨으면 찾기가 쉽지 않았다.

한데도 벽우진은 마치 알고 있던 것처럼 호법들을 찾아냈었다.

"곤륜산의 종주이시니까."

"종주이기에 가능한 걸까요?"

"그럴 리가. 재능은 하늘이 내리지만 결국 정점에 오르는 것은 인간이야. 스스로의 노력 없이는 그 무엇도 이룰 수가 없는 법이지."

"으음!"

허릉이 침음을 흘렸다.

그라고 해서 그걸 모르지는 않았다. 또한 벽우진이 특이한 상황을 겪었다는 것도.

하지만 알고 있다고 해서 모든 게 이해되는 건 아니었다.

"자네가 왜 자괴감에 빠졌는지 나 역시 너무나 잘 알고 있네. 하지만 반대로 생각해 보게나. 그런 경지를 볼 수 있다는 게 어떤 의미인지를."

"아!"

"적어도 헤매지는 않지 않겠나."

"제가 생각이 짧았습니다."

허룡이 다급히 고개를 숙였다. 부끄러운 마음이 들어서였다.

하지만 설백은 늘 그렇듯 인자한 미소를 머금었다.

"부끄러워 할 이유 없네. 다들 마찬가지였으니까. 천하의 소림무제와 제왕검도 똑같았는데."

"그렇기는 했죠."

"한마디 더 첨언을 하자면, 포기하면 편하다네. 허허허허!"

"제가 보기에는 아니신 거 같은데요?"

"내가 살면 얼마나 살겠나. 우리 진헌이가 약관이 되는 걸 볼 수 있을지도 모르는 마당에."

설백의 눈동자에 언뜻 걱정이 서렸다.

지금은 정정하지만 막말로 당장 5년 후에는 어떨지 장담을 할 수 없었다.

"비현이한테 비천단 하나 달라고 하면 되지요."

"천명은 영단으로도 어찌할 수 없는 법일세. 밑 빠진 독에 물 붓기나 마찬가지지. 그래서 아쉬워. 좀 더 일찍 제자를 들였어야 했는데."

"늦었다고 생각할 때가 가장 빠르다는 말도 있지 않습니까. 여유는 없어도 늦었다고는 생각하지 않습니다."

"이럴 땐 자네가 참 부럽다니까."

설백이 진심이 듬뿍 담긴 눈으로 허룡을 바라봤다.

지금껏 무엇 하나 부러워하지 않고 살아온 그였지만 지금은 허룡을 비롯해서 호법들 전부가 부러웠다. 한 살이라도 더 어리다는 게 너무나 부러웠던 것이다.

"가는 데는 순서 없다고 하지 않습니까. 허허허!"

"말을 해도."

"그보다 형님은 어떻게 하실 생각이십니까?"

"자네들도 생각하고 있나 보군. 아직 약속된 시간이 반 이상 남았는데."

"그때야 개개인의 몸뚱이만 생각하면 되었지만 지금은 다르니까요."

창문 너머로 보이는 제자를 바라보며 허룡이 말했다.

설백이 했던 고민을 그 역시 똑같이 하고 있는 것이었다.

"어린아이에게 속세를 등지게 하는 건 너무 잔혹한 일이지."

"저도 같은 생각입니다. 물려줄 것이 따로 있지 외로움은 물려주고 싶지 않습니다. 사실 혼자 산속에서 고행을 한다고 경지가 쑥쑥 높아지는 것도 아니고요."

다들 마찬가지겠지만 처음에는 곤륜파를 썩 좋아하지 않았다. 누구라도 강제로 끌려오면 그럴 터였다.

하지만 시간이 지나고 아는 얼굴들이 많아지면서 서서히 다들 똑같이 곤륜파라는 색깔에 물들었다. 누가 일부러 그런 것도 아닌데 말이다.

"나도 마찬가지일세. 스스로 선택한다면 모를까, 강요는 하지 않을 생각이야. 어차피 나중에는 혼자 수행하게 될 테니까. 우리가 그러했듯이."

"맞습니다."

"그리고 인간은 같이 사는 존재이니까. 질투도 하고 시기도 하겠지만, 얻는 것 역시 많지."

"진짜 도사 같으십니다. 허허허!"

"원래부터 도사였네."

설백이 빙그레 웃었다.

다들 가끔씩 망각하지만 자신들은 도인이었다. 벽우진 역시 마찬가지였고, 곤륜파는 중원도맥을 당당히 잇고 있는 도문(道門)이었다.

"진구가 걱정입니다. 소혜가 자주 어울려 주고는 있는데, 많이 외로워 보입니다."

"기다리게. 인연은 억지로 만들어지는 게 아니니. 때가 되면 인연이 찾아올 것이네. 더구나 진구는 가장 어리지 않나?"

"많이 조급해 보이는 게 사실이라서요."

허륭이 안쓰러운 표정을 지었다.

자신은 아닌 척, 괜찮은 척하고 있지만 모두가 알았다. 진구가 평소와 다르다는 것을 말이다.

"그렇다고 아무나 제자로 들일 수는 없지. 나뿐만 아니라 선대의 무맥을 잇는 일인데. 괜히 비인부전이라는 말이 나왔겠는가."

"장문인만 하더라도 되게 까다롭게 심사를 보니."

"그게 맞는 것일세. 이런 이유로 받아들이고 저런 이유로 받아들이다가 탈이 나는 걸세. 그러니 우리는 그저 기다리세. 이번 무당행에 데려간다고 하니, 기대해 봐야지."

"진구에게 유익한 여정이 되었으면 좋겠습니다."

"나도 같은 생각이네."

두 사람은 똑같은 마음으로 찻잔을 들었다.

그런 둘의 귓가로 제자들의 힘찬 기합성이 들려왔다.

오랜만에 집무실에 도착한 벽우진은 의자에 앉자마자 늘어졌다.

대막에 다녀오는 사이 봐야 할 업무가 산처럼 쌓여 있었지만 벽우진은 일단 늘어졌다.

"어후, 좋다. 바람도 좋고. 잠이 솔솔 오는구나."

아직은 아침저녁으로 쌀쌀한 바람이 불었지만 그에게는 해당 사항이 없었다.

한서불침을 이루었기에 맨몸으로 폭설을 맞아도 추위를 느끼지 못했다. 그래서 지금의 찬바람도 벽우진에게는 선선하게 느껴졌다.

똑똑!

"사형, 저 청범입니다."

"어, 들어와."

업무를 볼 생각이 전혀 없다는 듯이 자신의 전용석에서 늘어진 상태로 벽우진이 입만 뻐끔거렸다.

잠시 후 문이 열리며 단정한 옷차림의 서진후가 집무실 안으로 들어왔다.

"평소대로 돌아오셨네요."

"사람은 변하면 안 돼. 변하면 죽을 때가 다 된 것이거든."

"저보다 사형이 더 오래 사실 것 같습니다."

"아마도? 최소한 내가 갇혀 있던 58년은 보상받아야 하지 않겠어?"

벽우진이 늘어진 채로 씩 웃으며 대꾸했다.

실제 나이가 많다고 하나 그렇다고 또래와 비슷한 시기에 죽고 싶은 마음은 절대 없었다. 최소한 시공간의 진에 갇혀 있던 시간만큼은 누리다 갈 생각이었다.

"그 이상도 가능할 것 같은데요."

"내가 보기에도. 그런데 꼭 아침 댓바람부터 그걸 가져와야 했어?"

벽우진이 입술을 삐죽거렸다.

사제의 방문은 언제나 반갑지만 서진후의 품에 한가득 들려 있는 서류는 결코 반갑지 않았다. 이미 충분히 많이 쌓여 있기도 했고 말이다.

"일은 늘 있지 않습니까. 해도 해도 줄지 않는 게 일이니까요."

"아는 사람이 더더욱 그러면 안 되지."

"허허허허."

서진후가 너털웃음을 흘리며 빈자리가 보이지 않는 책상 위에 들고 온 서류들을 내려놓았다.

그러자 벽우진의 눈매가 매서워졌다.

"꼭 그렇게까지 해야겠어?"

"어쩔 수 없습니다. 사소한 업무라도 사형께서 하나하나 직접 보셔야 하니까요."

"난 도장 찍으려고 장문인 된 게 아닌데 말이지."

"이 또한 장문인으로서 해야 할 업무입니다."

"하아."

벽우진이 더욱더 늘어지며 깊은 한숨을 내쉬었다.

하지만 그런 벽우진의 모습에도 서진후는 눈 하나 껌뻑이지 않았다. 비청단을 맡으면서 자신이 보는 서류는 이보다 많으면 많았지 적지는 않았기 때문이다.

"그래도 급한 건 없습니다. 천천히 보시고 결재하시면 될 것 같습니다."

"일단 급한 불은 다 껐으니까. 응? 이건 뭐야?"

여전히 늘어진 자세로 팔만 뻗어 서진후가 가져온 보고서를 한 장 들어본 벽우진이 의아한 표정을 지었다. 생각지도 못한 내용이 종이에 적혀 있어서였다.

"사형께서 복귀하신 이후 이런 문의들이 쏟아져 들어오고 있습니다. 청해성뿐만 아니라 인접해 있는 감숙성, 사천성은 물론이고 섬서성, 산서성, 하남성, 호북성 가릴 것 없이요."

"허어."

자신의 아들이, 손녀가 동네에서 알아주는 신동이라는 소개말과 함께 온갖 미사여구로 가득한 서찰의 내용에 벽우진이 헛웃음을 흘렸다.

그런데 웃긴 건 이런 서찰이 한두 개가 아니라는 점이었다.

심지어 고관대작의 자제도 심심찮게 있었다.

"저도 받고 놀랐습니다. 그런데 이게 다가 아닙니다. 상당히 많은 이들이 본 파에 관심을 가지는 중입니다."

"대체 왜?"

"대막까지 가서 속가제자들의 복수를 하고 온 것을 상당히 좋게 보는 것 같습니다. 가족 같은 분위기라는 말은 많이 사용하지만 의외로 그런 곳은 적으니까요. 명문대파일수록 더 그렇고요."

"호오."

대막행은 다른 이유가 없었다. 오직 죽은 속가제자들의 복수를 위해서 시작된 일정이었다.

그런데 그게 세인들에게 좋은 인식을 심어주었다고 하자 벽우진이 살짝 놀란 표정을 지었다.

"아무래도 사형께서 속가제자들도 끔찍하게 챙긴다고 생각하는 것 같습니다. 실제로는 조금 다르지만요."

"애들 수련 성과에 대해서는 매일 보고받고 있어. 신경을 안 쓰는 건 아니라고."

"그것도 잘 알고 있죠. 제 말은 조금 과대평가되었다는 뜻이었습니다."

"요것들만 아니라도 반 시진은 애들을 봐줄 수 있을걸?"

벽우진이 책상 위에 한가득 쌓인 서류 더미를 눈짓으로 가리켰다.

하지만 그런 벽우진의 눈짓에도 서진후는 담담히 웃었다.

"제가 아는 사형이라면 시간을 어떻게든 만드실 수 있다고 생각합니다."

"미안하지만 나는 신이 아니야. 나 역시 한낱 필멸자에 불과하지."

"얼마 안 남지 않았습니까?"

"뭐가?"

은근슬쩍 물어보는 서진후에게 벽우진이 천연덕스럽게 반문했다.

그런데 의외로 서진후는 더 이상 캐묻지 않았다.

"속가제자들은 사형께 충분히 감사해하고 있습니다. 다들 의욕도 상당하고요. 이번 대막행으로 결속력이 더욱 끈끈해진 느낌입니다. 사실 속가제자들 중에는 차별 아닌 차별을 받고 있다고 생각하는 아이들도 있었거든요."

"충분히 그럴 수 있지. 아직은 어린 아이들이니까. 직접 말해주지 않는 이상 알기 힘들지. 행동으로 보여주기보다는 말이 더 확실하기도 하고."

"이번에는 행동으로도 확실하게 보여주었으니까요."

서진후가 흐뭇하게 웃었다. 자신의 사형이라서가 아니라 같은 남자로서도 참 멋있는 사람인 것 같아서였다.

누구나 다 복수하겠다고 하지만 실제로 움직이는 이들은 그리 많지 않았다. 상황상 마음대로 하기가 쉽지 않아서였다.

그런데 벽우진은 조금도 고민하지 않고, 망설이지 않고 움직였다. 본산제자도 아닌 속가제자들을 위해서.

"내가 좀 멋있기는 하지."

"위엄까지 갖추었으면 정말 금상첨화였을 텐데 말이지요."

"그건 어쩔 수 없어. 내가 가지고 태어난 게 아니라서."

"지금도 저는 좋습니다. 까칠하지만 친근한 느낌이라서요."

"내가 까칠하다고?"

벽우진이 황당하다는 표정을 지었다. 까다롭기는 해도 까칠하다고는 생각하지 않아서였다.

"예, 엄청. 아마 아이들에게 물어보면 다들 그렇다고 대답할 겁니다."

"그럴 리가."

"내기할까요?"

"네가 불리할 것 같은데?"

벽우진이 히죽 웃었다. 누가 봐도 자신이 유리한 상황이어서였다.

"제 생각은 조금 다른데요? 애들이 솔직한 건 알고 있죠? 그 중에는 지나치게 솔직한 아이도 있고요."

"설마 나에게 안 좋은 말을 하려고."

"그건 모르는 거죠."

서진후가 자신만만하게 웃었다.

그런데 그게 묘하게 벽우진의 신경을 건드렸다. 장사꾼인 서진후가 뻔히 질 것 같은 내기를 한다는 게 이상했던 것이다.

"에이, 됐다."

"역시 사형도 찔리는 게 있으신가 보네요."

"귀찮아서 그래, 귀찮아서."

벽우진이 손을 휘휘 내저으면서 다시 의자에 늘어졌다. 서류에는 더 이상 시선을 두지 않은 채로 말이다.

"어떻게 생각하세요?"

"뭘?"

"저는 속가제자들을 다시 한번 모집하는 것도 괜찮다고 생각합니다. 일단 많은 곳에서 관심을 보이니까요."

"기회이긴 하지. 하지만 굳이 지금 할 필요는 없어. 앞으로 더 커지면 커졌지, 줄어들지는 않을 테니까."

벽우진이 씩 웃었다.

다른 사람들이 보기에는 지금이 가장 적기인 것처럼 보이겠지만 그는 생각이 달랐다. 곤륜파에 대한 관심은 지금보다 앞으로가 더욱 커질 터였다.

"역시 자신감."

"내가 자신감 빼면 시체지. 그리고 아직 속가제자들의 기본도 제대로 잡지 못했는데 여기서 추가로 더 받는 건 아닌 것 같아. 관리하기도 힘들도, 심사를 감당할 수도 없고."

"저희가 인원이 많이 부족하기는 하죠."

서진후가 씁쓸한 얼굴로 대답했다.

높아지는 명성과 다르게 곤륜파의 규모는 여전히 제자리였다. 속가제자들이 희생된 것을 생각하면 오히려 축소된 상태였기에 벽우진의 말마따나 심사도 벅찰 터였다.

"그래도 내 제자들이 쑥쑥 성장하고 있으니까 한 오 년 정도

후에는 제 몫을 해줄 거야."

"이미 지금도 훌륭한데요. 대막에 다녀온 후로 더욱 가파르게 성장하는 것 같습니다."

"한창 성장할 때니까. 경험도 또래와는 다르게 팍팍 쌓고 있고. 물론 내가 잘 가르친 것도 있지만."

벽우진이 늘어진 채로 콧대를 세웠다.

하지만 그 모습에도 서진후는 딴죽을 걸지 못했다.

비천단이라는 영단의 도움을 받기는 했지만 비천단은 말 그대로 기반만 다져주었다. 아이들이 지금의 수준에 오를 수 있었던 것은 끊임없는 노력 덕분이라는 사실을 알고 있었기에 서진후는 웃으며 고개를 끄덕였다.

"확실히 사형께서 안목은 있지요. 사실 저는 크게 기대하지 않았었거든요."

"그게 바로 너와 나의 차이지."

"정말 다행이라고 생각합니다. 지금이야 사형께서 계시지만 아무래도 후대를 생각하지 않을 수가 없으니까요."

"그러니까 더 잘 키워봐야지. 다양한 경험도 쌓고. 그래도 이제는 무시는 안 받을 거 같아서 정말 다행이야."

몰락한 문파의 제자가 강호에서 어떤 대우를 받는지 모르지 않는 벽우진이었다.

지금이야 자신 덕분에 곤륜파의 명성이 높아졌다고 하지만 그것도 자신이 멀쩡히 살아 있어야 가능했다.

만약 자신이 대막에서 잘못되었다면 곤륜파는 다시 힘들어졌을 게 분명했다.

"할 수가 없죠. 사형께서 이렇게 버젓이 살아계시는데요. 그럼 제자에 대한 건 다 거절하겠습니다."

"그렇게 해. 아직은 시기상조라는 말도 꼭 넣고. 과유불급이라는 말도 괜찮겠네."

"적당히 쓰겠습니다."

"그래, 그래."

"사형께서도 이제 업무 보시죠."

서진후가 씩 웃으며 냉큼 자리에서 일어났다. 벽우진이 업무를 시작할 수 있도록 자리를 비켜주는 것이었다.

"그래야겠지……."

일어나는 서진후를 일별하며 벽우진이 다시 한숨을 내쉬었다. 쌓여 있는 서류 더미를 보자 머리가 아파 왔던 것이다.

"힘내십시오."

"너도 고생해라."

"그럼."

짧게 목례한 서진후가 집무실을 나가고 벽우진이 정말 하기싫은 얼굴로 보고서를 읽기 시작했다.

그런데 의외로 확인하는 속도는 빨랐다.

호북성(湖北省) 균현(均縣)에 도착한 일행이 주변을 두리번거렸다.

아이들은 물론이고 함께 온 진구조차도 살짝 들뜬 얼굴로 저잣거리를 구경했다.

오랜 세월을 살아온 진구였지만 호북성은 그도 처음이었기에 잠시도 쉬지 않고 고개를 돌렸다.

"또 우리끼리만 돌아다니는 거 같아서 혁문이에게 미안하네."

"혁문이도 같이 오고 싶어 했는데."

"그러니까."

정신을 차린 심대혜가 얼굴 가득 미안한 기색을 띠었다.

대막에 갈 때야 위험했기에 함께 가지 않았지만 이번에는 달랐다. 강호의 후기지수들을 만나볼 수 있는 자리였기에 심대혜는 계속 배혁문이 걸렸다. 이번 일정은 배혁문에게도 큰 도움이 될 게 분명했기에 너무나 아쉬웠던 것이다.

"어쩔 수 없지 뭐. 혁문이는 지금 사숙께 한창 기본을 다져야 할 때니까. 대막에 가 있는 동안 파풍 호법님께서 봐주시기는 했지만 아직 많이 부족하니."

"그리고 혁문이는 아직 어리니까."

심대현과 심소혜가 어깨를 으쓱거리며 대답했다.

두 사람도 아쉽기는 했지만 어쩔 수 없었다.

"다음에 기회가 있겠지."

"앞으로는 자주 있을 것 같은데."

대화에 양일우와 양이추 형제도 끼어들었다.

그러자 모두의 눈빛이 초롱초롱해졌다.

사천당가에서도 후기지수들을 보기는 했지만 그때는 처음

이었기에 정신이 없었다. 하지만 이번에는 달랐다.

"더구나 무당산이니까."

"바로 가고 싶지만 시간이 애매하니 차라리 여기에서 하룻 밤을 보내고 가는 게 낫겠지?"

"아마도? 균현에서 남쪽으로 백 리 정도 떨어져 있다니까."

아이들의 시선이 벽우진에게로 향했다. 결정권자가 벽우진 이기에 자연스레 사부를 처다봤던 것이다.

"급할 것 없으니까 여기서 머물고 가자. 저녁에 가는 것도 예 의가 아니고."

"그럼 제가 객잔을 알아보겠습니다!"

"저도 같이 갈게요!"

객잔에서 일해본 경험이 있는 심대현이 알아서 나섰다.

그 뒤로 심소천이 뒤따르며 순식간에 사람들 사이로 사라지 자 벽우진이 피식 웃었다. 굳이 돈에 연연할 필요가 없는데도 아이들은 이상할 정도로 절약하려고 애쓰는 것 같아서였다.

"뭐, 낭비하는 것보다는 낫지만."

"그래도 귀엽지 않아요?"

"소천이는 몰라도 대현이는 아니지. 이제는 장정이라고 해도 될 정도인데. 내년이면 나보다 더 커질 것 같은데?"

"너무 크는 것도 좋지 않은데 말이죠."

"아냐. 남자는 일단 크고 봐야 해. 그게 키든 덩치든."

서예지의 말에 벽우진이 고개를 저었다. 키가 작은 것보다 는 큰 게 모든 점에서 나았기 때문이다.

"그런가요?"

"흠흠! 장문인."

거리의 한쪽에 비켜서서 심대현과 심소천을 기다리는데 진구가 슬쩍 다가왔다. 마치 할 말 있다는 표정으로 말이다.

"말씀하시죠."

"따로 둘러보고 오겠소이다."

"숙소는 정하고 가시죠."

"알아서 찾아갈 수 있소."

벽우진이 알겠다는 듯이 고개를 주억거렸다.

초행길이지만 개방이나 하오문을 통한다면 못 찾을 것도 없었다. 그렇기에 벽우진은 순순히 허락했다.

"조심히 다녀오시길."

"그럼."

진구가 금세 인파들 사이로 사라졌다. 애초의 목적인 제자를 찾기 위해 균현 곳곳을 돌아다녔던 것이다.

"응?"

무당산이 인근에 있어서 그런지 성도 못지않게 사람들로 바글바글한 마을을 돌아다니던 진구가 눈썹을 꿈틀거렸다.

사람들로 빽빽한 골목을 이리저리 부딪치며 지나갈 때 누군가가 번개 같은 손놀림으로 품속의 전낭을 빼가는 걸 느낄 수 있어서였다.

그것도 앞뒤로 사람들에 끼어 있던 찰나를 노리는 기가 막힌 수법에 진구가 헛웃음을 흘리며 고개를 돌렸다.

'어떤 놈이 감히.'

이리저리 치이는 순간을 노리고서 절묘하게 전낭만 빼가는 기술에 진구가 실소를 흘렸다.

아무리 병장기 하나 없이 도복 하나만 달랑 걸치고 있다고 하나 자신의 외모는 누가 봐도 위압감을 느낄 정도였다. 괜히 태산권이라 불리는 게 아니었다.

그런데도 배짱 좋게 도전하는 짓에 진구가 눈썹을 꿈틀거리며 고개를 돌렸다.

"호오."

한데 바람처럼 사람 사이로 빠져나가는 소매치기를 본 진구의 눈동자에 이채가 떠올랐다.

키는 오 척도 채 안 될 정도로 작고 마른 체격이었는데 의외로 신체적 균형이 좋았다. 제대로 먹지 못해 마른 체격임에도 근골이 훌륭했던 것이다.

"터가 좋아서 그런가. 그나저나 소매치기는 어디에나 있군."

진구가 혀를 찼다.

무당산에서 가장 가까운 마을이기에 균현에는 흑도 무리가 없었다. 심지어 흔하디흔한 뒷골목 왈패도 찾아보기 힘들었다.

하지만 소매치기나 기루, 빈민가는 균현에도 있었다.

스스슥!

날렵한 몸놀림으로 사람들 사이를 요리조리 빠져나가는 소매치기를 진구는 느긋하게 뒤쫓았다.

지 딴에는 나름 꼬리를 잡히지 않게 거리와 골목을 빙빙

돌며 흔적을 없애는 것이겠지만 진구에게는 소용없었다.

애초에 얼굴을 모르는 것이라면 모를까 제대로 본 상태였기에 놓치는 것은 불가능했다.

만약 놓치더라도 하오문에게 알아봐 달라고 하면 반 시진도 채 걸리지 않아 누군지 알아낼 수 있을 터였다.

"지가 용의주도해 봤자지."

고작해야 열 살 남짓한 아이였다. 아무리 약삭빨라도 아이는 아이였기에 진구는 느긋하게 주변을 살피면서 아이를 쫓아갔다.

"형, 형!"

거리를 몇 번이나 돌고 돈 소매치기는 빈민가가 아닌 균현 외곽의 작은 다리 밑으로 향했다.

인적이 드문 곳으로 달려가며 잔뜩 신이 난 목소리로 누군가를 불렀다.

그런데 아이의 목소리가 울려 퍼지기 무섭게 다리 밑에서 앙상하게 마른 남자아이가 절뚝거리며 걸어 나왔다.

개방의 제자가 아닐까 싶을 정도로 땟국이 흐르는 얼굴로 환하게 웃으며 아이를 반겼던 것이다.

"이것 봐! 오늘 제대로 한탕 했어! 이 돈이면 형 다친 다리도 치료할 수 있어!"

진구의 전낭을 크게 흔들며 소매치기가 소리쳤다.

하지만 제법 묵직한 소리를 내는 전낭을 보고도 형으로 보이는 남자아이는 고개를 저었다. 그러고는 손짓으로 무언가를 먹는 행동을 했다. 입이 있음에도 말을 하지 않고 말이다.

"밥 먹자고? 아냐. 나 배 안 고파. 오늘 아침에도 송사리 잡아서 구워 먹었잖아. 그리고 밥보다는 형 다리가 먼저지."

동생의 말에도 남자아이는 고개를 저었다. 이미 치료는 늦은 것 같아서였다.

게다가 다리 말고도 다친 곳이 워낙에 많았기에 치료비가 엄청 나올 게 분명했다.

"내가 슬쩍 봤는데 치료비 걱정은 하지 않아도 될 것 같아. 무려 금자도 있다니까!"

소리쳤던 아이가 순간 퍼뜩 놀라며 어깨를 움츠렸다. 그러고는 주변을 황급히 둘러봤다. 이곳에는 자신들만 있지만 그래도 혹시 몰라서였다.

"내 실수. 목소리가 너무 컸어. 큰돈은 피를 부르는 법인데. 어쨌든 일단 의방부터 가자, 형. 치료가 먼저야!"

아무도 없는 것을 확인한 아이가 다시금 형을 재촉했다. 밥보다는 형의 치료가 먼저라고 생각해서였다.

생각하긴 싫지만 어쩌면 늦었을 수도 있기에 아이는 한시가 급했다.

"걷는 자세를 보니까 다친 지 시간이 꽤 지난 거 같은데."

"으헉!"

등 뒤에서 들려오는 낯선 남자의 목소리에 반사적으로 몸을 돌렸던 아이가 화들짝 놀랐다. 왜냐하면 나타난 이가 바로 전낭의 주인이었기 때문이다.

그래서 아이는 형의 팔을 붙잡고서 주변을 살폈다. 도망칠 궁리를 했던 것이다.

"그 다리로 어떻게 도망치려고."

"어, 어떻게 찾아왔지?"

"허어. 예의를 밥 말아 먹은 놈이로다. 누가 봐도 아비뻘이거늘 대뜸 반말이라니."

아이가 입술을 깨물었다.

도망쳐야 하지만 안타깝게도 자신은 혼자가 아니었다.

더구나 형은 다리가 불편한 상태이기에 도망친다고 한들 얼마 가지 않아 붙잡힐 게 뻔했다.

'설마 무인인가? 하지만 무인처럼 보이지 않았는데. 무인이라면 순순히 빼앗기지도 않았을 테고.'

아이는 입술이 바짝바짝 말랐다.

최악의 상황이지만 만약 눈앞의 중년인이 사이비나 말코 도사가 아닌 진짜 무인이라면 도망친다고 한들 금세 붙잡힐 터였다. 또한 아주 고통스럽게 죽을 터였고.

'몇 번이나 확인했는데……! 어째서!'

소매치기는 기술도 중요했지만 그보다 더 중요한 게 눈썰미였다.

만만한 상대를 골라야 뒤탈이 없었기에 소매치기들은 보통 작업에 들어가기 전 몇 번이나 확인을 했다. 훔쳐도 되는지, 안 되는지를 말이다.

그렇게 고민하고 작업을 했는데 여기까지 쫓아오자 아이는 심장이 벌렁벌렁거렸다.

"우선 예의범절부터 가르쳐야겠군. 아니, 전낭이 먼저지."

진구가 무표정한 얼굴로 손을 내밀었다.

그러나 그것을 보고도 아이는 좀처럼 움직이지 않았다.

원래 주인은 진구였지만 지금은 그의 손아귀에 있었다. 그리고 이 전낭이 있어야 하나뿐인 형을 치료할 수 있기에 아이는 선뜻 돌려줄 수가 없었다.

"왜? 네 것 같더냐?"

"……."

아이가 눈치를 살폈다.

자신이 잘못한 것도 알고 있었고, 지금의 상황이 결코 좋지 않다는 것도 알았지만 그럼에도 아이는 이 전낭을 포기할 수 없었다.

지금도 늦었는데 여기서 더 시간이 지체된다면 평생 동안 다리를 절며 살아야 할지도 몰랐다. 그것만큼은 막고 싶었기에 아이는 전낭을 놓을 수가 없었다.

툭.

그때 다리가 불편한 형이 나섰다. 동생에게서 전낭을 빼앗았던 것이다.

손등에 힘줄이 돋아날 정도로 있는 힘껏 움켜쥐고 있던 손도 형의 손길에는 어쩔 수 없다는 듯이 풀렸고 전낭은 이내 형의 손으로 넘어갔다.

"으으!"

"형이 더 눈썰미가 있구나. 조금만 늦었어도 강제로 빼앗으려고 했는데. 근데 원래 말을 못 했느냐?"

천천히 다가와 두 손으로 공손히 전낭을 내미는 형의 모습에 진구가 서늘한 눈빛으로 동생을 쳐다봤다.

그러자 동생의 몸이 바짝 얼었다. 절망스럽게도 최악의 상황에 처한 것 같아서였다.

"예, 예!"

"다리는 언제부터 다쳤지?"

"다, 닷새 정도 되었어요."

차가운 진구의 목소리에 동생이 어깨를 움츠리며 대답했다. 생긴 것도 험상궂은데 목소리까지 내리까니 더욱 무서운 분위기를 조성했던 것이다.

반면에 형은 계속해서 고개를 숙이고 있었다. 동생 대신 사과하는 것이었다.

"나이는?"

"저, 저는 아홉 살이고 형은 열 살이에요."

"부모님은?"

난데없는 호구 조사였지만 아이는 이상하다 생각하지 못하고 고분고분 대답했다. 무게를 잡고 말하니 본능적으로 대답이 술술 나왔던 것이다.

"안 계세요."

"돌아가신 게냐?"

"몰라요. 어릴 때부터 저희 둘뿐이어서요."

"그런가. 넌 고개 들고. 동생이 잘못했는데 네가 왜 사과하고 있어?"

진구의 시선이 다시 형에게로 향했다.

하지만 그의 말을 들었음에도 불구하고 형은 고개를 들지 않았다. 그저 깊숙이 허리를 숙이기만 했다.

"죄, 죄송합니다."

"다리 밑에서 지내는 거냐?"

"……예."

"겨울에도?"

"네."

바람조차 막을 수 있는 게 없어 보이는 광경에 진구가 혀를 차며 물었다.

그러자 동생이 쭈뼛거리며 대답했다.

"죽지 않은 게 용하네."

"안 그래도 지난겨울에 동사로 많이 죽었어요. 저희는 그래도 같이 있어서……."

"일단 갈 곳도, 가족도 없다는 뜻이렷다."

"예."

"잘됐네. 따라와라."

두 소년이 눈을 동그랗게 떴다. 갑자기 따라오라는 말에 겁부터 집어먹은 것이었다.

동시에 어린아이를 잡아다가 세외에 노예로 팔아버리는 일당도 있다는 얘기가 떠오르자 동생의 동공이 격렬하게 흔들렸다. 일부러 신분을 속이기 위해 낡은 도복을 입은 건 아닌가 싶었던 것이다.

"어, 그러니까……."

"이상한 생각하는 것 같은데, 아니다. 나 곤륜파의 호법이다. 너희들을 데려가는 건 묻고 싶은 게 있어서고."

"곤륜파요?!"

동생의 목소리가 커졌다. 무당산에 가까운 균현에 있지만 그렇다고 세간의 소식에 둔한 것은 아니었다.

하지만 놀람도 잠시 이내 아이는 미심쩍은 눈으로 진구를 쳐다봤다.

"왜? 거짓말 같으냐?"

"어……."

"만약 내가 나쁜 의도로 너희들을 데려가려고 하는 것이었다면 이렇게 말로 할까? 손을 쓰는 게 더 편한데?"

"저희 둘을 들고 가기 귀찮아서 꼬드기는 것일 수도 있죠."

"의심만 많아서는."

진구가 헛웃음을 흘렸다.

냉혹한 세상에 두 형제만 덩그러니 있으니 의심이 많은 건 이해가 되었다. 오히려 순진한 성격이라면 그게 더 이상했을 테니까.

하지만 너무 의심이 많아 진구는 피곤해졌다.

"목숨이 달린 일인데요."

"내 전낭을 훔쳐간 주제에 너무 많이 따지는 것 같지 않느냐? 시키면 시키는 대로 해야 하는 게 너희들의 상황인 거 같은데."

"그, 그렇긴 하죠."

"싫으면 말아라. 강제로 데려갈 생각은 없으니. 하지만 너희 둘은 오늘 밤도 쫄쫄 굶어야겠지."

진구가 몸을 돌렸다.

이렇게까지 말했는데도 싫다면 그로서도 별수 없었다.

예전이었다면 억지로라도 끌고 가겠지만 그 역시 벽우진과 함께하면서 많이 변했다. 힘만이 능사가 아님을 깨달은 것이다.

"따, 따라가면 밥도 주나요?"

꼬르륵!

형제의 배에서 동시에 천둥소리가 흘러나왔다. 둘 다 극도로 허기진 상태였던 것이다.

"밥 정도야."

"가겠습니다!"

"따라오너라."

민망한 듯 얼굴을 붉히면서도 아이는 말을 번복하지 않았다. 대신 형의 팔을 꽉 붙잡으며 진구에게 다가갔다.

"예!"

"일단 의방부터 가자. 다친 것부터 확인해 봐야지."

"가, 감사합니다."

이유를 알 수 없는 호의였지만 아이는 일단 냉큼 받았다. 우선은 형의 치료가 먼저라고 생각해서였다.

"그런 말도 할 줄 아는군."

"헤헤헤!"

아이가 멋쩍게 웃었다. 자신이 말하고도 민망했던 것이다.

하지만 진구는 이내 몸을 돌려서 오는 길에 봤었던 가장 큰 의방으로 향했다.

◯

우걱우걱!

의방에서 치료를 받고 온 두 형제가 걸신이라도 들린 것처럼 원탁 위의 음식을 입안으로 쓸어 담았다. 아귀처럼 쉬지 않고 음식들을 흡입했던 것이다.

그 모습에 서예지를 비롯한 제자들이 초롱초롱한 눈으로 쳐다봤다.

"왜들 그렇게 쳐다봐?"

"신기해서요."

"호법님께서 이렇게 일찍 데려오실 줄은 몰랐거든요."

"기질이 완전 다른 거 같은데. 체격도 그렇고."

순식간에 쏟아지는 대답에 진구가 피식 웃었다.

하지만 딱히 놀라지는 않았다. 자신도 이렇게 될 줄은 꿈에도 몰랐기에 아이들이 놀란 것도 이해가 갔다.

"아이들과 얘기는 잘 된 겁니까?"

"일단은 그런 것 같소이다."

"지, 진짜 곤륜파의 장문인이세요?"

"어떤 것 같아?"

"어, 음⋯⋯."

동생인 등이규가 순간 당황한 표정을 지었다. 이렇게 반문할 줄은 몰라서였다.

그래서 등이규는 입을 우물거리며 눈치를 살폈다.

"맞다고 하면 순순히 믿을 거야?"

"들은 소문에 의하면 맞는 것 같아요. 패선께서 엄청 젊어 보인다고 들었거든요. 그리고 저 누나를 보니까 확실하다는 생각이 들어요. 장문인의 제자 중에 엄청난 미인이 있다는 말도 들었거든요."

등이규의 얼굴이 붉어졌다.

균현에서 나름 미녀라 불리는 이들을 제법 봤지만 그 누구도 서예지와 비교할 수는 없었다. 눈도 마주치기 힘들 정도의 미모에 등이규는 먹는 것도 잊은 채 고개를 숙였다.

"사칭하는 사기꾼들일 수도 있지. 곤륜파 장문인의 유명세를 이용하려고."

"에이. 저희 형제한테 뜯어먹을 게 뭐 있다고요."

··· 제9장 ···

용봉회(龍鳳會)

등이규가 웃으며 손사래를 쳤다. 자신들이 부잣집 도련님이라면 모를까 빼먹을 것도 없는데 사기꾼들이 작업을 할 리가 없었다. 차라리 인신매매라면 모를까.

근데 그게 목적이라면 굳이 곤륜파의 이름을 거론할 필요가 없었다.

"눈치가 빠른데."

"전직 소매치기라고 그렇소이다."

묵묵히 앉아 있던 진구가 한마디를 툭 내뱉었다. 굳이 숨길 필요는 없다고 생각해서였다.

그렇다고 단순히 손버릇이 나쁘거나 부를 축적하기 위해서가 아니라 생존을 위한 수단이었기에 진구는 아예 처음부터 밝혔다. 나쁜 짓인 건 분명했지만 어느 정도 참작할 여지가 있다고 생각해서였다.

"어, 소매치기인 건 맞는데 하고 싶어서 한 건 아니었어요."

스윽.

뜬금없는 순간에 밝히는 진구의 말에 등이규가 당황한 표정을 지었다. 죄인처럼 어깨를 움츠리며 주위의 눈치를 살폈던 것이다.

그러자 형인 등선규가 먹는 것을 멈추고 동생의 손을 붙잡았다. 모든 이들이 동생을 손가락질해도 그만은 언제나 등이규의 편이었다.

"앞으로 안 하면 되지."

"혼, 안 내세요?"

"사람을 죽인 것보다는 낫지. 어차피 네가 훔칠 수 있는 돈이라고 해봐야 푼돈일 테고. 운이 좋아서 큰돈을 훔쳐도 금세 다른 애들한테 빼앗겼겠지."

"헉!"

등이규가 귀신이라도 본 듯한 얼굴로 벽우진을 쳐다봤다. 너무나 정확하게 그의 과거를 꿰뚫어봐서였다.

"그리 놀랄 것 없다. 나 정도 살면 자연스레 보이는 게 있으니까. 어쨌든 진 호법님의 전낭을 털다가 만난 거구만? 참 배짱도 좋다."

"그러게요. 보통은 엄두도 내지 못하는데."

"간이 진짜 큰 것 같습니다."

벽우진이 재미있다는 듯이 말하자 서예지와 도일수도 옅게 웃으며 말을 이었다. 나이도 어려 보이는데 배짱이 보통 아닌 것 같아서였다.

"그게, 형을 치료하려다가 그만⋯⋯."

"나무라는 거 아니니까 그리 긴장할 거 없다. 밥도 마저 먹고. 선규라고 했던가? 너도 얼른 먹어. 몸도 성치 않은 애가."

꾸벅.

말을 못 하는 등선규가 공손하게 고개를 숙인 후 다시 폭풍같은 식사를 하기 시작했다.

벽우진은 그런 두 사람의 모습을 찬찬히 둘러봤다.

'제대로 먹지 못해서 둘 다 마른 체형이기는 하지만 근골은 나쁘지 않네. 골격도 옹골차고. 확실히 진 호법님의 무맥을 잇기에 괜찮은 육체야. 다만⋯⋯.'

벽우진의 시선이 등선규에게로 향했다.

동생인 등이규의 근골도 훌륭한 편이었지만 등선규에 비할 바는 아니었다. 비쩍 마른 모습임에도 벽우진은 등선규의 자질을 한눈에 알아봤던 것이다.

다만 우려가 되는 것은 바로 말을 하지 못한다는 점이었다.

'선천적인 벙어리라고 했던가. 무공을 익히는 데 크게 중요하지는 않지만 불편한 것은 사실이지. 전음도 성대가 어느 정도는 움직여 줘야 할 수 있으니까.'

전음은 입을 다물고도 뜻을 전달할 수 있었다. 그러나 만능은 아니었다. 말을 아예 하지 못한다면 전음 역시 펼치지 못할 가능성이 농후했다.

그렇다면 의념을 전달할 정도의 수준이 되어야 한다는 뜻인데, 그 길은 전음보다 훨씬 어려웠다.

"둘은 나이가 어떻게 돼?"

"저는 아홉 살이고 형은 열 살이에요."

벽우진이 입을 다물자 다시 조용해진 식탁의 분위기에 도일수가 조심스럽게 물었다.

서열은 막내지만 나이는 제자들 중에 그가 가장 많아서였다. 또한 사회 경험 역시 가장 많았고.

"와! 나보다 동생이다!"

"선규는 율석이랑 동갑이네."

등이규의 대답에 심소혜가 활짝 웃으며 박수를 쳤다. 이번에도 다 자기보다 어려서였다.

"누가 봐도 누나는 저보다 누나로 보이는데요?"

"내가 키가 좀 크기는 하지?"

심소혜가 히죽 웃으며 콧대를 세웠다. 예전과 달리 키가 상당히 자란 상태여서였다. 마치 대나무처럼 하루가 다르게 자라고 있기도 하고.

"발목은 어떻답니까? 의방에 다녀오신 걸로 아는데."

"다행히 뼈가 붙기 전이라고 하더이다. 일단 부목을 해서 제대로 붙게 만드는 중인데 적어도 4주는 두고 봐야 할 것 같소."

"다행이군요. 다시 부러뜨리고 붙이는 지경까지는 안 가서."

흠칫!

너무나 담담한 표정과 달리 섬뜩한 말을 아무렇지 않게 내뱉는 벽우진의 모습에 등선규와 등이규가 동시에 움찔거렸다.

그러면서 새삼 자신들이 무인들과 함께 있다는 사실을

알 수 있었다.

"뭐 해? 먹지 않고."

"아, 네."

일순 굳어버린 둘의 모습에 심소혜가 웃으며 말했다. 자기도 아무렇지 않다는 얼굴로 말이다.

그 모습에 등이규는 새삼 무인들이 얼마나 무서운 존재인지 다시 한번 깨달았다.

'근데 곤륜파면 도가 계열의 문파 아닌가?'

등이규가 계란탕을 한 입 떠먹으며 의아한 표정을 지었다. 도복을 입고 있기는 했지만 도사 같다는 느낌은 전혀 들지 않아서였다.

특히 제자가 되라고 했던 진구는 누가 봐도 산적이나 장수 같았지 도사처럼 보이지는 않았다.

"지금도 긴가민가하지?"

"어……."

"이해해. 우리가 좀 가족 같은 분위기라. 근데 한 번 멸문지화를 입어서 어쩔 수가 없었어. 그래도 이번에 속가제자들을 받아서 외롭지는 않을 거야. 이 아이들도 있고."

"네에."

"근데 글은 좀 알아?"

원탁에는 음식이 한가득 있었지만 정작 한 젓가락만 먹고 이후에는 한 입도 대지 않던 벽우진이 갑자기 물었다.

그러자 두 형제가 반사적으로 고개를 저었다.

"모, 모르는데요."

"일단 글부터 시작해야겠네요. 몸도 불리면서 말이죠."

"안 그래도 그리할 생각이었소."

진구가 조용히 고개를 주억거렸다.

두 형제가 밥을 먹는 사이 그는 앞으로의 일정을 짜고 있었다. 특히 등선규에 대해서 말이다.

"저기 이런 말 해도 되는지 모르겠는데, 한 가지 물어보고 싶은 게 있어서요."

"얼마든지. 아, 나에 대한 욕이나 궁금증은 제외하고."

"그런 건 아니에요."

"말해봐."

벽우진이 편하게 물어보라는 듯이 고개를 주억거렸다.

하지만 그런 벽우진의 말에도 등이규는 선뜻 입을 열지 못했다. 말할 듯 말 듯 고민했던 것이다.

그러자 다른 아이들도 궁금한 얼굴로 등이규를 주시했다.

"저희 형제는 곤륜파의 무공을 배우는 건가요? 아까 스승님께서 말씀하시길 곤륜파의 호법이라고 말하셨거든요. 그러면서 전수할 무공에 대해서 간략하게 설명해 주셨는데……."

"아는 곤륜파의 무공이 단 하나도 없었지?"

"예."

등이규가 조심스럽게 진구의 눈치를 살피며 물었다.

나중에 진구에게 따로 물어봐도 되는 문제였지만 그래도 그는 확실하게 짚고 넘어가고 싶었다.

자기 하나만의 일이라면 모르겠으나 형의 인생까지도 걸린 문제였다. 그렇기에 등이규는 확실하게 듣고 싶었다.

"엄밀히 말하자면 곤륜파 소속이라고는 하기 힘들지."

"크흠!"

"맞지 않습니까?"

"그건 그렇소만……."

"아니면 앞으로도 계속 함께하실 겁니까?"

벽우진이 장난스러운 기색으로 물었다.

반쯤 농담 삼아서 한 말이었다. 그런데 진구의 태도가 이상했다. 단칼에 거절하는 대답이 나와야 하는데 그러질 않았다.

"으음!"

진지하게 고민하는 기색으로 대답을 아꼈던 것이다.

그 모습에 서예지는 물론이고 심소혜를 제외한 제자들이 놀란 표정을 지었다. 예상한 것과 전혀 다른 모습에 다들 놀란 것이었다.

"아직 시간은 남아 있으니 충분히 고민하셔도 됩니다."

"어, 그럼 저희는 곤륜파 소속이 아닌 건가요?"

이어지는 벽우진의 말에 등이규의 동공이 흔들리기 시작했다.

당연히 곤륜파의 제자가 되는 것이라고 생각했는데 두 사람의 대화를 들어보니 또 그건 아닌 것 같아서였다.

"왜? 곤륜파의 제자라는 게 중요해?"

"당연하죠! 곤륜파는 명문대파잖아요! 이왕이면 명문대파 소속이 낫죠."

"어린 게 벌써부터 발랑 까져서는."

"배경이 든든한 게 얼마나 중요한데요."

피식 웃는 벽우진을 향해 등이규가 진지하게 말했다.

가진 게 없었기에 든든한 뒷배가 얼마나 중요한지 너무나 잘 알고 있는 등이규였다. 그리고 진구의 제안을 받아들인 것 또한 그 이유에서였고.

"만약 진 호법님의 제의를 거절하면 다시 뒷골목을 전전해야 될 텐데?"

"……."

등이규의 눈동자가 흔들렸다.

어리지만 철이 빨린 든 만큼 그는 세상을 잘 알았다. 그래서 더욱 당돌하게, 영악하게 살아왔고.

"농담이다. 곤륜파의 제자는 아니더라도 연은 유지가 되니 그 부분은 걱정할 거 없다."

"남겠소이다."

"음?"

"사실 고민은 좀 했소. 아니, 했습니다. 다시 혼자 산속으로 들어갈 자신도 없고. 또 소혜를 보지 못하게 되는 것도 싫고 말이지요."

진구가 말투를 바꿨다. 끝끝내 반존대를 하던 그가 처음으로 벽우진을 향해 존칭을 했던 것이다.

"그 말씀은?"

"곤륜파에 남겠습니다. 어차피 뿌리가 곤륜파에서 시작된 것이기도 하니, 다시 제자리로 돌아간다고 생각하면 될 일이지요. 여타의 곤륜의 무공들이 그러했듯이."

"제자의 힘이 대단하기는 하군요."

"장문인도 마찬가지지 않습니까."

벽우진이 옅게 웃었다. 그 역시 동감해서였다.

"맞습니다. 저를 참 많이 변화시켰지요."

"잘 부탁드립니다."

"저야말로. 자, 그럼 얘기도 끝났으니 본격적으로 밥 먹자. 오늘 푹 쉬고 내일은 무당산에 올라가야 하니. 너희들도 모자라면 더 시키고."

"무당산이요?"

조용히 벽우진과 진구의 대화를 지켜보던 등이규가 눈을 껌뻑거렸다.

반면에 얌전히 듣고만 있던 등선규는 딱히 놀라지 않았다. 대신 새로 나온 음식을 동생의 앞접시에 덜어주었다.

"그럼 균현에 우리가 왜 왔겠어?"

"아."

"너희들에게야 무당산이 가깝지만 우리에게는 아니야. 큰마음을 먹어야 올 수 있는 곳이지."

"그러고 보니 저희들도 곧 청해성으로 가게 되겠네요."

"당연하지."

등이규가 묘한 표정을 지었다. 그래도 십 년 가까이 균현에서 살아왔는데 떠나야 한다고 하자 기분이 이상해졌던 것이다.

"물리고 싶으면 지금 물려야 해. 내일은 늦어."

"에?"

그때 양일우가 슬쩍 입을 열었다.

하지만 그의 입가에는 장난스러운 미소가 맺혀 있었다.

"지금이 마지막 기회라고. 도망칠 수 있는."

"형은 왜 애한테 쓸데없이 겁을 줘?"

"겁이라니. 사실을 말해주는 건데."

양이추가 양일우를 타박했다. 좋은 분위기를 괜히 망치는 것 같아서였다.

"농담도 때가 있는 법이야."

"나중에 후회하는 것보다는 차라리 지금 거절하는 게 나을 수도 있지. 어쩌면 무인이 되고 싶어 하지 않았을 수도 있고. 단순히 현재 상황에서 벗어나고자 받아들인 걸 수도 있잖아."

"그렇기는 하지. 아직은 어리니까."

양이추의 시선이 등선규, 등이규 형제로 향했다.

아직 스스로의 미래를 결정하기에는 둘 다 어린 나이였다. 정말로 배고픔을 면하고자 진구를 따라가겠다고 한 걸 수도 있었고.

"그런 건 아니에요. 신중하게 고민 끝에 내린 결정이에요."

끄덕끄덕.

등이규의 말에 등선규가 고개를 주억거렸다. 고민은 짧았지만 그렇다고 대충 결정한 것은 절대 아니었다.

"그렇다면 다행이고. 대신 시작하기로 했으니 제대로 해야

해. 우리는 게으름 피우는 거 못 보니까."

"형이 걱정 안 해도 될 것 같은데? 이 녀석들 사부가 누군지 잊었어?"

"아."

양일우가 계면쩍게 웃었다.

하지만 그럼에도 분위기는 화기애애했다. 진짜 가족처럼 화목한 분위기를 풍겼던 것이다.

그 광경을 등이규는 조용히 지켜봤다.

'일단 사람들은 나쁘지 않네. 진짜 곤륜파인지는 내일이면 알게 될 테고.'

다른 곳도 아니고 무당파였다. 그런 대문파에서 사기꾼이나 사칭하는 자들을 몰라볼 리 없었기에 등이규는 내일이면 이들의 말이 거짓인지 진실인지 확실하게 알 수 있을 거라고 생각했다.

물론 지금 먹고 있는 음식들만 하더라도 충분히 남는 장사였지만 말이다.

우걱우걱.

생각을 정리한 등이규가 다시 음식을 입안으로 쓸어 담기 시작했다. 중간중간 형도 챙기면서 말이다.

똑똑똑.

저녁 식사를 마치고 조용히 방에서 쉬고 있는데 문을 두드리는 소리가 들렸다.

그에 벽우진이 고개만 살짝 돌렸다.

"들어오시죠."

"늦은 시간에 죄송합니다."

"아닙니다. 아직 안 자고 있었는데요. 늙어서 그런지 잠이 없어지기도 했고요. 앉으시죠."

조금은 건들거리던 진구가 확 달라진 태도를 보이자 벽우진은 조금 낯선 기분이 들었다. 이렇게 갑자기, 확 달라질 줄은 정말 몰라서였다.

하지만 그게 이상하다고 생각하지는 않았다. 변하지 않는 사람도 있지만, 변하는 사람도 있었다.

'그 계기가 제자들일 테지.'

나이는 어려도 당돌하게 자기 할 말은 다 하던 등이규를 떠올리며 벽우진이 슬쩍 웃었다.

생김새는 물론이며 덩치도 진구와는 닮은 게 전혀 없지만 묘하게 비슷한 거 같아서였다. 정작 구배지례도 아직 하지 않은 상태인데 말이다.

"무당파에 들어가면 따로 시간이 나지 않을 것 같아서 늦은 시간이지만 찾아오게 되었습니다."

"편하게 하세요. 너무 예의를 차리시니 제가 다 불편하네요. 물론 우리의 시작이 썩 좋지 않은 건 알고 있지만요."

"……그때는 제가 너무 무례했었지요."

"아닙니다. 충분히 그럴 수 있다고 생각합니다. 강제로 모셔온 제가 잘못한 것은 분명하니까요. 물론 다시 그때로 돌아간다고 해도 저는 그렇게 할 것이지만요."

달랑 청민과 청범밖에 없던 때가 바로 그 시기였다.

가장 중요한 사람이 없던 시기였기에 벽우진은 만약 다시 과거로 돌아간다고 해도 똑같은 결정을 내렸을 터였다.

"이해합니다. 지금은 오히려 감사하게 생각하고 있고요."

"그렇다면 다행입니다."

"늦은 시간인 만큼 짧게 여쭙고 나가겠습니다."

"오래 계셔도 됩니다. 저나 진 호법님이나 하루 안 잔다고 피곤함을 느끼는 몸은 아니지 않습니까."

벽우진이 부드럽게 웃으며 말했다. 늦었다고 강조하지만 아직 자정도 되지 않아서였다.

굳이 진구가 아니더라도 벽우진의 취침 시간은 자정 이후였다.

"장문인의 개인 시간을 방해할 수는 없으니까요."

"무엇을 묻고 싶으신 겁니까?"

"비천단을 하나 얻을 수 있을까 해서요."

진구가 평소답지 않게 쭈뼛거리며 입을 열었다.

아무리 그가 곤륜파의 호법이라고 하지만 비천단을 요구하는 건 다른 문제였다.

여유분이 제법 있다고 하지만 비천단은 곤륜파의 보물이자 재산이었다. 그가 함부로 사용할 수 없고 벽우진의 재가가 있어야 했기에 늦은 시간임에도 찾아올 수밖에 없었다.

"선규 때문이군요."

"예."

"의방에서는 뭐라고 말합니까? 환골탈태를 하면 말을 할 수 있다고 하던가요?"

"환골탈태를 한 무인을 본 경우가 없어 확신하지는 못했습니다. 하지만 비현이라면 가부에 대해서 말해줄 수 있지 않을까 생각합니다. 만약 환골탈태로 치료가 가능하다면 비천단을 하나 허락받고 싶습니다."

"흐음."

벽우진은 곧바로 대답하지 않았다.

지금까지는 문파를 재건한다고 비천단을 많이 사용했지만 사문의 미래를 생각하면 이제 절제를 해야 했다. 비천단을 무한히 만들어낼 수 있는 건 아니었으니까.

게다가 비현이 떠날 것도 감안해야 했다.

'제조 방법이 남아 있기는 하지만 만드는 방법을 안다고 해서 처음부터 똑같이 만들어낼 수 있는 것은 아니니.'

완성하는 것도 중요하지만 그 못지않게 중요한 것이 바로 일정한 품질이었다. 그것을 유지해야지만 진정으로 완성했다고 할 수 있었고, 그걸 가능하게 하는 이는 현재 곤륜파 내에서 비현뿐이었다.

그렇기에 비천단을 사용하는 건 심사숙고해야만 했다.

"허락해 주신다면 뼈를 묻겠습니다."

"오늘 처음 본 아이입니다. 너무 섣불리 결정하시는 것 아닙니까?"

"두 아이라면 제가 이루지 못한 것들까지도 이룰 수 있을 거라는 생각이 들었습니다. 저는 대성을 못 했지만 두 아이라면 가능할 것 같습니다."

"그럴 수도 있겠지요. 하지만 반대로 두 아이가 떨어져 나갈 수도 있습니다. 이 세상에 절대적인 건 없다는 것을 호법께서도 알고 계시지 않습니까."

"선규를 치료한다면 이규는 절대 곤륜파를 떠나지 않을 것입니다. 당사자인 선규 역시 마찬가지고요."

벽우진이 말없이 진구를 향해 차를 따라주었다.

그리고 자신의 찻잔에도 차를 따른 후 한 모금 들이켰다.

"그 정도로 마음에 드신 모양입니다."

"예, 이미 확인도 다 한 상태입니다. 물론 제 예상일 뿐이지만요."

"드리죠. 이규에게도 하나를 주겠습니다. 형제한테는 차별하면 안 되니."

"저, 정말이십니까?"

진구의 통방울만 한 눈이 더욱 커졌다.

하나만 허락을 받아도 감지덕지라고 생각했는데 무려 두 개를 준다고 하자 믿기지가 않았던 것이다.

"사천당가에도 팔았는데 호법님들께 드리지 못할 이유가 없지요. 물론 사천당가가 처음이자 마지막인 외부 유출이겠지만요."

"감사합니다!"

"아닙니다. 오히려 제가 감사하지요. 억지로 끌려 나오셨는데. 그리고 사실 비현 호법님과 준비는 하고 있었습니다. 어떻게 보답해야 할지 하다가 비천단 얘기가 나왔었거든요. 비천단이 보물인 건 맞지만 호법님들보다 중요한 것은 아니니까요."

진구의 눈가가 촉촉해졌다. 설마하니 벽우진이 이런 생각을 가지고 있을 줄은 몰라서였다.

"감사합니다! 감사합니다!"

"물론 두 개나 나갈 줄은 몰랐지만 말이죠, 하핫!"

예상치 못한 진구의 반응에 벽우진이 짐짓 크게 웃었다. 이런 분위기가 될 줄은 정말 몰라서였다.

"더욱 열심히 일하겠습니다."

"지금만 해도 충분합니다. 한 가지 바람이 있다면 아이들을 잘 키워주시길."

"걱정 마십시오."

생각 외로 훈훈한 분위기 속에서 대화가 이어졌다.

그리고 그 대화는 자정이 될 때까지 끊이지 않았다.

무당산 초입에 도착한 아이들이 두 눈을 휘둥그레 떴다. 높이도 높이지만 영험한 기운이 물씬 풍겼던 것이다.

곤륜산처럼 웅장한 느낌은 덜하지만 대신 영산이라는 말이 절로 떠오를 정도로 신묘한 분위기를 풍기는 무당산의 절경에 아이들이 입을 쩌억 벌렸다.

"사람도 많아요."

"아무래도 남존무당이라 불릴 정도로 명성이 드높은 게 무당파니까. 구대문파를 꼽으면 늘 소림과 함께 첫손에 거론되는 문파이기도 하고."

"그래도 난 곤륜산이 더 좋아. 한적하니 고아한 풍취가 있다고나 할까."

"솔직히 우리는 구경하러 온 거지, 뭐."

아침임에도 무당산을 오르는 수많은 이들을 둘러보며 아이들이 재잘거렸다.

그리고 그들의 곁에는 어제부로 합류한 등선규와 등이규가 있었다.

"곤륜산이 그렇게 커요?"

"무당산보다 훨씬 크고 넓지. 대신 험하기도 하고."

"그래도 길은 잘 닦여 있어. 관리를 꾸준히 해주고 있거든."

한 번도 균현을 벗어나 보지 못한 등이규의 질문에 심소혜와 심소천이 대답했다. 하루밖에 지나지 않았지만 제법 많이 친해진 모양새였다.

"서둘러야겠어요. 자칫 잘못하다가는 해검지(解劍池)에서 오래 기다려야 할지도 몰라요."

"그게 절차라면 어쩔 수 없지."

서예지의 말에도 벽우진은 어깨를 으쓱거렸다.

의외로 속 편하게 생각하고 있었던 것이다.

그리고 한 번 정도는 충분히 기다려 줄 용의가 있었고.

'두 번은 힘들겠지만.'

다른 사람들도 알고 있겠지만 벽우진의 인내심은 결코 길지 않았다.

하지만 색다른 경험 한 번 정도는 참을 수 있었다. 무당산을 방문한 건 벽우진도 처음이었으니까.

"그래도 서두르는 게 나을 것 같습니다."

"이럴 때는 민호가 좀 부럽다니까. 아무것도 안 가지고 다니니까."

진구까지 합세하자 벽우진은 어쩔 수 없다는 듯이 발걸음을 옮겼다.

그러나 서두르지는 않았다. 산을 오르면서 볼 수 있는 정취가 상당히 훌륭해서였다.

"대신 몸이 무기잖아요."

"그렇긴 하지. 피도 극독을 함유하고 있으니까."

"근데 가마를 타고 올라가는 사람도 많네요."

슬쩍 벽우진의 곁으로 다가온 심소혜가 재잘거렸다. 걸으면서도 입을 쉬지 않았던 것이다.

"부럽니?"

"아뇨! 저는 이렇게 다 같이 얘기하면서 올라가는 게 좋아요."

"가마를 타고도 대화는 할 수 있어."

"그럼 다른 사람들에게 피해가 가잖아요."

"후후!"

앙증맞은 입을 오물거리며 대답하는 심소혜를 보며 벽우진이 빙그레 웃었다. 누구 제자인지 정말 반듯하게 자란 것 같아서였다.

"나들이 온 것 같은 기분도 들고요."

"앞으로는 자주 나오자. 바람도 쐴 겸."

"저는 좋아요! 헤헤!"

"목말을 태워주고 싶은데, 이제는 다 커서 태울 수가 없네. 이제는 숙녀가 되어서 말이지."

"으히히히!"

숙녀라는 말에 심소혜가 부끄러운 듯이 고개를 푹 숙였다.

하지만 입은 귀에 닿을 정도로 쭉 찢어져 있었다.

"정말 많이 크기는 했죠. 꼬마 아이가 꼬마 숙녀가 되었으니."

"꼬마 숙녀는 싫어요."

심소혜가 서예지를 쳐다보며 입을 오물거렸다.

숙녀라는 말은 좋지만 앞에 붙은 꼬마는 마음에 들지 않았다.

"벌써 사춘기가 오면 안 되는데. 언니 오빠들 힘들어지는데."

"꼬마 아닌데……."

"그럼 소녀 해. 소녀는 괜찮잖아?"

놀리듯이 말하는 서예지에게서 고개를 확 돌리는 심소혜를 향해 심소천이 다가왔다. 그리고는 히죽 웃으며 머리를 쓰다듬었다.

"소녀도 마음에 안 들어."

"으이구. 숙녀라는 단어에 꽂혀서는."

"머리 만지지 마! 아침부터 열심히 신경 써서 말렸는데."

"괜찮아, 괜찮아. 좀 헝클어져도 귀여우니까."

심소천과 티격태격하는 심소혜의 모습에 벽우진이 빙그레 웃었다. 참 보기 좋은 광경이어서였다. 평화로운 한 장면이기도 했고.

"저기 저 사람 형도 알지? 균현에서 제일 잘 나가는 명문가 자제야."

끄덕끄덕.

"옷도 엄청 화려하다. 얼굴도 잘생기고. 게다가 호위무사들도 있어."

말끔한 얼굴에 영웅건까지 둘러메고 서릿발 같은 기세를 뿌리는 호위무사들을 대동한 채 무당산을 오르는 청년을 쳐다보며 등이규가 중얼거렸다. 같은 남자가 봐도 참으로 멋져 보였다.

그런데 그건 시작에 불과했다. 고관대작의 자제는 물론이고 균현 인근 군소방파의 대제자나 후계자들이 줄줄이 무당산을 오르는 모습에 등이규는 기가 팍 죽었다.

"어후……."

등이규가 주눅이 팍 든 얼굴로 주변을 힐끔거렸다. 한 명만 나타나도 식겁할 인물들이 주위에 수두룩하게 보이자 절로 긴장이 되었던 것이다. 불과 하루 전만 하더라도 등이규는 감히 저들을 마주 볼 자격도 없는 신분이었다.

"어깨 펴. 대 곤륜파의 제자가 고작 저 정도 이들에게 왜 주눅을 들어?"

"맞아. 너는 더 이상 혼자가 아니야. 네가 하는 모든 행동이 진 호법님에게도 영향을 끼친다는 걸 명심해."

"아……."

"겁먹을 것 없어. 이제 우리는 한 가족이니까."

정처 없이 흔들리던 등이규와 등선규의 동공이 빠르게 안정을 되찾아갔다. 양일우, 양이추 형제의 말이 그들의 가슴을 울렸던 것이다.

특히 가족이라는 말이 두 사람의 가슴에 화인처럼 박혔다. 지금껏 두 형제 말고는 아무도 해주지 않았던 말이 양일우에게서 흘러나왔기 때문이다.

"모두가 너희들을 손가락질해도 우리만은 언제나 네 편이야."

"사부님 역시 마찬가지고. 속가제자들의 죽음에 대막까지 쳐들어간 이야기는 소문으로 들어봤겠지?"

"예."

"우리 사부님은 그런 분이셔."

"또한 대막도 평정하셨지. 진 호법님도 한 손 거드셨고."

조용히 등선규, 등이규 형제를 따라 걷던 진구의 입술이 씰룩거렸다. 양일우와 양이추의 띄워주는 말에 입꼬리가 올라가는 걸 가까스로 막는 중이었다.

"예!"

"물론 아직은 입문도 하지 못했지만."

"우리도 똑같았는데, 뭘."

두 사람이 서로를 쳐다봤다.

사실 이렇게 말은 해도 양일우나 양이추를 비롯해서 다른 제자들 역시 정식으로 무공에 입문한 지는 그리 오래되지 않았다.

　하지만 그럼에도 지금의 수준에 오를 수 있었던 건 노력도 노력이지만 또래의 아이들이 겪어보지 못한 다양한 경험을 쌓은 덕분이었다. 사선도 꽤나 많이 넘었고 말이다.

　'어떻게 보면 잡초라고 해야 하나.'

　화단에서 돌봄을 받으며 자란 화초와 달리 그나 다른 제자들은 목숨을 건 전투들도 수없이 겪었다. 다른 명문대파의 후기지수들과는 다르게 말이다.

　'아마 이 녀석들도 평탄하지는 않겠지.'

　양일우가 묘한 미소를 머금었다. 호법님들의 제자들이 어떻게 가르침을 받는지 그는 너무나 잘 알고 있어서였다.

　하물며 배율석조차 매일 밤 끙끙 앓을 정도로 고된 수련을 하는 중이었다.

　"그러니까 열심히 해. 선규는 일단 치료부터 확실하게 하고."

　"예."

　끄덕.

　자연스럽게 바짝 얼어 있던 두 사람의 긴장을 풀어준 양일우가 다시 전방을 바라봤다. 대화하다 보니 어느새 해검지에 거의 다 와 있었던 것이다.

　그리고 온갖 사람들이 모여 있는 것도 확인할 수 있었다.

　"진짜 검을 놓고 가네요."

"무당파를 존경한다는 의미로 병장기를 맡기는 것이지. 물론 방문객 전부가 다 그러는 것은 아니고 무당파에서 허락한 이는 병장기를 소지할 수 있다고 하더라고."

"아하."

신기한 눈으로 해검지에 자신들의 무구를 내려놓는 이들을 구경하던 심소혜가 고개를 주억거렸다. 어떻게 보면 자신의 목숨이나 다름없는 병장기를 순순히 맡긴다는 게 신기했던 것이다.

"장문령부 같은 건 허가되지 않을까요? 한 문파를 대표하는 물건이자 보물인데요."

"그건 나도 잘 모르겠네. 무당파를 방문하는 건 나도 처음이라."

조심스럽게 물어오는 서예지를 향해 벽우진이 어깨를 으쓱거렸다.

하지만 검을 맡겨야 하는 게 무당파의 규칙이라면 굳이 거절할 생각은 없었다.

"아무리 그래도 그건 아닌 거 같아요."

"그렇게 하기 싫으면 들어가지 않으면 되는 거고. 답은 간단하지. 그런데도 어떻게든 병장기를 가지고 들어가겠다면 그럴 만한 이유가 있는 것이겠지?"

서예지의 시선이 무상검으로 향했다. 저 검이 어떤 의미인지 모르지 않기에 해검지에 놓고 가기가 걱정되었던 것이다.

"누가 훔쳐갈 수도 있고 말이죠. 책임은 물론 무당파가 지겠지만, 그래도 분실 사고가 일어나면 문제가 커지지 않을까요?"

"허투루 관리하지는 않겠지. 견물생심이라고 사람인 이상 욕심에서 초탈하기가 쉽지 않지만, 그래도 도인이니까 믿어 봐야지. 다른 곳도 아니고 무당파인데."

"전 그래도 불안해요."

"난 그것보다 점심을 굶어야 할지도 모른다는 사실이 걸리는데. 우리 애들 굶으면 안 되는데. 한창 자랄 시기인데 말이지."

벽우진은 길게 늘어선 줄을 보며 눈살을 찌푸렸다.

무상검이야 맡기는 것이니 크게 걱정하지 않았다. 어차피 신외지물이었고. 하지만 제자들을 굶기는 것은 참을 수 없었다.

"아는 얼굴이 있으면 좋겠는데……."

"근데 진짜 사람 많네. 우리도 최소 무당파 정도만큼의 인원은 되어야 하는데."

벽우진이 턱을 쓰다듬었다. 새삼 무당파의 위세를 느낄 수 있어서였다.

오독문과의 전쟁으로 피해가 적지 않았다고 하지만 그럼에도 무당파는 무당파였다.

또한 사람을 대하는 것도 모자람이 없었다.

"저희도 곧 그렇게 될 거라고 생각합니다."

"너희들의 역할이 아주 중요하다는 거 알지?"

"예."

"기대가 커."

자신만만하게 대답하는 양일우의 모습에 벽우진이 흡족한 미소를 지었다. 시간이 흐를수록 다들 든든하게 잘 성장하는 것 같아서였다.

"이대로라면 정오가 지나도 해검지를 넘지 못할 것 같습니다."

"민호가 있었다면 다짜고짜 무당파 제자들부터 불렀겠지요."

벽우진만큼이나 제자들이 배고플까 봐 신경이 쓰이는지 진구가 미간을 좁혔다. 그가 보기에도 한 시진 안에 해검지를 지날 수 있다고 장담하기 힘들어서였다.

일반 양민들은 애초에 병장기가 없기에 그냥 지나갔지만 문제는 역시나 무가나 무문에서 찾아온 방문객들이었다.

"헉! 장문인!"

그때 해검지에서 매서운 눈으로 삼대제자들이 일 처리를 지켜보던 날카로운 인상의 중년인이 퍼뜩 놀라며 소리쳤다.

그러자 일을 하고 있던 삼대제자들은 물론이고 순서를 기다리던 방문객들 역시 깜짝 놀라며 고개를 뒤로 돌렸다.

"응?"

"이, 이쪽으로! 아니, 제가 가겠습니다!"

중년도사가 헐레벌떡 달려왔다. 제운종까지 펼치며 벽우진 일행을 향해 날아왔던 것이다.

그 모습에 주변에 있던 이들이 하나같이 궁금한 표정을 지었다. 도대체 누구기에 무당파의 일대제자가 저럴까 싶었던 것이다.

"뭐야? 갑자기 왜 그래? 사람 불편하게."

"제가 모시겠습니다. 장문인을 비롯해서 곤륜파 분들이 오시면 극진하게 뫼시라는 명이 있었습니다."

"누가?"

"저희 장문인이요."

벽우진이 헛웃음을 흘렸다. 설마하니 이렇게 지시가 내려와 있을 줄은 몰라서였다.

하지만 진구는 오히려 당연하다는 표정을 지었다.

"나야 편하니까 좋긴 한데 해검지는 들러야 하는 거 아냐?"

"괜찮습니다. 대부분의 귀빈들 역시 병장기 소지를 허락받거든요."

"그래?"

"예, 그리고 저희 장문인께서 말씀하시기를 벽 장문인은 검의 소지 유무는 크게 중요치 않다고 하셨습니다."

"묘하게 기분 나쁜데."

왠지 모르게 뼈가 담겨 있는 듯한 말에 벽우진이 인상을 썼다. 그러자 길을 안내하던 일대제자가 황급히 손으로 입을 가렸다.

하지만 이미 말은 내뱉어진 후였다.

"이, 잊어주십시오. 제가 실언을 했습니다."

"들었는데 어떻게 잊어."

"어, 음……."

일대제자가 어쩔 줄을 몰라 하는 표정을 지었다. 자기도 모르게 실수했다는 걸 깨달아서였다.

"농담이야. 나이도 적지 않은데 순진하긴."

"가, 감사합니다."

"감사할 것까지는 없고. 근데 이래도 되나? 보는 눈이 한둘이 아닌데."

"저희로서도 어쩔 수 없습니다. 차별이 좋지 않다는 것을 알지만, 사람마다 경중이 다른 건 사실이니까요. 그리고 불만을 가지더라도 실제로 표출하는 사람은 없습니다. 오히려 자기도 저런 대우를 받으려고 아등바등대더군요."

"뭐, 그게 사람의 습성이긴 하지."

벽우진이 어깨를 으쓱거렸다.

대우받고 싶고, 인정받고 싶은 건 사람의 당연한 감정이었다. 물론 그게 더 커져서 특권 의식이 생기면 문제가 되었지만 말이다. 그 역시 경계하는 부분이 바로 그것이기도 했고.

"이쪽으로 오시죠."

"확실히 크긴 커. 혼자 왔으면 길을 잃었겠는데."

"곤륜파는 더 크지 않습니까?"

"크긴 한데 여기처럼 사람이 많지는 않아."

벽우진이 씁쓸하게 말했다.

건물의 규모로 따지면 무당파에 뒤떨어지지 않지만 안타깝게도 곤륜파에는 아직 사람이 없었다. 처음과 비교하면 많이 늘긴 했지만 그래도 무당파와 비할 바는 아니었다.

"앞으로는 확 달라지지 않을까 싶습니다. 이번에도 벽 장문인께서 직접 오신다고 하자 뒤늦게 참여하겠다고 난리도 아니었거든요."

"내가 좀 유명해지기는 했지."

"유명해진 정도가 아닙니다, 하하하."

"금칠은 그만하고. 근데 우리 숙소부터 가는 거 맞지?"

"예, 한적한 걸 좋아하신다고 들어서 조용한 곳으로 준비했습니다."

저번에 벽우진을 한번 본 적이 있기에 일대제자는 어렵지 않게 응대했다. 원래부터 까칠한 성격이라는 것을 알고 있었기에 당황할 것도 없었던 것이다.

"사천당가는 도착했어?"

"내일쯤 도착할 것 같다는 연락은 받았습니다."

"지금 내가 미리 연락 안 했다고 돌려 까는 거지?"

"아, 아닙니다."

"동공이 흔들렸는데?"

일대제자가 두 눈에 힘을 팍 줬다. 여기서 인정해서는 안 되는 생각이 들어서였다.

"정말 아닙니다."

"나름의 사정이 있어서 깜빡한 거니까 이해해 달라고."

"참, 저희 장문인께서 언제라도 찾아와 달라고 하셨습니다."

"손님들이 많아서 바쁘지 않나? 구대문파는 다 모였을 거 아냐?"

벽우진이 고개를 갸웃거렸다. 무당파의 장문인이 한가할 리가 없어서였다.

"장문인께서 벽 장문인을 꼭 뵙고 싶다고 하셨습니다."

"아, 왜 그래. 부담되게. 나 그냥 애들 데리고 유람 나온 건데."

"저도 자세히는 모릅니다. 이렇게 전달하라는 지시만 받아서요."

"흐음."

벽우진이 침음을 흘렸다. 왠지 모르게 귀찮은 일을 떠맡을 것 같은 불길한 느낌이 들어서였다.

"너무 부담 가지지 않으셨으면 좋겠습니다."

"그게 더 부담스러워. 아무 이유 없이 보자고 할 리가 없잖아."

벽우진이 입맛을 다셨다.

그러면서 무엇 때문에 자신을 보자고 했는지 추측하기 시작했다.

"저곳입니다."

"우와, 예쁘다."

"신선들이 사는 집 같아요."

심소혜를 비롯해서 제자들이 눈을 빛냈다.

사문의 전각들도 주변의 풍경과 자연스럽게 어울리며 멋스러움을 뽐냈지만 지은 지 얼마 되지 않았기에 예스러움은 없었다. 하지만 지금 보이는 2층 전각에는 그 예스러움이 있었다.

"우, 우와……."

한편 어제 합류한 등선규와 등이규 형제는 모든 게 놀랍다는 듯이 연신 두 눈을 휘둥그레 떴다. 별것도 아닌 일에 크게 놀라고 감탄했던 것이다.

균현에서 살기는 했지만 이렇게 무당파 내부로 들어온 것은 처음이기에 둘 다 눈을 반짝이며 주변을 쉴 새 없이 둘러봤다.

"마음에 들어 하는 것 같아 다행입니다."

"사천당가의 숙소만 좀 떨어뜨려 줘. 이제는 민호 얼굴 좀 그만 보고 싶어."

"하하, 그건 제가 어떻게 할 수 있는 부분이 아니라서 말이지요."

"설마 진짜 옆이야?"

벽우진이 헛웃음을 흘렸다. 대답과 표정을 보아하니 정말 근처에 붙여놓은 것 같아서였다.

"사천당가 측에서 강력하게 요구했다고 들었습니다."

"그걸 거절할 정도의 위세는 있잖아? 남존무당 아냐? 더구나 집주인이 그렇게 외부인에게 휘둘려서야 되겠어?"

"저는 아무런 힘이 없습니다. 저희 장문인께 직접 물어보시는 게 가장 빠르지 않을까 싶습니다."

"당장 가야겠군."

벽우진의 표정이 진지해졌다. 어차피 무당파에 있는 내내 붙어 있을 텐데 굳이 숙소까지 가까울 필요는 없다고 생각해서였다. 일단 말이 많아서 시끄럽기도 했고.

귀찮게 하는 건 청민과 청범으로 충분했다.

"아, 안내해 드릴까요?"

"응, 너희들은 짐 풀고 있어. 방도 알아서 정하고. 일우하고 예지, 일수가 적당히 분배해."

"예."

"네."

"알겠습니다."

당장 찾아가겠다는 듯이 벽우진이 빠르게 말했다.

그러자 세 명이 공손히 고개를 숙였다.

"우리는 가자고."

"아, 네."

"갔는데 말을 바꾸지는 않겠지? '언제든지' 찾아오라고 했으니."

"그, 그럴 겁니다."

중년의 일대제자가 어색하게 고개를 끄덕였다. 설마하니 숙소도 들어가지 않고 장문인을 찾을 줄은 몰라서였다.

"가지."

"예."

진구가 앞장서서 제자들을 데리고 숙소 안으로 들어가는 것을 보며 벽우진이 몸을 돌렸다.

그 모습에 일대제자가 황급히 자소궁으로 안내했다.

벽우진은 현묘함이 물씬 풍기는 자소궁을 천천히 둘러봤다.

세월의 풍파는 물론이고 그간의 역사가 올올히 남아 있는 모습에 벽우진은 내심 감탄했다.

동시에 아쉬운 마음도 들었다. 곤륜파의 옥청궁도 천년마교에 의해 불타지 않았다면 이런 분위기와 비슷했을 것이기 때문이다.

"많이 낡았지요?"

"낡기는. 고풍스럽고 멋진데."

"허허. 사실 본 파의 자랑이기도 합니다. 소림사와 달리 아직은 외세의 침입을 허락하지 않았지요."

"부럽네."

벽우진이 의외로 순순히 인정했다. 충분히 자부심을 가질 만하다고 생각해서였다.

"앞으로도 쭉 그랬으면 좋겠습니다."

"선배님은 어떠신가?"

"기력이 눈에 보일 정도로 떨어지고 계시지만 그래도 아직은 괜찮으십니다. 안 그래도 제가 매일 처소에 가서 확인하고 있고요."

"다행이군."

"근데 진짜 얼마 안 남으신 것 같아서……."

혜량이 씁쓸한 표정을 지었다. 이제 정말로 머지않음을 그도 느끼고 있어서였다.

"그래도 다행이야. 한번 뵐 수 있어서."

"안 그래도 장문인을 기다리고 계십니다. 빚도 있다고 하셨고요."

"빚은 무슨. 깔끔하게 주고받았는데."

벽우진이 손을 흔들었다.

운정은 빚을 지었다고 생각할지 모르지만 그는 아니었다. 그 역시 챙길 것은 다 챙겼다.

"사백님의 생각은 다른 것 같습니다, 하하."

"다 내려놓고 싶으신 거지. 그래야 우화등선할 수 있을 테니까."

"사백님께서는 진즉에 포기하셨다고 말씀하셨습니다."

"그래도 모르는 거야. 깨달음이야 언제, 어느 순간에 찾아올지 모르니까. 자네도 알지 않나."

"그렇긴 합니다만."

혜량이 어색하게 웃었다.

마음 같아서는 운정과 오래오래 함께 있고 싶었다.

하지만 인간인 이상 천리를 거스를 수는 없었다. 만남이 있으면 헤어짐이 있는 법이었고.

"쉽지 않지. 이별이라는 것은."

"맞습니다. 지금도 적응이 안 되는 것 중의 하나이고요."

"그렇지."

벽우진이 굳은 얼굴로 차를 들이켰다. 이별이라는 말이 나오자 죽은 속가제자들의 모습이 떠올랐던 것이다.

복수는 확실하게 해주었지만, 그렇다고 해서 죽은 아이들이 다시 되돌아올 수 있는 건 아니었다.

'화풀이, 분풀이일 뿐이지. 어떻게 보면.'

순간의 선택이 어떤 결과를 초래하는지 벽우진은 이번 일로 확실하게 깨달을 수 있었다.

그렇기에 앞으로는 절대 두루뭉술하게 넘어가지 않을 생각이었다. 남들이 손가락질하더라도 벽우진은 이와 비슷한 일이 있다면 단호하게 손을 쓸 생각이었다.

"참, 늦었지만 고생하셨습니다. 대막까지 다녀오시고."

"고생은 무슨. 당연히 해야 할 일인데. 겸사겸사 대막도 구경하고 왔지."

"허허허, 두 번 구경 갔다가는 대막 전체가 박살이 날 것 같은데요?"

"박살은 무슨. 그보다 숙소에 대해서 하고 싶은 말이 있는데."

"숙소가 마음에 안 드십니까?"

혜량의 얼굴이 굳어졌다. 나름 선별해서 결정한 숙소인데 벽우진에게는 별로인가 싶어서였다.

"아니, 숙소는 괜찮아. 나야 어디서나 잘 자니까. 문제는 왜 사천당가가 또 근처에 머무느냐는 거지."

"그건 사천당가의 태상가주께서 직접 요구하셔서요. 저도 나쁘지 않다고 생각했고요."

"내가 나빠."

"예?"

"내가 원치 않는다고. 이제는 그만 좀 붙어 있고 싶다."

벽우진이 얼굴 가득 진지한 기색으로 말했다.

친한 건 사실이지만 그렇다고 부부처럼 매일 같이 붙어 있는 건 사절이었다.

"아."

"어차피 사천당가는 내일 도착한다며? 걔네 숙소 바꿔 버려."

"그건 좀 어렵습니다. 이미 다 배치가 끝난 상태라……."

"그럼 우리 숙소를 바꿔줘. 그건 되지?"

사천당가의 가장 큰 어른은 당민호였지만 실세는 함께 오는 당문경이었다. 그런 만큼 혜량으로서도 마음대로 사천당가의 숙소를 바꾸기가 애매했다.

하지만 곤륜파는 달랐다.

"번거롭지 않으시겠습니까? 남아 있는 숙소는 다 주변이 시끄러운 곳인데요. 아마 그쪽으로 이동하시면 장문인을 찾아오는 이들이 엄청날 겁니다. 들으셨을지 모르는데 장문인께서 오신다는 소식이 퍼지자마자 방문하겠다는 숫자가 몇 배로 늘었습니다."

"엄청 귀찮겠지?"

"아마도 그렇지 않겠습니까."

"하아, 유명인의 비애인가."

"허허허."

현재 곤륜파와 벽우진에 대한 관심은 상상을 초월할 정도였다. 정확하게는 패선이라 불리는 벽우진에 대한 관심이 더 컸지만.

그렇기에 혜량은 확신할 수 있었다.

"하나를 얻으려면 하나를 잃어야 한단 말인가."

"그게 세상의 이치 아니겠습니까."

"난 욕심쟁이라 둘 다 가지고 싶은데?"

"크흠!"

노골적인 벽우진의 시선에 혜량이 고개를 돌렸다. 이미 배정이 끝난 걸 바꿀 수는 없어서였다.

물론 벽우진이 난동을 좀 피운다면 얘기가 달라졌지만 그래도 가급적이면 조용히 넘어가고 싶었다.

"다음에 언제 또 내가 여기에 올지 모르는데 말이지."

"그렇게 말씀하셔도 힘듭니다. 대신 다음에는 꼭 감안해서 배정하겠습니다."

"쳇쳇!"

벽우진이 자리에서 일어났다. 더 이상 앉아 있을 필요는 없을 것 같아서였다. 바깥에서 얼씬거리는 기척들이 늘어나고 있기도 했고 말이다.

"다음번에는 더욱 신경 쓰겠습니다."

"난 그런 말을 제일 싫어하는 사람이야. 다음보다는 당장이 중요하지."

"허허허."

혜량이 머쓱하게 웃으며 자리에서 일어났다. 벽우진을 배웅해 주기 위해서였다.

"나올 것 없어. 계속 바쁠 텐데."

"그래도 모시는 게 예의지요. 다른 분도 아니고 선배님이시지 않습니까."

"말은."

"부탁을 들어드리지 못해서 죄송합니다. 대신 필요한 것이 있으시면 언제라도 말씀해 주십시오. 바로바로 처리해 드리겠습니다."

"안 믿어."

벽우진이 손을 휘휘 저으며 나갔다.

그 모습에 혜량이 멋쩍게 웃으며 벽우진을 향해 포권했다.

이번 용봉회를 위해 무당파에서 연회장으로 꾸민 칠성궁에 들어가며 벽우진이 입술을 삐죽 내밀었다. 어린 애들 노는 자리에 자신이 꼭 들어가야 하나 싶었던 것이다.

반면에 벽우진과 나란히 걷고 있는 당민호는 살짝 들뜬 기색이었다.

"우리 같은 늙은이들이 가면 싫어한다니까?"

"아니라니까. 오히려 다들 궁금해할걸? 그리고 용봉회라고 해서 꼭 후기지수들만 모여 있는 건 아냐. 중견의 명숙들도 제법 있어. 만약의 사태에 대비해서 말이지. 워낙에 혈기왕성한 아이들이라 치고받는 경우도 많으니까."

"그건 다른 애들한테 맡기면 되지."

"어허. 그래도 우리가 좀 가서 중심을 잡아줘야지. 그리고 수장들이 모여 있는 곳 가봤자 시달리기밖에 더해? 오히려 여기가 더 편하다니까 그러네? 어떤 녀석들이 감히 우리 앞에 오겠어?"

당민호가 호언장담했다. 곤륜파나 사천당가의 사람이 아니라면 칠성궁에서 두 사람을 귀찮게 할 이는 없을 게 분명해서였다.

물론 관심은 많겠지만 선뜻 다가오는 이는 없을 터였다.

"수장들은 수장들끼리 놀라고 하고 우리는 여기서 편하게 구경이나 하면서 쉬자고. 싹수가 보이는 애들이 있으면 슬쩍 가르침도 주고."

"네가 퍽이나 그러겠다."

"사실 내가 가르쳐 줄 건 없지. 독공을 익힌 아이가 있다면 모를까. 근데 중원에는 본가 말고 독을 전문적으로 다루는 곳이 없지."

"근데 왜 왔어?"

"강호유람. 너도 온다고 하기에 겸사겸사 놀러 왔지."

천연덕스러운 얼굴로 당민호가 대답했다. 진짜 나들이라도 가는 것처럼 말이다.

반면에 벽우진은 어처구니없다는 표정을 지었다.

"너도 오랫동안 갇혀 지내봐서 알 거 아냐? 한 곳에만 있으면 얼마나 답답한지."

"그래도 너 정도는 아냐. 나는 일 때문에 온 거고."

"어쨌든 나왔다는 게 중요하지. 그리고 너도 궁금하지 않아? 제자들이 어떻게 어울리는지?"

"별게 다 궁금하다. 알아서 잘하겠지. 예지도 있고. 어디 가서 맞을 정도로 약하지도 않고 말이지."

당민호가 자기도 모르게 고개를 주억거렸다.

확실히 사부를 닮아서 그런지 손속에 거침이 없었다. 그렇다고 막돼먹은 성격은 아니었지만 일단 분명한 이유가 있다면 손을 쓰는데 망설이지 않았다.

"평소에는 그렇게 공손하고 깍듯한 아이들인데 말이지."

"참기만 하면 호구된다."

"그건 본가가 자주 쓰는 말인데. 그래서 우리가 친구인 건가?"

"그런 식으로 엮지는 말고. 아, 혹시 손녀 사윗감을 찾으러

가는 거냐?"

대전처럼 넓게 펼쳐진 내부로 들어가자 대번에 시선이 박혔다. 곳곳에서 놀란 표정으로 그와 당민호를 쳐다봤던 것이다.

"겸사겸사? 근데 성에 차는 사내가 없나 봐. 좀처럼 말이 없네."

"데릴사위를 구해야 하니 선택의 폭이 좁을 수밖에."

"그런 문제도 있고. 근데 확실히 네가 알려지긴 했나 봐. 예전에는 내 시종으로 보는 듯한 시선들이 많았는데 이제는 대번에 알아보네."

"사천당가에도 갔었으니까."

놀란 기색은 잠시뿐이었다.

다들 하나같이 눈을 반짝이는 모습에 벽우진이 불편한 표정을 지었다. 이런 식의 시선 집중은 딱히 좋아하지 않아서였다.

"그때보다 배는 많을 거야. 내 생일 때에는 초대장이 있는 사람만 장원으로 들어왔었으니까. 그런데 이번 용봉회는 기준이 없으니 엄청나게 모여들었을 거다."

"말하지 않아도 이미 보고 있다."

"이게 전부가 아니라는 거지. 아마 계속 들어올 거다. 그나저나 감회가 새롭네. 나도 용봉회에는 거의 다 참석했었는데."

당민호가 감회 어린 표정을 지었다. 참석하는 사람들은 달라졌어도 용봉회가 계속 이어지는 것을 보자 묘한 기분이 들었던 것이다.

"나도 참석하고 싶었었는데."

"그래서 내가 데려온 거야. 늦게라도 후기지수들의 모임을 느껴보라고."

"이 나이에 무슨."

"외모만 보면 충분히 후기지수라고 우길 수 있잖아?"

"알맹이가 늙은이잖아. 노땅인 건 숨길 수가 없어. 게다가 이미 얼굴이 알려진 상태고."

벽우진이 어깨를 으쓱거렸다. 아무리 용봉회를 느끼고 즐기고 싶어도 젊은이인 척까지 하고 싶지는 않았다.

"아니, 두 분께서 이곳에는 어쩐 일이십니까?"

그때 칠성궁에서 장내를 지켜보고 있던 무당파의 장로 한명이 황급히 달려왔다. 뒤늦게 둘을 발견하고는 헐레벌떡 뛰어왔던 것이다.

"구경 좀 하려고. 고리타분한 대화만 듣는 건 이제 지겨워서."

"허허허, 그렇긴 하지요. 재미는 없으니까요. 그런데 벽 장문인께서는 계셔야 하는 것 아닙니까? 태상가주님이야 당가주님이 있으시지만 곤륜파는 상황이 다르니까요."

당민호의 말에 대답한 장로의 시선이 벽우진에게로 향했다. 수장들이 모이는 자리에 곤륜파의 장문인이 빠져도 되나 싶어서였다.

"그냥 왔어. 나에게 할 말이 있으면 따로 찾아오겠지."

"그, 그렇긴 하지요."

장로가 어색하게 웃었다.

다른 이가 이렇게 말했다면 어이없다는 표정을 지었겠지만 상대는 벽우진이었다. 배분도, 나이도, 심지어 실력도 비교할

자가 없는.

그렇기에 장로는 순식간에 납득했다.

"우리가 와도 되지? 안 되는 건 아니잖아?"

"맞습니다. 오히려 후기지수들이 좋아할 겁니다."

"반대로 왕 대접을 받던 명숙들은 불편해하겠지. 아예 자리를 피하거나."

당민호가 슬쩍 웃으며 안쪽의 상석을 바라봤다. 그러자 역시나 얼굴을 찡그리는 몇몇 중년인들의 모습이 눈에 들어왔다.

"반기는 분들도 계실 겁니다."

"몇 없겠지. 그런 아이들은."

"후기지수들은 더없이 반겨할 것입니다. 두 분을 이렇게 가까이서 만나볼 수 있는 기회는 흔치 않으니까요."

적어도 자신은 반긴다는 듯이 장로가 말했다. 벽우진과 당민호가 떡하니 있는데 말썽을 피울 간 큰 후기지수는 없을 게 분명해서였다.

당민호는 몰라도 벽우진은 괜히 패선으로 불리는 게 아니었다.

'마음에 안 들면 일단 주먹부터 날린다고 하니.'

품위에 신경 쓰는 다른 수장들과 벽우진은 달랐다.

딱히 그런 것에 신경 쓰지 않는다는 게 알려진 만큼 적어도 오늘만큼은 별다른 사건 사고가 없을 터였다.

'겸사겸사 가르침을 받을 수도 있는 기회이기도 하고.'

다른 이도 아니고 천하제일인에 가장 근접해 있다고 알려진 벽우진이었다. 그런 만큼 그의 조언은 금과옥조(金科玉條)

와 다를 바 없을 터였다.

"본다고 해서 달라지는 것은 딱히 없지만 말이지. 우리는 저리로 가면 되나?"

"제가 안내해 드리겠습니다. 간단히 드실 것도 준비해 드리겠습니다."

"구룡오화는 아직 안 왔나 본데?"

··· 제10장 ···
호랑이도 있다(1)

장로를 따라가며 당민호가 주변을 두리번거렸다. 후기지수들의 정점이라 불리는 구룡이 보이지 않는 것 같아서였다.

　"네 생일 때 봤잖아?"

　"그때는 정신이 없어서 제대로 못 봤어. 인사만 받았지. 근데 너도 못 보지 않았나?"

　"지나가면서 보긴 했는데, 딱히 보고 싶다거나 궁금하다거나 그런 건 없는데."

　벽우진이 심드렁한 표정을 지었다.

　구룡이건 오화건 그에게는 딱히 중요하지 않았다. 나이 차이가 어마어마하게 나기도 하고.

　"여기 앉으시면 됩니다."

　상석으로 가자 황급히 일어나서 인사해 오는 이들에게 마주 인사한 벽우진이 자연스럽게 자리에 앉았다.

그러자 마치 기다렸다는 듯이 간단한 다과상이 차려졌다.

"술은 없나?"

"가져다 드릴까요?"

"응, 이 녀석은 안 먹으니까 나 먹을 것만 가져오면 돼. 너무 비싼 건 필요 없어."

"알겠습니다."

갑작스러운 요구임에도 불구하고 장로는 웃으며 물러났다.

두 사람이 있는 것만으로도 그의 업무가 사라진 것이나 마찬가지였기에 이 정도 일은 충분히 해줄 수 있었다. 그렇다고 그가 직접 가져올 것도 아니었고 말이다.

"어때? 풋풋하지?"

"그러네. 젊음이 가득하네. 여기저기에서 사랑도 꽃피고."

"바로 그게 용봉회의 묘미지. 보이지 않는 차별이 있기는 하지만 또 그걸 영악하게 노리는 이들도 있어서 보는 재미가 있지."

"너에게나 재미지 다른 이들한테는 아닐걸? 그런 애들은 나름 절박하다고."

"흠흠!"

틀린 말이 아니었기에 당민호가 어색하게 헛기침을 했다.

그러면서 그는 슬그머니 주변으로 고개를 돌렸다. 손주들이 어디에 있나 확인하는 것이었다.

"저기 오네, 구룡오화."

"어디?"

미리 모였던 것인지 다 같이 들어오는 열네 명의 선남선녀들의 모습에 당민호가 눈을 빛냈다.

특히 그는 오화를 유심히 쳐다봤다. 당소윤과 얼마나, 어떻게 다른지 두 눈으로 직접 비교해 보기 위해서였다.

'으음! 조금 밀리는군.'

비구니인 심혜만 하더라도 그 미모가 주변을 밝힐 정도였다. 심지어 심혜는 여인에게 있어 더없이 중요한 머리카락이 없는데도 말이다.

그래서 당민호는 속이 더욱더 쓰렸다.

"저 여아가 비화(秘花)라 불리는 아이인가?"

"맞아. 아미파에서 좀처럼 나오지 않아서 비화라는 별호가 생겼지. 대부분의 시간을 폐관 수련으로 보내서 아미파의 속가제자들도 보기 힘들다고 하더라고."

"확실히 오화에 꼽힐 만하네."

인자한 미소로 다가오는 이들과 일일이 인사를 나누는 심혜의 모습에 벽우진이 고개를 주억거렸다. 머리카락이 없다는 치명적인 결점을 가지고 있음에도 미색이 전혀 가려지지 않아서였다.

오히려 더욱 특별하게 보이는 그녀의 미모에 벽우진은 아주 살짝 감탄했다.

"예지만이 비견될 정도네."

"우리 예지가 참 예쁘지. 곱기도 하고."

"그래서 저렇게 모여 있구만. 하긴, 곤륜파 소속에다가 패선의 제자이니 눈이 안 돌아가는 게 이상하긴 하지. 어? 저놈도 가네?"

당민호의 시선이 구양검에게로 향했다. 대전에 들어오기

무섭게 누군가를 찾는 듯이 두리번거리던 구양검이 서예지를 향해 성큼성큼 걸어가자 놀란 것이었다.

"사천당가에서도 치근덕거렸다고는 했는데."

"이거 재미있겠는데?"

"예지 옆에 네 손녀도 있다."

"그러니까 더 흥미진진하지. 흐흐흐!"

당민호가 잔뜩 기대하는 얼굴로 아이들이 모여 있는 곳을 주시했다. 역시나 용봉회는 용봉회라는 생각이 들어서였다.

"저어……."

"응?"

"안녕하세요. 형산이 표향림이라고 합니다."

"그런데?"

표향림의 얼굴에 당혹감이 번졌다. 소문을 익히 들었기에 따뜻하게 반겨줄 가능성은 희박하다고 생각했지만 이렇게나 까칠할 줄은 몰랐기에 그녀는 안절부절못했다.

"그게, 저기, 장문인께 인사를 드리려고 찾아왔어요."

"왜 애한테 겁을 주고 그래. 그것도 인사하러 온 아이한테."

몸을 떠는 표향림의 모습에 보다 못한 당민호가 나섰다. 단순히 인사하러 온 아이에게 너무 차갑게 대하는 것 같아서였다.

"겁은 무슨."

"이, 이만 물러나 보겠습니다! 그럼!"

사천당가에서 서예지에게 못되게 군 게 자꾸 기억에 남아 먼저 인사할 겸 찾아왔던 표향림이 도망치듯 자리를 피했다.

그러고는 곧장 서예지에게로 향했다. 당사자인 그녀에게도 사과를 하기 위해서였다.

"아주 기겁을 하네, 기겁을."

"쟤 반응이 이상한 거야."

"나라도 네가 그렇게 대하면 겁을 먹겠다. 소혜한테 하는 거 반의반만이라도 다른 애들에게 해줘 봐라."

"내가 뭘 어쨌다고."

혀를 차는 당민호를 향해 벽우진이 무슨 소리냐는 듯이 대꾸했다. 자신은 정말로 그럴 의도가 없어서였다. 그렇다고 딱히 차갑게 대한 것도 없고.

"제자들에게 하는 것만큼은 아니더라도 좀 잘 대해줘. 부드럽게. 사람 인연이라는 게 어떻게 될지 모르는데."

"난 정말 아무것도 안 했다니까."

"아까부터 계속 인상 쓰고 있었으면서."

"아니거든."

벽우진이 미간을 쫙 폈다. 혹시라도 좁혀져 있지는 않을까 싶어서였다. 그러면서 자연스럽게 손바닥으로 이마를 확인하는 것도 잊지 않았다.

"근데 분위기가 심상치 않은데?"

당민호의 시선이 서예지에게로 향했다. 멀리서 봐도 분위기가 상당히 안 좋아 보여서였다.

"오랜만입니다, 서 소저."

"그러네요."

"정말 보고 싶었습니다."

연회장에 들어오자마자 서예지부터 찾았던 구양검이 부끄럽지도 않은지 민망한 말을 서슴없이 내뱉었다. 주변에 있는 여인들이 얼굴을 붉힐 정도로 말이다.

그리고 여인들 중 몇몇은 대놓고 부러운 기색을 드러냈다.

"오해의 소지가 있는 발언은 자제해 주시죠."

"저도 그러고 싶은데, 이게 제 뜻과는 다르게 갑자기 튀어나와서 말이지요, 하하."

"일부러 그러는 것 같은데요."

서예지의 눈빛이 싸늘해졌다. 누가 봐도 일부러 그러는 것을 알 수 있어서였다.

"우리 사저 진짜 화났나 보다."

"그러니까. 얼굴에 아주 한풍이 부네."

"정말 싫으신가 봐."

양이추가 양일우에게 속닥거렸다. 제법 오랫동안 서예지와 함께 수련했기에 이제는 눈빛만 봐도 그녀의 기분을 알아챌 수 있었다.

"사부님도 와 계시네."

"웅? 정말이네?"

안쪽으로 고개를 돌린 양이추가 꾸벅 고개를 숙였다. 그러자 이쪽을 주시하고 있던 벽우진이 손만 들어 까딱이는 게 눈에 들어왔다.

"언제 오셨지?"

"아까 우리가 사람들에게 파묻혀 있을 때 오셨어요."

"그래?"

"네."

심대혜의 말에 양일우가 주억거렸다. 확실히 그때라면 자신이 보지 못한 것도 이해가 되었다.

"소문대로 사이가 정말 좋으신가 봐요?"

"아, 네."

갑자기 대화에 끼어드는 모용선을 보며 양일우가 어색하게 웃었다.

청해일미라 불리는 서예지와 늘 붙어서 수련했기에 미녀라면 나름 적응이 되었다고 생각했는데 그건 또 아닌 모양이었다.

그렇다고 모용선을 오늘 처음 본 것도 아닌데 말이다.

"제가 불편하세요?"

청화(清花)라는 별호처럼 티 없이 맑은 눈동자를 지닌 모용선이 양일우를 올려다봤다.

아담한 그녀와 달리 양일우는 부친을 닮아 우람한 체격을 지녔기에 모용선으로서는 자연스레 올려다볼 수밖에 없었다.

"아, 아닙니다."

"다행이에요. 전 또 양 공자께서 저를 불편해하시는 줄 알고. 아, 태경(太景) 상인이라 불러드리는 게 나은가요?"

"편하신 걸로 말씀하시면 됩니다. 양일우도, 태경도 다 저를 뜻하는 말이니까요."

이제는 좀 적응이 되었는지 양일우가 평소의 신색으로 돌아와서 대답했다.

그런데 그 모습에 양이추가 팔꿈치로 형의 등짝을 계속해서 찔렀다.

-왜 그래?

-다 알면서! 흐흐흐! 형에게도 봄이 온 모양인데?

-말도 안 되는 소리.

양일우가 어이없다는 표정을 지었다. 모용세가의 금지옥엽인 모용선이 그에게 관심을 가질 리가 없다고 생각해서였다.

-왜? 사부님이 패선이고 곤륜파의 대제자인데. 모용 소저가 충분히 관심을 가질 만하지.

-땅꾼의 자식이랑 명문세가의 금지옥엽이랑 만나는 게 가당키나 하냐?

-못 만날 건 뭐야? 우리가 혼례를 못 올리는 것도 아니고.

양이추가 무슨 상관이냐는 듯이 대꾸했다.

땅꾼의 자식인 건 변함이 없지만 패선의 제자인 것도 사실이었다. 그래서 구룡오화가 나타나기 전에는 명문세가나 군소방파의 여식들이 자신들을 찾아온 것이고.

단순히 통성명을 하려고 다가올 만큼 그녀들은 한가하지 않았다.

-너무 앞서갔다. 그쯤 해.

-에휴. 우리 형도 참. 아, 도 사제도 마찬가지네.

양이추가 안타깝다는 눈빛으로 여인들 사이에서 쩔쩔매고 있는 도일수를 쳐다봤다.

평소에는 그렇게 믿음직스럽던 도일수가 질문 공세를 퍼붓는 여인들 사이에서 어쩔 줄을 몰라 하는 모습을 보이자 양이추는 한숨만 나왔다.

"부러우면 부럽다고 말해."

"사형한테 못하는 말이 없네?"

"뉘에, 뉘에. 사형이란 말을 꼭 붙이겠사옵니다."

동갑이지만 조금 늦게 입문했기에 사제가 된 심대현이 장난스럽게 대꾸했다.

하지만 이러는 게 하루 이틀이 아니었기에 양이추는 피식 웃었다. 그 역시 농담 삼아 이러는 거지 편하게 대하는 게 더 좋았다. 기간이 그리 긴 것도 아니었고.

"솔직히 부럽지?"

"뭐, 뭐가?"

"두 사람에게만 몰리는 게."

"아, 아니거든?"

"근데 말은 왜 더듬어?"

심대현이 마치 다 알고 있다는 표정을 지었다. 귀신은 속여도 자신의 눈은 속일 수가 없어서였다.

"이 사형이 대사형에 비해 외모가 좀 부족하긴 하지."

"맞아. 똑같이 눈, 코, 입이 있지만 여자들이 호감을 가질 만한 외모는 아니지."

"이 녀석들이!"

친형을 그렇게도 잘 놀리던 양이추가 도리어 자신이 놀림을 당하자 흥분했다.

하지만 그 모습에도 심대현과 심소천은 꿈쩍도 하지 않았다.

"그래도 너무 절망하지는 마세요. 저희들이 있잖아요."

"……그걸 위로라고 하는 거냐?"

"아직 어려서 그런 걸 수도 있고요. 이제 열여섯 살이시잖아요. 저는 열다섯이고."

"그럼 뭐 해. 몸은 이미 장정인데. 좀 더 크면 그것대로 더 안 좋지 않을까?"

양일우처럼 장대한 체격을 지닌 게 양이추였다. 나이는 세 살이나 어린데 말이다.

"여기서 더 크면 안 되는데…… 지금도 큰데."

"아직은 성장기니까. 근데 왜 나는 안 자라는 거지……."

심대현이 놀리다가 자괴감에 빠졌다. 어느새 팔척장신이 된 양이추와 달리 그는 아직도 육척이 채 되지 않아서였다.

물론 아직 성장이 끝난 게 아니기에 더 자라기는 하겠지만 너무 지지부진한 것 같아 심대현은 그게 불만이었다.

'무투가는 팔다리가 긴 게 유리한데 말이지.'

가뜩이나 접근전을 펼쳐야 하는 그인 만큼 팔다리가 길면 길수록 좋았다. 그런데 생각하는 것만큼 성장 폭이 그리 크지 않았다.

"내 키 좀 주고 싶다."

"나도 정말 받고 싶다."

양이추와 심대현이 똑같은 생각을 했다. 불가능하단 걸 둘 다 알고 있었지만 정말 그랬으면 좋겠다는 생각이 드는 건 어쩔 수가 없었다.

"다들 나름 용봉회를 잘 즐기는 거 같아 언니, 아니, 사저."

"그러게. 저쪽은 좀 위험해 보이긴 하지만."

"왜 자꾸 다들 큰 사저를 귀찮게 할까?"

"너무 예뻐서 그래. 남자들은 미녀를 보면 가만히 있지를 못하거든."

심대혜가 싱긋 웃으며 막내의 머리를 쓰다듬었다. 지금은 이해하지 못하겠지만 조금만 지나면 심소혜도 알게 될 터였다.

"근데 왜 언니한테는 안 그러지?"

"미녀들이 워낙에 많잖아. 오화 분들도 다 계시고. 그 못지 않은 분들도 계시니까."

"나중에는 나한테도 그럴까?"

심소혜가 근심 가득한 표정을 지었다. 만약 나중에 자신에게도 서예지처럼 남자들이 우르르 몰려온다면 정말 싫을 것 같아서였다. 특히 구양검 같은 남자는 질색이었다.

"아마도 그렇지 않을까?"

"으. 그건 싫은데."

"그래도 미녀가 되는 게 낫지 않을까?"

"그건 그렇지만……."

심소혜가 입술을 오물거렸다. 예뻐지는 건 좋지만 저렇게 남자들이 꼬이는 건 싫어서였다.

"대체 제가 어떻게 하면 만나주실 겁니까?"

일순 주위의 시선이 구양검에게로 쏠렸다. 갑자기 터져 나온 고성에 모두가 그와 서예지를 쳐다봤던 것이다.

하지만 그런 시선에도 구양검은 흔들림 없는 얼굴로 앞에 선 서예지만 바라봤다.

"몇 번이나 말씀드렸을 텐데요. 저는 싫다고요."

"식사 정도는, 아니, 차 한 잔 같이하는 것 정도는 괜찮지 않습니까?"

"쓸데없는 기대감을 주는 것보다는 확실하게 뜻을 전달하는 게 나을 것 같아서요."

"만나보면 다를 수도 있지 않습니까?"

구양검이 간절한 표정으로 물었다.

사실 알려지지는 않았지만 곤륜파가 대막으로 향할 때 그도 합류할 생각이었다. 하지만 부친이자 구양세가주는 그걸 허락하지 않았고, 결국 그는 집에서 벗어날 수 없었다.

서예지와의 혼사에는 긍정적이지만 그렇다고 장남을 위험하기 짝이 없는 대막에 보낼 수는 없다고 생각해서였다.

"달라질 것 없어요."

"……혹시 연모하는 사람이 있습니까?"

"없어요."

"그런데 왜……!"

구양검의 얼굴이 붉어졌다.

따로 좋아하는 사람이 있다면 이해라도 할 수 있었다. 근데 좋아하는 이가 없으면서도 자신을 거절하자 구양검은 이해가 되지 않았다.

"죄송하지만 제 취향이 아니에요."

"그럼 어떤 취향이신지 말씀해 주십시오."

구양검이 결연한 표정을 지었다. 어떻게든 그 취향에 맞추겠다는 듯한 모습이었다.

그러자 지켜보던 이들이 웅성거렸다. 지금껏 구양검이 보이지 않던 모습을 보여주자 다들 놀란 것이었다.

"상당히 무례한 질문인 거, 알고 계시죠?"

"처음에는 사실 호감 정도였습니다. 하지만 지금은 다릅니다. 저는 제 마음에 확신을 가지고 있습니다. 그렇기에 포기하고 싶지 않습니다."

"일방적인 사랑은 사랑이 아니에요."

"맞습니다. 하지만 언젠가는 이어질 거라고 생각합니다. 제 노력 여하에 따라서요."

서예지가 깊은 한숨을 내쉬었다. 안 그래도 이런 상황을 우려했는데 역시나 이렇게 되고 말았다.

"주위를 잘 둘러보시면 좋은 분이 분명히 계실 거예요."

"아니요. 저에게는 서 소저뿐입니다. 그러니 알려주십시오. 어떻게 하면 서 소저를 만날 수 있는지. 만약 알려주시지 않으시면 저는 곤륜산으로 갈 것입니다."

저돌적인 구양검의 말에 몇몇 이들이 눈을 반짝였다. 남자다운 모습에 어느새 응원을 하게 되었던 것이다.

반대로 몇몇 여인들은 서예지를 응원했다. 서예지가 거절을 해야만 자기들에게도 기회가 온다고 생각해서였다.

"하아."

서예지의 입에서 깊은 한숨이 흘러나왔다. 난감한 상황에 한숨만 나왔던 것이다.

스윽.

그 모습에 양일우가 슬그머니 서예지에게로 다가갔다. 계속 지켜보기만 해서는 안 될 것 같아서였다.

그런데 그보다 먼저 서예지의 입이 열렸다.

"좋아요."

"그럼……!"

"저를 이기면 식사를 한 번 같이하죠."

첫마디에 기뻐하던 구양검이 이어지는 말에 당혹스러운 표정을 지었다. 설마하니 서예지가 이런 제안을 할 줄은 몰라서였다.

하지만 그는 이내 환하게 웃었다. 그로서는 결코 나쁘지 않은 제안이어서였다.

"정말입니까?"

"예, 여인이지만 말의 무거움에 대해 모르지 않아요."

짧은 순간 서예지는 고민했다. 단순히 말로는 구양검을 떨쳐낼 수 없을 것 같아서였다.

그래서 그녀는 구양검의 자존심을 건드리기로 했다.

'겸사겸사 경험도 쌓고 말이지.'

사천당가에서도 구룡오화를 만나기는 했지만 잔칫날이기에 피를 볼 수 없어 다들 가급적 비무를 피했었다.

물론 도일수가 언기준을 후려 패기는 했지만 그렇다고 피를 보지는 않았다.

하지만 오늘은 달랐다. 용봉회가 열리는 동안은 자유롭게 비무나 대련을 할 수 있다고 했기에 서예지는 구양검도 떨쳐내고 경험도 쌓을 겸 비무를 선택했다.

"좋습니다."

"바로 하죠."

"예."

구양검의 대답에 절친한 친구가 할 수 있는 단리경이 주위를 물렸다. 두 사람이 편하게 비무를 할 수 있게 공간을 만들었던 것이다.

"일이 재미있게 흘러가는데?"

"재미는 무슨."

"원래 싸움은 하수들 싸움이 제일 재미있잖아. 긴박감 넘치고. 아, 너는 네 제자라서 좀 다를라나?"

멀리 떨어져 있었지만 당민호의 수준이라면 서예지와 구양검의 대화를 코앞에서 듣는 것처럼 들을 수 있었다.

그렇기에 당민호는 흥미진진하다는 얼굴로 히죽 웃었다.

"다를 게 뭐 있어. 이미 결과를 아는데."

"예지의 실력을 모르는 건 아니지만, 그래도 만만하게 봐서는 곤란해. 괜히 후기지수들 중에서 구룡에 뽑힌 게 아냐. 얼굴이랑 가문의 힘만으로는 구룡에 뽑힐 수 없다고."

"그래 봤자 도토리 키 재기지."

"장담은 일러. 일단 장소도 낯설고, 변수가 많으니까."

당민호가 의미심장하게 웃었다.

하지만 벽우진의 표정은 별반 달라지지 않았다. 그 정도로 서예지를 믿는 것이었다.

"이기든 지든 상관없어. 패배에서도 배우는 게 있으니까. 그런데 질 거라는 생각은 안 든다."

"예지가 무섭게 성장하기는 했지. 남자에게는 일절 관심도 주지 않고 무공만 팠으니."

"소윤이도 많이 발전했어."

"저기 예지 덕분에 말이지. 근데 왜 우리 소윤이한테는 아무도 관심을 안 보이는 거야?"

도일수와 나란히 서 있는 당소윤을 주시하며 당민호가 툴툴거렸다.

같이 있는 심대혜에게도 심심찮게 남자들이 다가가는데 당소윤에게는 한 명도 접근하지 않아서였다.

"성격을 아니까 그렇겠지."

"뭐라고?!"

당민호가 버럭 소리를 질렀다. 그로서는 인정할 수 없는 발언이었다.

하지만 당민호의 고성에도 벽우진은 느긋하게 귀를 팠다.

"다가가지 않는 데에는 다 이유가 있는 법이지."

"아직 소윤이의 매력을 몰라서 그러는 게야!"

"그렇게 생각하고 싶겠지. 하지만 현실은 냉정한 법."

"이익!"

전세가 역전되었다.

별다른 효과를 보지 못한 당민호와 달리 벽우진은 날리는 족족 유효타를 먹였던 것이다.

그 사실을 증명하듯 당민호의 얼굴은 시뻘겋게 달아올라 있었다.

"두 분께서는 오늘도 여전하시군요."

"응? 자네가 여긴 어쩐 일인가?"

두 사람의 귀로 익숙한 음성이 들렸다. 바로 제갈현의 목소리가 파고들었던 것이다.

"왠지 두 분께서 이곳에 계실 것 같아서요."

"처음 뵙겠습니다. 제갈미미라고 해요."

"제 딸입니다."

큰 눈이 인상적인 여인이 공손하게 인사해 왔다. 초롱초롱한 눈으로 벽우진과 당민호를 번갈아 쳐다보며 허리를 숙였던 것이다.

"딸은 왜 데리고 왔어?"

"두 분을 만나보고 싶어 해서요. 특히 장문인을요."

퉁명스러운 당민호에게 대답하며 제갈현이 벽우진을 쳐다 봤다. 그런 그의 얼굴에는 묘한 기색이 서려 있었다.

"만나 뵙게 되어 영광이에요, 장문인."

"영광까지야."

"역시 여기 계셨군요."

"응?"

제갈미미가 막 벽우진을 향해 입을 열려는 찰나 또 다른 이가 다가왔다.

제갈현에 이어 남궁진도 칠성궁에 모습을 드러냈던 것이다.

"아니, 남궁가주님께서 어�쩐 일로?"

"자소궁에 있어 봤자 지루한 얘기만 들을 것 같아서. 차라리 아이들이 구경하는 게 나을 것 같아서 말이지."

남궁진이 평소의 근엄한 표정과는 달리 묘하게 장난기가 서린 얼굴로 대답했다.

하지만 제갈현은 그 말을 순수하게 받아들일 수 없었다. 왜냐하면 남궁진의 곁에는 그의 딸인 남궁희선이 있어서였다.

혜화(慧花)라 불리는 제갈미미와 마찬가지로 남궁희선 역시 오화에 속해 있었다.

'설마?'

제갈현의 눈동자가 미비하게 흔들렸다. 한 가지 가정이 본능적으로 떠올랐던 것이다. 게다가 대막에 갔을 때도 남궁진은 아들, 딸을 대동했었다.

"오랜만에 뵈어요, 장문인."

"아아."

"잘 지내셨어요?"

초면인 제갈미미와는 달리 남궁희선은 대막까지 동행했었기에 좀 더 친근했다. 그 점을 앞세우며 남궁희선이 대번에 존재감을 드러냈다.

"나야 뭐 늘 똑같지."

"한량처럼 건들건들 지냈겠지."

"무슨 소리. 할 일이 얼마나 많은데. 청민이랑 청범이 날 가만두지 않는다고. 내가 농땡이 피우는 걸 원천 봉쇄하려고 악착같이 매달린다고."

당민호를 보며 벽우진이 고개를 저었다. 마음만은 그러고 싶지만 실제로는 그럴 수가 없어서였다.

"원래 그게 정상이야. 수장이 할 일이 얼마나 많은데. 근데 두 사람. 너무하는 거 아냐?"

"크흠!"

"허허허."

당민호의 시선이 남궁진과 제갈현에게로 향했다. 두 눈을 게슴츠레하게 뜨고서 두 사람을 번갈아 쳐다봤던 것이다. 마치 자신은 둘의 속내를 훤히 꿰뚫고 있다는 눈빛으로 말이다.

그 적나라한 눈빛에 남궁진은 고개를 슬그머니 돌렸고, 제갈현은 능글맞게 웃으며 시선을 피하지 않았다.

"어쭈?"

"사람 일이라는 게 어떻게 될지 아무도 모르니까요."

"딸에게 너무한 거 아냐?"

당민호가 어처구니없다는 표정을 지었다. 기억이 가물가물하기는 했지만 그가 알기로 제갈미미의 나이는 아직 스무 살이 채 되지 않은 것으로 알고 있었다.

"나이가 중요한가요. 함께 살아갈 시간이 중요하지요."

"그건 그렇지만. 아니지. 아무리 그래도 그렇지 그건 너무하다고 생각하는데."

혀를 차는 당민호와 달리 제갈현의 표정은 담담했다.

소림무제나 무당권제, 제왕검이라면 당연히 반대하겠지만 벽우진은 달랐다. 경쟁 가문도 아닐뿐더러 외관상으로도 큰 문제가 되지 않았기에 고민은 그리 길지 않았다.

"저는 괜찮아요. 제가 먼저 아버지께 말씀드리기도 했고요."

"헐."

이어지는 제갈미미의 대답에 당민호가 멍한 표정을 지었다. 당돌함의 수준을 넘어 기가 막히다고밖에는 생각되지 않아서였다.

"무슨 얘기를 그렇게 하는 거야?"

"아니, 좀 당혹스러워서. 무림이 언제부터 이랬나 싶기도 하고."

"뭔 소리야?"

시선을 서예지에게 둔 채로 벽우진이 반문했다. 그로서는 무슨 말인지 도무지 이해가 되지 않았던 것이다.

"하긴. 넌 이해하기 힘들겠네. 곤륜파에서는 이런 쪽으로 고민할 일이 없었을 테니."

"대화를 하려면 상대방이 좀 이해를 할 수 있게 해. 요상한 말만 하지 말고."

"근데 심판이 필요하지 않을라나?"

당민호가 자연스럽게 화제를 돌렸다.

남궁세가와 제갈세가를 도와주고 싶지는 않아서였다. 절대 배알이 꼴려서 그런 건 아니었다.

"무당파의 아이들도 있고. 우리도 여기 있으니까 크게 필요하지는 않을 것 같은데. 근처에 일우랑 일수도 있고."

"도 공자가 진짜 대단한 것 같아요. 무공에 늦게 입문했다고 들었는데."

"노력파지. 진짜 근성 있는 노력파. 다 노력하는데 제일 열심히 하는 건 아무래도 일수니까."

"그래서 저희 오빠가 자극을 많이 받고 있어요."

남궁희선이 슬그머니 입을 열었다. 특유의 붙임성으로 대화에 참여했던 것이다.

"군자검룡이?"

"예, 아무래도 장문인의 제자이니까요. 게다가 대막에서 직접 두 눈으로 도 공자의 실력을 보기도 했고요."

구룡 중에서도 수좌에 꼽히는 강자가 남궁혁이었다. 그런데 그가 도일수에게서 경쟁심을 느낀다고 하자 의아했던 것이다.

물론 도일수가 남궁혁에게 뒤떨어진다는 생각은 하지 않았지만 말이다.

"확실히 긴장할 만하긴 하지. 우리 애들이."

"제자들도 정말 잘 가르치시는 거 같아요."

남궁희선이 초롱초롱한 눈으로 벽우진을 쳐다봤다.

아직도 그녀는 대막의 사왕성에서 벽우진이 보여주었던 신위가 눈에 선했다. 단 일검으로 수백 명을 썰어버린 그때의 광경이 말이다.

그때의 벽우진은 진짜 절대고수 같았다.

'아버지에게는 죄송하지만.'

제왕검이라 불리는 부친 역시 대단한 고수였다.

하지만 벽우진과 비교하면 아무래도 부족한 것이 사실이었다.

"아이들이 열심히 하니까."

"승부는 어떻게 될까요? 다들 구양 공자의 승리를 점칠 것 같은데. 근데 서 소저가 먼저 제안을 한 것 보면 이길 자신이 있어서 말을 꺼낸 것 같고."

제갈미미가 슬쩍 두 사람의 대화에 끼어들었다. 가만히 지켜보고만 있어서는 안 된다고 생각해서였다.

"그건 지켜보면 알겠지."

"만약에 지면 서 소저가 약속을 지킬까요?"

"당연히. 이 많은 사람들이 들었는데. 그리고 예지 성격 상 자신이 내뱉은 말은 반드시 지켜."

"장문인은 어떻게 될 것 같으세요?"

제갈미미의 말에 남궁희선 역시 눈을 빛냈다. 오화에 속해 있기에 구룡과는 자주 만났고, 그렇기에 구양검의 실력에 대해서 너무나 잘 알고 있었다.

서예지 역시 실력이 뛰어나다는 것은 알지만 그래도 아직은 구양검보다는 아래라고 생각했다. 명문세가의 저력은 결코 경시할 만한 수준이 아니어서였다.

"나야 당연히 내 제자를 응원할 수밖에 없지."

"나도 예지한테 한 표. 생각 없이 저런 제안을 했을 리가 없다고 생각하거든."

"내기도 아닌데 한 표는 무슨."

퉁명스럽게 대꾸하기는 했지만 벽우진의 입가에는 미소가 맺혀 있었다. 그래도 제자를 응원해 주자 기분이 좋아졌던 것이다.

"흥미진진한 대결인 건 분명한 것 같습니다."

"확실히 구경하는 재미는 있지. 누구는 가슴을 졸이겠지만 말이야. 흐흐흐!"

"내가 왜 가슴을 졸여?"

"일단 지켜보자고. 슬슬 시작하려는 것 같으니까."

말을 아끼는 제갈현과 달리 당민호는 엉덩이를 들썩였다. 이제 시작하려는 것 같아서였다.

물론 두 사람을 둘러싸고 있는 인파가 상당했지만 그들이 앉아 있는 자리는 단상 위에 마련되어 있기에 지켜보는 데 어려움은 없었다.

○

서예지는 적당히 거리를 벌리고서 구양검을 주시했다.

최고의 후기지수 중 한 명으로 꼽힐 정도로 구양검이 풍기는 기도는 군계일학이었다. 구룡 중에서도 두세 명을 제외하면 적수가 없을 정도로 말이다.

게다가 외모 역시 여자들이 호감을 가질 정도로 매끈했다.

'하지만 그뿐이지.'

누가 봐도 잘생기고 배경도 좋은 구양검이었지만 안타깝게도 서예지의 취향은 아니었다.

또한 아직은 남자를 만날 생각이 없었다. 곤륜파를 재건하는 게 무엇보다 중요한 그녀였기에 구양검의 집착에 가까운 관심은 부담스럽기보다는 불편했다.

'어차피 남자는 다 똑같기도 하고.'

점잖은 떠는 남자도 결국에는 다 똑같았다.

그녀에게 원하는 것은 오직 한 가지뿐이었다.

물론 아버지처럼 엄마를 진정으로 사랑하는 사람도 있지만 그녀가 보기에 구양검은 아니었다. 그저 자신의 미모와 곤륜파라는 배경 때문에 집착을 보이는 것에 불과했다.

'자존심이 강한 사람이니 한동안은 질척거리지 않겠지.'

뛰어난 무공만큼이나 자기애와 자존심이 강하다고 알려진 구양검이었다. 그러니 자신에게 패배한다면 적어도 당분간은 접근하지 않을 거라고 서예지는 생각했다.

"준비 다 되셨습니까?"

"예."

"저도 다 되었습니다. 그럼 시작할까요?"

"예."

정중한 구양검의 말에도 서예지는 단답형으로 대답했다. 누가 봐도 차갑게 구양검을 대했던 것이다.

하지만 그럼에도 구양검의 입가에는 옅은 미소가 맺혀 있었다. 이기기만 하면 드디어 그토록 원하던 단둘 만의 시간을 가질 수 있었기 때문이다.

"삼 초식을 양보하는 게 예의겠지만, 그러기에는 서 소저의 실력이 너무 출중하기에 선수만 양보하겠습니다."

"거절하지 않겠습니다."

여유로운 태도로 검을 뽑아들며 말하던 구양검이 두 눈을 부릅떴다. 자신의 말이 끝나기 무섭게 서예지의 검이 파고들어서였다.

'과연!'

서예지의 무공 실력에 대해서는 후기지수들 사이에서도 유명했다. 암암리에 그녀의 검공이 상당한 수준이라는 게 알려졌던 것이다.

게다가 정식으로 입문한 시기에 비하면 그야말로 말도 안 되는 성장세를 보여주었기에 구양검은 당황하기는 해도 반응이 늦지는 않았다.

터엉!

서예지와 달리 그는 다섯 살 때부터 목검을 잡고 아홉 살 때 진검을 잡은 몸이었다. 더구나 구환비룡(九幻飛龍)이라 불릴 정도로 속검(速劍)에 능한 검객이 그였다.

그런 만큼 기습처럼 파고드는 서예지의 검격에도 구양검은 여유롭게 받아냈다. 빠르긴 해도 육안으로 충분히 받아낼 수 있는 일검이었다.

'나도 시작해 볼까.'

구양검의 표정이 진지해졌다.

단순한 비무라면 얼마든지 어울려 줄 수 있었다. 또한 패배한다고 한들 크게 개의치 않을 터였다.

하지만 이번 대결에는 단둘만의 만남이 걸려 있었기에 그로서는 절대 양보할 수 없었다.

'서 소저에게는 미안하지만.'

이번 대막행에서도 상당한 활약을 했다는 사실을 구양검은 들어서 알고 있었다. 독나찰(毒羅刹)라 불리며 가파르게 명성을 쌓아가고 있는 당소윤과 비교해도 그리 뒤떨어지지 않는다는 사실을 말이다.

그러나 구룡이라는 이름은 아무에게나 허락되지 않았다. 수많은 후기지수 중에서도 격이 다른 아홉 명에게만 허락된 이름이었다.

'이번 대결은 제가 가져가겠습니다.'

수없이 많은 경쟁자들을 물리친 끝에서야 얻게 되는 칭호가 바로 구룡이라는 칭호였다. 그런 만큼 구양검은 아무리 서예지가 발군의 성장세를 보여준다고 해도 자신을 뛰어넘을 수는 없다고 생각했다.

파파파팟!

이윽고 자신감이 가득한 기색으로 구양검이 검을 뿌렸다. 가문의 최고 절학이자 구양세가를 대표하는 검공인 구류천벽검(九流天霹劍)을 펼쳤던 것이다.

아홉 줄기의 검기가 섬전처럼 서예지의 팔방으로 노리고서 쇄도했다.

"흡!"

창졸간에 펼쳐진 아홉 줄기의 날카로운 검기에 지켜보던 모든 이들이 승부가 결판났다고 생각했다. 단 일검이었지만 구양검이 어중간한 마음가짐이 아니라는 걸 알 수 있어서였다.

게다가 동시에 파고드는 아홉 개의 검기는 개수도 개수지만 빠르기 역시 눈부신 수준이었기에 대부분은 비무가 여기서 끝날 거라고 생각했다.

타앗!

그런데 그들의 생각을 비웃든 서예지가 땅을 박찼다. 곤륜파가 자랑하는 운룡대팔식으로 허공에서 유려하게 회피했던 것이다.

"아아!"

"저게 운룡대팔식이구나!"

절세미녀라 할 수 있는 서예지의 운룡대팔식에 여기저기에서 감탄사가 터져 나왔다. 정말 오랜만에 선보이는 운룡대팔식이었지만 말 그대로 움직임이 너무나 아름다워서였다.

"음!"

하지만 단 한 사람, 구양검만은 얼굴을 굳혔다.

나름 신경 써서 펼친 검초이기에 이번 공격으로 승리를 가져올 수 있을 거라 생각했는데 서예지가 너무나 완벽하게 회피해 내자 구양검이 사뭇 놀랍다는 표정을 지었다.

쌔애액!

그러나 아직 놀라기는 일렀다. 허공에서 순식간에 방향을 튼 서예지의 검격이 그에게 쏟아졌기 때문이다.

예리한 파공음과 함께 조금의 망설임도 없이 전신요혈을 노리는 공격에 구양검 역시 공력을 가일층 끌어올렸다.

따다다당!

변화무쌍한 구양검의 검격과 달리 서예지의 초식은 단순했다. 화려함보다는 진중한 느낌이 강했던 것이다.

하지만 그렇다고 해서 만만하지는 않았다. 간결하지만 그만큼 강맹한 기운이 서려 있었기에 구양검은 부딪칠 때마다 연신 놀라움을 감출 수 없었다.

'힘에서, 안 밀려?'

구양세가의 소가주로서 어려서부터 벌모세수와 온갖 영약들을 먹으며 자라온 그였다. 그렇기에 또래와는 격이 다른 공력을 쌓을 수 있었다.

한데 서예지는 그런 그와 정면으로 부딪쳐서 조금도 밀리지 않았다.

까앙!

"흡!"

오히려 구양검의 표정이 시간이 갈수록 딱딱해져 갔다. 내 공의 수준도 수준이지만 정순함이 자기에게 전혀 뒤지지 않는 것 같아서였다.

'이렇게까지 하고 싶지는 않았지만, 어쩔 수 없지.'

구양검의 눈빛이 침중해졌다.

사실 그는 검술만으로 승부를 결정지을 수 있을 거라고 생각했다.

정식으로 입문한 지 얼마 되지 않는 서예지와 달리 그는 벌써 수십 년 넘게 검을 수련해 왔다. 시간 자체가 비교가 안 되는 만큼 당연히 자신이 이길 거라 생각했던 것이다.

우르르릉!

그런데 예상과 달리 한 치도 밀리지 않는 접전이 이어지자 구양검은 마음을 달리 먹었다. 본격적으로 공력을 사용해서라도 서예지를 찍어 누르기로 결정한 것이다.

그리고 그것을 알리듯 구양검의 검에서 시퍼런 검기가 줄기줄기 뿜어져 나왔다. 구양검이 제대로 구류천벽검을 시전하기 시작한 것이다.

'때가 왔어.'

서예지가 입꼬리를 말아 올렸다.

달라진 기세가 말하는 바는 명백했다.

구양검이 조급해지기 시작했다는 걸 말해주었기에 서예지는 웃음이 절로 나왔다.

지금 이 순간이야말로 그녀가 기다린 때였기에 서예지는

속으로 웃으며 검을 더욱 강하게 쥐었다.

우우우웅!

그와 동시에 그녀의 검에서 옥빛의 빛이 터져 나왔다. 옥심귀일공(玉心歸一功)의 공력을 가득 머금은 검에서 검강이 솟구친 것이었다.

그 광경에 멀찍이 떨어져서 관전하던 후기지수들이 화들짝 놀랐다. 서예지가 절정고수라는 걸 대부분이 알고는 있지만 저렇게 급박한 상황에서 너무나 자연스럽게 펼칠 정도일 줄은 몰랐기에 다들 깜짝 놀란 것이었다.

쩌저저적!

"큭!"

하지만 가장 놀란 이는 누가 뭐래도 구양검이었다. 이렇게 대뜸 검강부터 날려낼 줄은 몰랐기에 구양검의 반응은 살짝 늦을 수밖에 없었다.

더구나 그가 익힌 검은 환검 계열이었다.

변화무쌍하지만 그만큼 검영(劍影) 하나하나가 지닌 힘은 약했기에 강맹하다 못해 패도적인 일검에 구양검이 뿌린 검기들은 썩은 짚단처럼 허무하게 박살 났다.

'지금!'

그와 동시에 서예지가 눈을 빛냈다.

구양검이 나름 전력을 다하고 있지만 그녀는 알고 있었다. 그 저변에는 아직도 자신에 대한 방심이 남아 있다는 사실을 말이다.

만약 생사결이었다면 구양검은 처음부터 전력을 다했을 터였다.

'그랬다면 지금처럼 쉽게 결판을 내기 힘들었겠지.'

서예지는 구양검이 방심을 하면서도 조급해할 때를 기다렸다. 그때야말로 승부처라고 생각했던 것이다.

물론 방심하지 않았다고 하더라도 서예지는 자신이 질 거라는 생각은 하지 않았다. 벽우진을 따라다니면서 그녀가 얻은 경험은 결코 녹록지 않았으므로.

시간으로 따지면 구양검과 감히 비교할 수 없겠지만, 중요한 것은 시간이 아니라 그 시간을 어떻게 보냈느냐였다.

"하압!"

수십 줄기의 검기들을 박살 내며 우직하게 쇄도하는 서예지의 검격에 구양검도 다급하게 검강을 일으켰다.

하지만 이미 기세는 서예지에게 넘어간 상태였다.

방금 전까지 서예지를 압박하던 모습이 거짓말이었다는 듯이 구양검은 순식간에 수세에 몰려 버렸다.

쫘앙! 쾅!

묵직하면서도 강맹한 일검에 구양검이 연신 뒤로 밀렸다.

놀랍게도 힘에서 그가 밀리는 것이었다.

물론 육체적인 능력은 구양검이 서예지보다 앞섰지만 중요한 것은 공력과 기세였다.

"크윽!"

손아귀에서 느껴지는 아릿한 고통에 구양검이 이를 악물었다.

어떻게든 활로를 만들어보고자 그는 구류천벽검을 극성으로 펼쳤다.

하지만 서예지는 그런 구양검의 생각을 꿰뚫어 보며 검로를 방해했다. 제대로 된 초식을 펼치지 못하게, 방어만 급급한 상황을 만들었던 것이다.

파바바밧!

거기에 서예지는 그간의 경험을 보여주듯이 왼손도 너무나 자유자재로 활용했다. 장풍과 지풍을 현란하게 사용하며 구양검을 더욱더 몰아붙였던 것이다.

'이번에 끝내야 해. 확실하게.'

연신 뒷걸음질 치는 구양검의 모습을 전부 두 눈에 담고서 서예지가 마지막 일격을 준비했다. 여기서 시간을 더 끌다가는 위험해질 수도 있기에 속전속결로 끝내려는 것이었다.

쫘아앙!

옥빛의 검강을 머금은 서예지의 검이 저돌적으로 구양검을 밀어냈다. 그러고는 번개 같은 속도로 구양검의 목을 겨누었다.

"허!"

조금의 흔들림도 없이 자신의 목젖 앞에 닿아 있는 검극에 구양검이 허탈한 표정을 지었다. 그가 예상했던 것과는 정반대의 결과에 당혹감을 감추지 못하는 것이었다.

"약속은 지킬 거라고 생각해요."

"……."

서예지가 검을 회수했다.

하지만 구양검은 여전히 멍한 눈으로 어중간하게 검을 들고만 있었다. 그녀의 말을 들었음에도 별다른 대답을 하지 않았던 것이다.

짝짝짝짝!

그와 동시에 우레와 같은 박수 소리가 터져 나왔다. 다른 이도 아닌 구룡의 일인인 구양검을 진짜로 이길 줄은 몰랐기에 다들 놀라면서도 축하해 주었던 것이다.

하지만 모두가 그런 것은 아니었다. 몇몇은 은밀히 질투와 시기가 가득한 눈빛으로 서예지를 쏘아봤다.

"잘했어, 예지야."

"운이 좋았어요. 방심하지 않았다면 이기기 힘들었을 거예요."

"하지만 운도 실력이지. 그리고 방심하지 않았다고 하더라도 어떻게든 이겼을 거 같은데?"

서예지는 말없이 당소윤을 쳐다보며 웃었다. 무언의 긍정이었다.

하지만 아무렇지 않은 두 여인과 달리 구룡과 오화는 충격에서 헤어 나오지 못하고 있었다. 당연히 구양검이 이길 거라고 생각했는데 결과는 정반대로 나와서였다.

"이보게."

"……하하하."

"괜찮나?"

단리경이 조심스럽게 구양검에게 다가갔다. 가장 친한 친구답게 누구보다 먼저 구양검에게 말을 걸었던 것이다.

"믿기지가 않는군."

"나도 그래. 아무리 신성이라고 하지만 자네가 질 줄은……."

"하지만 승부는 승부이고, 약속은 약속이지."

구양검이 표정을 가다듬으며 검을 집어넣었다.

아무리 방심했다고 하지만 진 건 진 것이었다. 그렇기에 따질 것도 없었다.

다만 문제는 서예지의 예상과는 다르게 상황이 흘러간다는 점이었다.

"그렇긴 하지."

"근데 기분이 썩 나쁘지 않아. 오히려 더 좋아."

"뭐?"

당소윤과 대화하는 서예지를 쳐다보며 구양검이 말을 이었다.

그런데 그 말에 단리경이 멍한 표정을 지었다. 이런 반응이 나올 줄은 꿈에도 예상하지 못해서였다.

"처음에는 자존심이 엄청 상했는데, 생각을 조금 달리하니까 다른 게 보이더라고."

"다른 거?"

"내 반려자로 더할 나위 없이 잘 어울리겠다는. 내 재능과 서 소저의 재능이 합쳐지면 얼마나 뛰어난 자식이 태어나겠어?"

"참 나."

단리경이 어처구니없다는 표정을 지었다. 지고도 이런 생각을 한다는 게 정말 대단해서였다.

만약 그였다면 패배를 인정하지 못해 방방 날뛰었을 터였다.

다시 한번 붙자면서 말이다.

"무인에게 있어 승패는 병가지상사지 않나. 생사결도 아니고 내 아녀자가 될 사람에게 졌는데 뭐 어떤가."

"지난번에도 느꼈지만, 콩깍지가 제대로 씌었네."

"후후후."

구양검이 조용히 웃었다.

그런 그의 시선은 여전히 서예지에게 향해 있었다. 정작 그녀는 그에게 일절 시선을 두지 않았는데 말이다.

"천하의 구양검이 이렇게 여인에게 홀딱 빠질 줄이야."

"나도 이렇게 될 줄은 몰랐다."

"근데 쉽지 않아 보이는데. 완전 철벽이라."

"노력하다 보면 언젠가는 알아주겠지. 나의 진심을."

구양검이 십 대 소년과도 같은 표정을 지었다. 풋풋한 첫사랑에 빠진 소년처럼 꿀이 뚝뚝 떨어지는 눈빛으로 서예지를 응시했다.

"뭐, 잘해 봐라. 난 뒤에서 응원해 주마."

"그거면 충분해. 겸사겸사 경쟁자들 좀 막아주고."

언제 꿀 떨어지는 표정을 지었냐는 듯이 구양검의 눈매가 매서워졌다. 비무가 끝나기 무섭게 남자들의 눈빛들이 묘하게 변했음을 느낄 수 있어서였다.

"원래 아름다운 꽃에는 벌들이 많이 모이는 법이야. 그러니 꽃을 독차지하기 위해서는 그만한 경쟁을 이겨내야 하지."

"그래서 안 도와주겠다고?"

"도와주겠다고. 대신 나중에 그 대가를 톡톡히 받아낼 거다."

"좋아."

구양검이 고개를 주억거렸다. 빚 정도는 얼마든지 짊어질 수 있었다.

"잊지 말라고."

"당연하지."

서서히 서예지를 중심으로 모여들기 시작하는 군소방파의 자제들을 노려보며 구양검도 발걸음을 옮겼다. 다시 서예지에게 다가가기 위해서였다.

한편 처음부터 끝까지 지켜보던 당민호는 얼굴 가득 재미있다는 표정을 지었다. 구경하는 재미가 쏠쏠했던 것이다.

의외의 결과에 놀라기도 했고.

"진짜 예지가 이길 줄이야."

"방심한 게 컸지. 나름 집중하기는 했지만 우리 예지를 만만하게 봤으니까."

"맞아. 그게 컸어. 예지 실력이 결코 만만하게 볼 게 아니었는데 말이지. 근데 일이 더 꼬이는 것 같은데?"

당민호가 눈짓으로 서예지에게 접근하는 청년들을 가리켰다.

실력으로 구양검을 쓰러뜨리자 오히려 더 많은 남자들이 구애를 하는 것 같았다.

"알아서 잘할 거다. 마음에 드는 아이를 만날 수도 있고. 선택지는 많으면 많을수록 좋은 법이니까."

"오호. 사뭇 개방적인데?"

"애도 아닌데. 언제까지 품 안에만 둘 수도 없는 거고."

"앞으로는 육화가 될 것 같아요."

제갈미미가 두 눈을 반짝이며 조심스럽게 대화에 참여했다.

서예지의 근처에는 표향림과 모용선, 심혜가 있음에도 정작 남자들의 가장 큰 관심을 받는 여인은 서예지였다.

더구나 비무로 구양검을 패배시킨 만큼 더 많은 이들이 관심을 보일 터였다. 곤륜파와 패션이라는 배경에 실력 역시 겸비했으니까.

'용봉회는 만남의 장이기도 하지만 신분 상승의 기회를 거머쥘 수 있는 곳이기도 하니까.'

거의 모든 후기지수가 모이는 용봉회이니만큼 친목 도모도 하지만 그 못지않게 교제가 활발히 이뤄지기도 했다. 그리고 그걸 노리는 이들도 상당수 있었고.

심지어 개중에는 저돌적으로 육탄 공세를 하는 이들도 적지 않았다. 남녀를 불문하고 말이다.

'곧 장문인께도 시작되겠지.'

제갈미미가 슬쩍 벽우진을 쳐다봤다.

빼어난 미남이라고는 할 수 없지만 그렇다고 모자란 외모도 아니었다. 오히려 날카로운 눈매 때문에 개성적인 외모라고 봐도 무방했다.

하지만 가장 중요한 것은 바로 무위와 명성이었다.

'겉모습은 이십 대와 다름이 없으니까.'

이미 발 빠르게 벽우진의 용모파기가 퍼지는 중이었다.

패선이라는 별호와 함께 많은 이들이 벽우진을 궁금해하는 것이었다.

그리고 몇몇 이들은 다른 것을 노리고 접근할 터였다.

목적을 이루기 위해서라면 팔십 넘은 노인에게도 딸을 시집 보내는 곳은 부지기수였다.

-미아(美兒)야.

자신의 표정을 본 것인지 부친의 전음이 들려왔다.

어릴 적 부르던 아명으로 그녀를 불렀던 것이다.

-저는 괜찮아요. 아직 확정한 것도 아니고요.

-나는 강요할 생각 없다. 언제나 네 의견을 존중할 것이다.

-고마워요, 아빠.

제갈현의 얼굴에 옅은 미소가 맺혔다.

어릴 때는 자주 들었지만 요즘에는 듣기 힘든 아빠라는 말에 미소가 절로 나왔던 것이다.

"이왕이면 칠화(七花)가 되었으면 좋겠는데 말이지……."

당민호가 입맛을 다시며 슬그머니 운을 띄웠다.

그러면서 좌중을 둘러보는 것도 잊지 않았다.

하지만 안타깝게도 그의 말에 대답하는 이는 아무도 없었다.

"에잉!"

그 모습에 당민호가 인상을 팍 쓰면서 술잔을 잡아챘다.

답답한 마음을 술로 달래보려는 것이었다.

"이제야 제대로 불이 붙은 것 같습니다."

"아무래도 혈기왕성한 이들이 모이니, 그것도 눈이 부신 대결을 보니 당연히 피가 끓지 않겠습니까."

남궁진이 눈을 빛냈다. 다른 이도 아니고 양일우가 자신의 아들에게 다가가고 있어서였다.

그리고 제갈현 역시 그 모습에 살짝 놀란 표정을 지었다.

"재미있는 대결이 될 것 같습니다."

"둘 다 얻는 게 많겠지. 물론 남궁혁이 받아들인다는 전제 하에."

남궁혁에게 성큼성큼 다가가는 양일우의 모습에 벽우진이 흐뭇하게 웃었다. 어떤 마음가짐으로 남궁혁에게 가는지 그는 훤히 보여서였다.

"거절하지는 않을 겁니다. 다른 이도 아니고 곤륜파의 대제자이지 않습니까. 이왕이면 도일수를 더 원했겠지만요."

남궁진 역시 아들의 마음을 꿰뚫어 보고 있었다.

그 정도로 도일수가 얼마나 열심히 수련하는지, 하루라는 시간을 얼마나 알뜰하게, 그리고 처절하게 사용하는지 알고 있어서였다.

대막에서도 곤륜파의 제자들은 단 하루도 수련을 빼먹지 않았다. 전투를 치른 후에도 말이다.

'그중에서 가장 마지막까지 남아 있는 게 도일수였지.'

괜히 그의 아들이 자극을 받는 게 아니었다.

지금 당장은 양일우가 도일수보다 위에 있지만 먼 훗날에는 달라질 수 있었다.

'처음에는 앞서 나가는 것 같지만 결국 언젠가는 똑같은 벽을 마주하게 되지. 그때부터는 재능은 아무런 도움이 안 되지. 벽을 결국 부수느냐, 정체되느냐는 결국 마음가짐에 따라 결정되어지니까.'

사람은 강하면서도 연약한 존재였다. 그 누구보다 강인했던 사람이 별거 아닌 이유로 무너지는 경우는 비일비재였다.

반대로 처음에는 나약했던 이가 그 어떤 사람보다 강건해지는 경우도 있었다.

"시간은 많으니까. 이제 첫날인데. 보통은 이레 정도 한다며?"

"일반적으로는. 근데 도중에 가는 곳도 많아서 이레를 다 채우는 경우는 드물지."

"시작하네."

당민호의 대답에 고개를 주억거린 벽우진이 진지한 표정을 지었다. 그 역시 어떤 결과가 나올지 궁금해서였다.

객관적인 무위는 남궁혁이 좀 더 높았지만 비무라는 게 꼭 실력으로만 고하가 나뉘는 않았다. 변수에 따라 승패는 얼마든지 뒤집어질 수 있었고, 그 예가 방금 전 서예지와 구양검의 대결이었기에 벽우진은 살짝 기대했다.

"오호? 기대하나 본데? 천하의 군자검룡을 상대하는데 말이지."

"못할 건 또 뭐야?"

"욕심이 너무 과한 거 아냐? 예지도 이긴 마당에. 내가 보기에는 주변의 운까지 다 끌어다 쓴 것 같은데."

"뚜껑은 까봐야 아는 법이야."

"흐흐흐!"

당민호가 음충맞은 웃음을 흘렸다.

그러면서 벽우진과 남궁진을 번갈아 쳐다봤다. 어떻게 보면 두 사람의 자존심 대결일 수도 있어서였다. 남궁혁은 남궁진에게서, 양일우는 벽우진에게 사사했으니까.

"맞습니다. 결과가 나올 때까지는 아무도 모릅니다."

"물론 아들의 승리를 바라겠지?"

"저 역시 한 아이의 아비이니까요."

남궁진이 빙그레 웃었다. 그 역시 사람인지라 아들의 승리를 바라는 건 어쩔 수가 없었다. 벽우진이 양일우의 승리를 기원하는 것처럼 말이다.

"선공은 일우로군."

"선배로서 당연한 일이지. 생사결이 아닌, 단순히 서로의 무를 겨루는 대결이니까. 뭐, 구양검이 저랬다가 훅 갔지만."

당민호가 묘하게 웃으며 남궁진을 힐끔거렸다.

하지만 그는 당민호의 시선을 느끼지 못하는 듯 진지한 얼굴로 두 사람의 비무를 주시했다.

"방심은 없는 것 같군."

벽우진 역시 남궁진과 같은 얼굴이었다.

그 역시 두 사람의 대결에 눈을 떼지 못했던 것이다.

카카카카캉!

두 개의 검이 허공에서 어지럽게 부딪쳤다. 서로가 상대방의 검을 완벽하게 받아친 것이었다.

하지만 여유가 있는 남궁혁과 달리 양일우의 표정은 딱딱하게 경직되어 있었다.

'역시 군자검룡이라는 건가.'

남들에게는 백중세를 이루는 것처럼 보이겠지만 양일우는 알고 있었다. 자신이 미세하게 밀린다는 사실을 말이다.

하지만 그렇다고 해서 조급해하지는 않았다.

애초에 만만치 않은 상대라는 것을 너무나 잘 알고 있어서였다.

'어차피 나는 도전자의 입장.'

벽우진에게서 배운 태청검을 펼치며 양일우가 마음을 다잡았다.

이기면 너무나 좋겠지만 패배해도 괜찮았다. 승패는 병가지상사였고, 이미 패배에는 익숙했다.

'내가 할 수 있는 것만 하면 돼.'

승리에 대한 부담감은 없었다.

다만 어처구니없이 지고 싶지는 않았다.

만약 기회가 된다면 서예지처럼 놓치지 않을 생각이었고.

우우웅!

그런 마음가짐이 담긴 것인지 미약한 검명이 토해지며 허공에

태청검의 검로가 아로새겨졌다.

빠르면서도 강력한 검격이 남궁혁에게 쇄도했던 것이다.

쩌엉!

하지만 그 강맹한 일격을 남궁혁은 유연하게 받아냈다.

조금의 힘든 기색도 없이 양일우가 뿌리는 검격을 부드럽게 받아냈을 뿐만 아니라 그대로 반격을 가하기도 했다.

"홉!"

마치 허공을 유영하듯이 매끄럽고 순식간에 파고드는 일검에 양일우가 다급성을 토해냈다.

그 정도로 남궁혁의 검초는 위협적이었다. 분명 두 눈으로 똑똑히 보고 있음에도 반응할 수 없을 정도로 말이다.

묘하게 반 박자 빠른 듯한 공격에 양일우가 다급하게 검을 들어 올렸다. 검면으로 남궁혁의 찌르기를 막기 위해서였다.

스르륵.

그러나 남궁혁은 그렇게 나올 줄 알고 있었다는 듯이 다시 한번 검로를 바꿨다. 마치 구렁이가 담을 넘듯이 너무나 부드럽게 양일우의 검을 타고 넘어 목을 노렸던 것이다.

카앙!

하지만 양일우도 만만치 않았다. 남궁혁의 검이 반쯤 넘어 온다 싶을 때 그대로 검을 위로 휘둘러 튕겨냈던 것이다.

스스슥!

그러나 남궁혁의 공격은 끝나지 않았다. 솟구쳤던 검을 그 대로 다시 내리그어 공격을 이어갔던 것이다.

마치 원래부터 이럴 생각이었다는 듯이 물 흐르는 것처럼 이어지는 연계에 양일우가 입술을 깨물었다. 인지하지도 못하는 사이에 주도권이 넘어가 있어서였다.

'하지만 기회는 반드시 온다.'

to be continued

만 년 만에 귀환한 플레이어

나비계곡 퓨전 판타지 장편소설
WISHBOOKS FUSION FANTASY STORY

어느 날, 갑작스럽게 떨어진 지옥.
가진 것은 살고 싶다는 갈망과 포식의 권능뿐.

일천의 지옥부터 구천의 지옥까지.
수십만의 악마를 잡아먹고 일곱 대공마저 무릎 꿇렸다.

"어째서 돌아가려 하십니까?"
"김치찌개가… 김치찌개가 먹고 싶다고."

먹을 것도, 즐길 것도 없다.
있는 거라고는 황량한 대지와 끔찍한 악마뿐!

"난 돌아갈 거야."

「만 년 만에 귀환한 플레이어」

Wish Books
밥만 먹고 레벨업
박민규 게임 판타지 장편소설
WISHBOOKS GAME FANTASY STORY
바사삭, 치킨. 새벽 1시에 먹는 라면!
그런데 먹기만 해도 생명이 위험하다고?
가상현실게임 아테네.
먹고 싶은 음식을 먹을 수 있는 유일한 방법!
[식신의 진가가 발동됩니다.]
[힘 1, 체력 1을 획득합니다.]
「밥만 먹고 레벨업」
"천년설삼으로 삼계탕 국물 내는 놈이 세상에 어디 있냐!"
"여기."

업어 키운 여포

유수流水 역사 판타지 장편소설
WISHBOOKS HISTORICAL FANTASY STORY

[평소에 위가 안 좋다고 생각하는 분들 들어오세요.]

'건강 팁이 아니라 삼국지 낚시였어?'
"에이, 잠이나 자자."

어라? 내가 잠이 덜 깬 건가?

"……어나십시오. 일어나셔야 합니다, 장군, 장군?"

잘 자고 일어났는데 삼국지 속.

뭐라고? 우리 형이 여포라고?

난세의 영웅은 무리지만 영웅의 보좌관이 되겠다.

업어 키운 여포